Helmut Krausser
Trennungen. Verbrennungen

PIPER

Zu diesem Buch

Ein Großstadtkaleidoskop voller Witz und Überraschungen rückt unterschiedlichste Paare ins Licht. Da sind Fred Reitlinger, Professor für Archäologie, und seine Frau Nora, ihr Liebhaber Arnie und dessen misstrauische Gattin Margret. Da sind die beiden Lieblingsdoktoranden des Professors, Gerry und Leopold, die beide darauf hoffen, im Frühjahr für einen lukrativen Posten empfohlen zu werden. Die jeweiligen Freundinnen der beiden, Sonja und Iris, haben eigene und ganz andere Probleme. Problematisch müssen auch die beiden Kinder der Reitlingers genannt werden: Alisha, 19, Erstsemester in Politologie, ist sich ihrer sexuellen Orientierung nicht ganz sicher und hat sich in die völlig ungleiche Kommilitonin Caro verguckt, die heimlich als Escort-Girl arbeitet und an einen schwierigen Kunden gerät. Ansger dagegen, der etwas ältere Sohn der Reitlingers, hat soeben ein großes Start-up in den Sand gesetzt und ist verschwunden. Ein Verbrechen? Die taffe Caro wiederum wird ihren Liebhaber Petar nicht los, dessen Vater den Reitlingers eine Jacht verkauft, als Stützpunkt für die Schäferstündchen von Nora und Arnie. Jeder ist hier mit jedem in Beziehung, Trennungen stehen bevor. Und auch Verbrennungen – nicht nur weil mitten auf dem Wannsee ein Feuer ausbricht.

Helmut Krausser, geboren 1964 in Esslingen, schreibt Romane, Erzählungen, Lyrik, Tagebücher, Hörspiele, Theaterstücke, Drehbücher und komponiert Musik. Von ihm erschienen u. a. »Fette Welt« (1992), »Melodien oder Nachträge zum quecksilbernen Zeitalter« (1993), »Der große Bagarozy« (1997), »Einsamkeit und Sex und Mitleid« (2009), »Alles ist gut« (2015) und »Geschehnisse während der Weltmeisterschaft« (2018), zuletzt »Für die Ewigkeit« (2020). Mehrere seiner Bücher wurden verfilmt, und seine Werke wurden in alle wichtigen Sprachen übersetzt. Er lebt in Berlin.

Helmut Krausser

TRENNUNGEN.
VERBRENNUNGEN

Roman

Mehr über unsere Autoren und Bücher:
www.piper.de

Von Helmut Krausser liegen im Piper Verlag vor:
Gebrauchsanweisung für den FC Bayern
Alles ist gut
Geschehnisse während der Weltmeisterschaft
Für die Ewigkeit
Trennungen. Verbrennungen

Wenn Ihnen dieser Roman gefallen hat, schreiben Sie uns unter Nennung des Titels »Trennungen. Verbrennungen« an *empfehlungen@piper.de*, und wir empfehlen Ihnen gerne vergleichbare Bücher.

Dies ist ein Werk der Fiktion. Alle Ähnlichkeiten mit lebenden oder toten Personen wären rein zufällig.

MIX
Papier aus verantwortungsvollen Quellen
FSC® C083411

Ungekürzte Taschenbuchausgabe
ISBN 978-3-492-31609-5
August 2020
© Berlin Verlag in der Piper Verlag GmbH, München 2019
Umschlaggestaltung: zero-media.net, München
Umschlagabbildung: GettyImages / Vetta / CSA Images
Satz: Uhl + Massopust, Aalen
Gesetzt aus der Scala
Druck und Bindung: CPI books GmbH, Leck
Printed in the EU

Für Martin Wettges

1

An einem der bereits legendären Sonntagabende im Salon der Reitlingers, bei Kachelofengeknister und Flakkerschatten, kam es zur Debatte darüber, wer die schönste Frau gewesen sei, die je auf Erden gelebt habe. Gerry Bronnen, Frederick Reitlingers Lieblingsstudent, zitierte Hofmannsthal: »Die Schönste? Wer kann das entscheiden?«, während Leo Kniedorff, Bronnens energischster Rivale, einen Autor zitieren wollte, an dessen Namen er sich leider partout nicht mehr erinnerte, weshalb er das Gesagte, um sich keine Blöße zu geben, als Eigenkreation ausgab.

»Nichts«, sagte er, mit einer Prise feierlichem Pathos, »war je und wird je wieder so schön sein wie Audrey Hepburn im Jahre 1959.«

Kniedorff wußte sehr genau Bescheid über den Geschmack Professor Reitlingers und war bester Hoffnung, Bronnen vielleicht doch noch den Rang als Liebling des Herrn abzujagen. Frederick aka »Fred« Reitlinger zeigte sich entzückt über die gravitätische Formulierung. Er, ein grauhaariger, dabei sportlicher Mann knapp jenseits der Sechzig, wendete sich lachend zu seiner Frau Nora und meinte:

»Eins steht fest! Mit Audrey, wenn sie noch lebte und wenn sie mich ließe, würd ich dich betrügen, Liebes. Ich würd's dir sogar sagen. Ich würde damit angeben! Ich würde es notfalls öffentlich mit ihr treiben und dich zusehen lassen!« ·

Alle am Tisch lachten, auch Nora, obwohl sie zuerst einen Schmollmund zog, der natürlich nicht ernst gemeint, sondern dem Rollenspiel geschuldet war. Sie hatte ja auch keinen Grund, beleidigt zu sein. Ihr geliebter Gatte Fred drückte, wenn auch auf etwas zotige Art, aus, daß er sie, wenn überhaupt je in diesem Leben, dann nur mit einer schon lange toten Ikone betrogen hätte. Was wiederum implizierte, daß er ihr ansonsten stets treu gewesen sei. Nora, eine dünne, elegante und sehr geschmeidige Frau, war gute zehn Jahre jünger als Fred und mit außerordentlichen Genen gesegnet. Waren auch ihre Stirn und Wangen nicht von ersten Symptomen des Alterns verschont geblieben, hätte ihr Körper noch jeder Fünfundzwanzigjährigen zur Ehre gereicht. Sie hatte tiefbraune, fast schwarze Augen und diesen gewissen melancholischen Blick von unten, der aufreizend und provokant wirken kann. Mit einer Tasse in der Hand an eine Säule gelehnt, sah sie aus wie die Lässigkeit selbst, strahlte aber auch, wenn sie zu lächeln vergaß, eine Art Müdigkeit aus, als sei sie gelangweilt. Seit einigen Wochen trug sie ihr dunkles Haar hochtoupiert im Stil der Siebziger, als sie durch einen Zufall festgestellt hatte, wie gut ihr das stand.

An diesem zweiten Sonntag im November verließen die letzten Gäste das Wannseehaus der Reitlingers gegen 22 Uhr. So, wie es im vorhinein vereinbart worden und typisch war für diese Art von Soiree, die gegen 17 Uhr begann und nur äußerst selten, höchstens in sehr heißen Sommern, aus dem Ruder lief. Frederick Reitlinger lud einmal im Monat ein paar Freunde ein, dazu professorale Kollegen, einigen vielversprechenden studentischen Nachwuchs und – gegen den drohenden geistigen Inzest – fachfremde Autoritäten aus den unterschiedlichsten Sparten, manchmal auch Prominente. Es wurden simple Schnittchen gereicht, Kuchen und Gebäck, es wurde Kaffee und Tee getrunken, und erst gegen acht Uhr abends kredenzte Fred Reitlinger drei, manchmal vier sorgfältig karaffierte Flaschen eines – wie er es salopp ausdrückte – *schweineteuren* Weines (≥ 200 Euro), den sich die Anwesenden, selten mehr als achtzehn, zwanzig Leute, teilten.

Der riesige holzgetäfelte Raum, für den die Bezeichnung *Wohnzimmer* eine absurde Untertreibung bedeutete, war durchweg in gedämpften bis dunklen Farben gehalten. Vor den kreisrunden großen Fenstern standen nebeneinander drei mächtige Biedermeier-Ottomanen, bezogen mit weinrotem Samt. Um dort Platz zu nehmen, mußte man in irgendeiner Weise privilegiert oder sehr kühn sein.

Vor etwas mehr als hundert Jahren hatte sich ein heute vergessener Landschaftsmaler die Villa erbaut, nicht weit entfernt von der des neidisch beäugten Konkurrenten Max Liebermann. Die Reitlingers hatten das verwahrloste Anwesen während der Wendejahre günstig erworben und renoviert, die Aura des Gebäudes war dabei erhalten geblieben. Erst später, als die Kinder auf der Welt waren, veränderte sich manches, nie aber jenes Wohnzimmer im ersten Stock, das immer seinen kalt-ehrwürdigen, leicht bedrückenden Charakter behielt.

Für Reitlingers Studenten war eine Einladung ins Wannseehaus der endgültige Beweis, die Sympathie ihres Professors erlangt zu haben. Leider beeinträchtigten gewisse junge Leute den Abend regelmäßig durch zu dick aufgetragene Versuche, die Versammelten geistvoll aufzuheitern, nur um sich selbst dabei vorteilhaft in Szene zu setzen. Für gewisse ältere Leute galt selbstverständlich dasselbe, nur hörte es sich bei denen natürlicher an.

Frederick Reitlinger galt als der vielleicht renommierteste, sicher aber einflußreichste Fachmann der klassischen Archäologie im Lande, ein Flaggschiff war er, saß als unangefochtene Koryphäe in zahllosen Gremien, die darüber entschieden, welche Projekte staatliche Förderungen erhalten würden. Er selbst spielte seine Bedeutung gern herunter, nannte sich einen besseren Pfandflaschensammler. Bei den Studierenden galt er als warmherzig, kompetent und hilfsbereit.

Gerd Bronnen und Leopold Kniedorff schüttelten ihrem Doktorvater die Hand, deuteten gegenüber seiner Frau Nora eine Verbeugung an, hinzu kam die schelmische Pantomime eines Kußmunds. Danach schlenderten die beiden gemeinsam zur S-Bahnstation. Sie hatten den außerordentlich autofeindlichen Standpunkt Reitlingers zu teilen gelernt beziehungsweise hart trainiert, diesen Standpunkt, der ihnen im Grunde völlig fremd war, überzeugend einzunehmen.

Sobald das schwere Buchenholz der Haustür hinter den letzten Gästen ins Schloß gefallen war, betrat, als habe sie in einem Mauerwinkel gewartet, Alisha die Diele. Alisha war die neunzehn Jahre alte Tochter der Reitlingers, als solche besaß sie ein natürliches Recht, den Salons ihrer Eltern beizuwohnen, wenngleich sie davon selten Gebrauch machte, höchstens wenn mal ein wirklich interessanter Promi am Tisch saß, mit dem sie bei ihren Freund*innen angeben konnte. Auch heute war sie kurz im Raum gewesen, allerdings nur, um sich ein Glas vom *schweineteuren* Wein einzuschenken. Den sie dann gar nicht so überragend fand und stehenließ.

Sie mußte mitbekommen haben, was ihr Vater über Audrey Hepburn geäußert hatte, denn jetzt, anderthalb Stunden später, fragte Ali ihre Mutter, wie um Himmels willen sie sich so habe behandeln lassen können, und das auch noch vor Leuten, ohne sich diese Gemeinheit zu verbitten und kräftig auf den Tisch zu hauen.

»Welche Gemeinheit?« Nora Reitlinger blinzelte irritiert und verstand nicht, wovon ihre Tochter redete.

»Er hat gesagt, er würde eine andere Frau vor deinen Augen ficken, öffentlich, und er würde dich zwingen, zuzusehen. Das ist voll ERNIEDRIGEND! So was kannst du ihm doch nicht durchgehen lassen!«

Alisha rollte mit den Augen und stampfte mit einem Fuß auf den Boden. Sie war eine leicht pummelige Brünette mit Bürstenhaarschnitt, die gerne haribobunte Kleidung mit Querstreifen trug. Ihre Brille war klein, rund und lila.

»Neinnein, er hat nicht gesagt, daß er mich *zwingen* würde, zuzusehen. Das erfindest du, Kleines ...«

»Warum nennst du mich *Kleines*? Ich bin zwei Zentimeter größer als du, und spiel die Angelegenheit jetzt bloß nicht herunter! Ich weiß genau, was Paps gesagt hat, und das geht so nicht, definitiv nicht, das muß frau ihm sagen, das muß ihm abgewöhnt werden. Nur so ändern wir was. Laß wenigstens im eigenen Haus – VOR ALLEM IM EIGENEN HAUS – nicht zu, daß du oder diese Audrey Hepburn zum Sexobjekt herabgewürdigt wird, für eine fiese Zote, das ist voll ekelhaft. Nebenbei: Wie viele Frauen waren heute da? Zwei! Von zwanzig! Wieso?«

»Liegt vielleicht daran, daß ...«

»Wen ich einlade, ist allein meine Angelegenheit«, unterbrach der herantretende Fred Reitlinger, »und zum Thema Audrey Hepburn möchte ich dir Folgendes mitteilen, liebes Töchterchen ...«

»Nenn mich bloß nicht SO!«

»Schön, Alisha, also Folgendes: Ich möchte dich wirklich auf keinen Fall verletzen, will es aber ausdrücken, ohne den darin enthaltenen brutalen und abstoßenden Fakt zu verharmlosen oder gar zu verniedlichen.« Frederick räusperte sich, ohne es zu müssen. »Mein liebes Kind, ich fürchte, es verhält sich tatsächlich, wie es einige deiner feministischen Vordenkerinnen schon immer behauptet haben. Nämlich, daß eine überwältigende Mehrheit der Männer, vor allem der jungen Männer, mit plumpen bis hin zu äußerst raffinierten Methoden, aber immer mit derselben perfiden Absicht dahinter, versuchen, Frauen zu penetrieren, in jede Körperöffnung und auf alle möglichen Arten, mir graut es bei dem Gedanken, aber so ist es eingerichtet von der Natur. Dennoch haben die meisten von uns brünstigen, triebgesteuerten und gemein hinterlistigen Kerlen gelernt, unsere Natur im Zaum zu halten und unseren Frauen einigermaßen treu zu bleiben, das hat etwas mit Fairneß zu tun oder mit der Angst, verlassen zu werden, egal. Aber wir sind immer noch *Männer*, und wir würden, wenn wir ehrlich sind, eben gerne Audrey Hepburn bespringen oder Halle Berry, Keira Knightley oder Catherine Deneuve oder wie die Göttinnen alle hießen und heißen, und das werde ich wohl noch sagen dürfen!«

»*Daswerdichwohlnochsagendürfen* ist so 'ne voll *rechte* Phrase, Daddy-O! Und wenn du meinst, unbedingt so was Beschissenes zur Unterhaltung deiner weißen älteren Herren loswerden zu müssen, dann nicht vor deiner Frau, wenn andere zuhören!«

»Falls ich mich danebenbenommen habe, sollte deine Mutter sich beschweren, nicht du in ihrem Namen. Das ist anmaßend und naßforsch. Falls du überhaupt noch weißt, was *naßforsch* bedeutet. Deine Mutter fand es außerdem lustig.« Fred zupfte an seinem neuen weißen Rollkragenpullover, der ihn am Hals kratzte. Am

Morgen hatte er einen neuen Altersfleck auf seiner Stirn entdeckt. Das war nicht schön.

»Naja«, seufzte Nora, um ihren Gatten aufzuziehen, »so *richtig* lustig war es nicht, also definitiv kein *Brüller*, aber auch nicht schlimm und schon gar nicht demütigend ...«

Die Reitlingers zwinkerten einander zu, leisteten sich den oft zuvor eingeübten Spaß, über die eigene Tochter zu sprechen, als befände sie sich gerade nicht hier, im selben Raum.

»Sie hat eben noch wenig Lebenserfahrung, ist aber rebellisch, rennt wie ein offenes Rasiermesser durch die Gegend, wütend und aggressiv – und ist dabei selbst sehr leicht verletzlich. Eine feuergefährliche Mischung, für jeden und für sie selbst vor allem«, sagte Nora zu ihrem Mann in einem bedauernden, jedoch verständnisvollen Tonfall.

»Verletzlich, sagst du? Das ist eine ganz unerträgliche Überempfindlichkeit eines Wohlstandskindes, dazu die übliche jugendliche Dauerbehauptung von überragender Intelligenz, resultierend aus wenig tatsächlich vorhandenem Selbstbewußtsein. Sie will die Welt verändern und neu gestalten, will sozusagen mit blankem Busen und wehender Fahne Frankreich führen ...«

»Forsicht, Fred! Alliterationsalarm!«

»... zumindest mal ein bißchen souverän auftreten, aber für den blanken Busen ist sie viel zu prüde und verklemmt, und die Fahne zu tragen fiele ihr zu schwer, weil sie keinerlei Sport macht, und ihre Unsicherheit mündet in ideologisch getaktetes Prinzipiendenken, schlicht und ohne Fingerspitzengefühl, ohne Differenzierungsvermögen, vor allem: ohne Güte und Nachsicht. Ich fürchte, geliebte Gattin, wir haben eine doktrinäre Linksfaschistin großgezogen.«

»IHR SEID KOMPLETT VERNAGELTE ARSCHLÖ-
CHER!« rief Alisha jetzt und rannte mit extra stampfen-
den Schritten die Treppe hinauf. Die Nacht unter diesem
Dach zu verbringen mit solch verbohrten, geistig ver-
wahrlosten Menschen war komplett unmöglich geworden, ganz und gar undenkbar. Genausogut hätte sie, wie
irgendwelche Bescheuerten, die andere Wange hinhal-
ten oder sich, wie früher, selber mit dem Messer ritzen
können. Ma, wenn sie allein waren, hörte der Tochter
nur zu und sagte am Ende ja und amen zu allem, um
ihre Ruhe zu haben. Der Alte hingegen war unbelehr-
bar. Für heute zum Beispiel hatte er eine kleine Spen-
denaktion für die Flüchtlinge initiiert, die übers Mittel-
meer kamen. Die Gäste sollten ein bißchen was geben,
zur Unterstützung der Seenotrettung. Ali hatte ihren
Vater zur Rede gestellt.

»Warum redest du immer von Flüchtlingen?« hatte
sie ihn angefaucht. Das ist eine linguistische Herabset-
zung. Man sagt jetzt *Geflüchtete*.«

»Ach, sagt man das? Dann will ich dir sagen, daß das
maskuline Suffix *-ling* tatsächlich manchmal einen pejo-
rativen Beiklang besitzt, aber nicht grundsätzlich, die
Wörter Häuptling, Säugling, Frühling und Liebling sind
ein paar Gegenbeispiele. Aber warum soll man einem
Flüchtling, der sehr wahrscheinlich klein ist im Sinne
von macht- und mittellos und auf Hilfe angewiesen,
warum soll man ausgerechnet dem die Silbe *-ling* weg-
nehmen und seine Realität pink pinseln? Damit er sich
prompt besser fühlt, kräftiger, stärker, würdevoller? Bei
einem geflohenen Diktator, der sich mit viel Geld ins
Ausland abgesetzt hat, würde ich auch nicht von einem
Flüchtling sprechen. Ja, liebe Tochter, das sind die fei-
nen Unterschiede der deutschen Sprache, über deren
grobe Beherrschung du ruhig froh sein darfst, es gibt

kaum eine Sprache in der Welt, mit der so viele Feinheiten ausgedrückt werden können. Ich liebe sie heiß und innig und lasse sie mir von Leuten wie dir nicht verschlimmbessern.«

»Mich liebst du nicht heiß und innig!«

»Weswegen denn auch? Laß gut sein, ich liebe dich bei 60°, so wie es sein soll. Und jetzt geh spielen und laß mich ein wenig ausruhen... Bald kommen die ersten Gäste.«

Alisha zog sich rasch zwei Pullover und einen Mantel über, denn es war ungewöhnlich kalt draußen. Sie whatsappte ihrer besten Freundin Caro die Ankündigung, bei ihr zu übernachten, ob Alk da sei? Caro schrieb sogleich zurück: *– Alk ist da, aber Pete auch, kann ihn nich hopplahopp rausschmeißen. Inner Stunde?*

– okee.

2

Fred Reitlinger bekannte sich offen zu einem – wenn auch sehr liberalen und mondänen – Konservatismus. In seiner Fakultät war das kein großes Problem. Nur wenige derer, die sich für das Altertum interessierten, hätten sich selbst als weit links eingeordnet. Warum das so war, darüber wurden umfangreiche Studien publiziert. Der wahrscheinlichste Grund mochte sein, daß vor allem die Kinder konservativer Familien den humanistischen Bildungsweg gingen. Über die lateinische oder griechische Sprache wurde dann das Interesse an der Antike erweckt. Ein anderer plausibler Grund war, daß die Archäologie als brotloses Fach galt, welches sich am ehesten noch Studenten aus wohlhabenden Familien leisten konnten, die traditionell zur Mitte und gemäßigten Rechten tendierten.

In der S1 Richtung Berlin-Zentrum lästerten Gerry Bronnen und Poldi Kniedorff in keinem noch so kleinen Nebensatz über ihren Doktorvater, schon aus Angst, der jeweils andere könne petzen oder, noch schlimmer, ein Diktaphon mitlaufen lassen, wie es jetzt fast schon üblich war, wenn man ausging und die Aussicht bestand, eine Frau zu treffen. Darüber lästerten sie dann doch. Darüber, daß Reitlinger entschieden zu wenige Frauen einlud und wenn, dann nur *interessante*, aber keine *gutaussehenden*. Darüber, daß man mit köstlichem Wein angefixt und prompt nach Hause geschickt wurde, darüber, daß diese schwülstigen roten Ottomanen dem Salon etwas Pompöses gaben, nicht pompös, mehr obskur, sinister, überfrachtet – sie suchten gemeinsam das passende Wort, einigten sich endlich auf: *überkommen.*

Bronnen und Kniedorff, beide Anfang dreißig, waren Rivalen, doch eigentlich recht gut befreundet, sie bewunderten einander sogar und hätten gerne bei künftigen Projekten zusammengearbeitet. Doch Reitlinger würde aufgrund der Stellenkürzungen und Sparmaßnahmen nur einen von beiden für den neu zu schaffenden Posten in Potsdam-Eiche empfehlen können, und er würde seine Entscheidung bald, spätestens im Frühjahr, treffen müssen. So, wie sie ihn kannten, hielten sie es durchaus für möglich, daß er am Ende – vor ihren Augen – eine Münze werfen würde. Womit auf einen Schlag all ihre Scharwenzeleien und Futternapfscharmützel obsolet geworden wären. Beide dachten unabhängig voneinander diesen Gedanken und mußten lächeln.

Bronnen, der Impulsivere von beiden, schlug vor, zu viert, mit den Freundinnen, noch etwas trinken zu gehen, irgendwo in einer kuschligen Bar in Mitte, wo kein Wort, keine Silbe, nicht mal ein Satzzeichen über das gemeinsame Fachgebiet gewechselt werden durfte. Stattdessen, so lautete der Vorsatz, sollten ausschließlich mainstreamige und triviale Themen erlaubt sein, schon wegen Sonja und Iris, die sich beim letzten gemeinsamen Barbesuch einen halbstündigen Disput über die Antoninian-Prägungen des ominösen Usurpators Proculus des Jahres 280 n. Chr. hatten anhören müssen.

Gerry (sein eigentlicher Name Gerd war ihm verhaßt) hatte damals, schon angeschickert, den Frauen die Geschichte erzählt, wie es lange Zeit nur eine einzige, EINE Münze dieses Herrschers gegeben hatte, aufbewahrt in der MÜMÜ (Münzsammlung München). In der MÜMÜ, wiederholte er wiehernd, in der MÜMÜMÜ, und wartete auf Lacher (die ausblieben). Diese eine Münze hätte nicht ausgereicht, Proculus als tatsächlich gelebt habenden römischen Kaiser anzuerkennen. (Stichwort: Spaßprägung eines reichen Zeitgenossen.) Aber dann – ABER DANN – und bei diesen Worten war Gerry vom Barhocker aufgesprungen und hatte einen prophetenhaften Tonfall angenommen – sei 2012 in Nordengland eine zweite Münze gefunden worden, EINE ZWEITE MÜNZE!! IN NORDENGLAND!!! Was für ein Moment sei das gewesen für die Wissenschaft. Was für ein glorioser Moment... Seltsamerweise hatte Sonja ihn später in der Nacht trotz jener fabelhaften Geschichte nicht mehr rangelassen, er wäre dafür aber ohnehin zu betrunken gewesen.

3

Alisha hatte sich, bei klirrender Kälte, eine Stunde lang draußen herumgetrieben, danach in der Bahn aufgewärmt, bevor sie kurz vor Mitternacht bei Caro klingelte, die nicht nobel am See wohnte, sondern in einem Hochhaus im Potsdamer Prekariatsviertel Schlaatz.

Daß zwei junge Frauen so verschiedener sozialer Herkunft zueinandergefunden hatten, war der Uni zu verdanken. Beide waren registrierte Erstsemester im Fach Politologie, der Zufall hatte sie zu Sitznachbarinnen gemacht, sie kamen miteinander ins Gespräch, weil der Screensaver auf Caros Laptop aus einem Albumcover der Band Radiohead bestand, in gewissen Kreisen ein Hinweis auf mögliche Intelligenz und Eigenart.

Alisha mochte Caro für ihre eloquente Klugheit und ihr atemberaubendes Rehaugengesicht. Caro mochte Alisha, weil sie immer Kohle zur Verfügung hatte und großen Gerechtigkeitssinn besaß. Denn Alisha schämte sich sehr, die Tochter eines privilegierten weißen älteren Mannes zu sein, deshalb sei es ihre Pflicht und eine Selbstverständlichkeit, für die sozial schwächer gestellte Freundin mitzubezahlen. Eine bewundernswerte Einstellung, fand Caro. Das sehr hübsche, grazile Mädchen mit den hanfblonden Korkenzieherlocken war seit drei Wochen mit Pete (eigentlich Petar) zusammen, einem zweiundzwanzigjährigen Serben, von dem niemand genau wußte, was er machte beziehungsweise wovon er lebte. Genaugenommen waren Caro und Pete nicht richtig zusammen, sie trafen sich ein paarmal pro Woche, um zu vögeln und zu kiffen. Manchmal auch umgekehrt.

Pete war ziemlich groß, athletisch gebaut und völlig ungebildet, wenngleich mit einer gewissen Straßenschläue gesegnet. Caro, die spürte, wie eifersüchtig Alisha auf ihn reagierte, erwähnte bei jeder Gelegenheit, daß das nur so ein Sexding sei. Reiner Spaß. Reine Gegenwart. Ohne Zukunft. No Future, just Fun.

Alisha hatte Caro nie erzählt, daß sie noch Jungfrau war. Dabei hätte es Gelegenheiten gegeben, diesen Zustand loszuwerden. Aber Jungs hatten Alisha nie gereizt, und Penisse fand sie nicht nur eklig, sondern Monstranzen paternalistischer Dominanz. Sie konnte es im Grunde nicht verstehen, geschweige denn gutheißen, daß Caro solch einem Ding erlaubte, in ihren Körper einzudringen und sich dort auszukotzen. Das Thema war indes tabu zwischen den Freundinnen. Alisha wollte auf keinen Fall gefragt werden, ob sie lesbisch sei, schließlich wußte sie nicht, ob sie lesbisch war. Hätte man darüber geredet, egal auf welche Weise, wäre das gemeinsame Kuscheln belastet gewesen und hätte alle Unschuld verloren.

Caro hatte sich im letzten Sommer von ihren Wurzeln im Westfälischen losgesagt und dieses Schlaatzer Einzimmerapartment (30 Quadratmeter) im vierten Stock eines neunstöckigen Hochhauses bezogen, für 400 Euro Miete warm, ein Schnäppchen angesichts der Mietpreise im Berliner Umland. Alisha wäre diesem Beispiel gern gefolgt, doch ihre Eltern hätten, über das gesetzlich Vorgeschriebene hinaus, keinen Cent abgedrückt, jedenfalls behaupteten sie das.

Alisha übernachtete so oft es ging bei ihrer nun besten Freundin. Sie liebte die winzige, aber ganz gemütliche Wohnung, dieses schiere Gegenteil des finsteren Palastes, in dem sie aufgewachsen war. Gemeinsam betrank man sich und sah Netflix-Serien. Zur Begrüßung gab es ein Küßchen auf den Mund. Über Sex wurde immer nur geredet, wobei Alisha sehr viel Erfundenes und Angelesenes von sich gab. Einmal, ein einziges Mal, hatten die beiden doppelbedröhnt, also betrunken und zu sehr lauter Musik (Placebo – *Infra-Red*), gemeinsam an sich herumgespielt, gemeinsam wäre bereits geflunkert, eher zeitgleich, im Halbdunkel, Rücken an Rücken, jede für sich und ohne einander zu betrachten. Abgesehen davon war in erotischer Hinsicht nie etwas Erwähnenswertes vorgefallen.

Alisha grübelte darüber, ob sie in Caro verliebt sei; sie war noch nie in irgendwen verliebt gewesen und besaß keinen Vergleich. Fest stand nur, daß sie sich in Caros Gegenwart wohl fühlte wie mit niemandem sonst.

Unter Alkoholeinfluß entspannte sich Alisha enorm. Wenn sie hier war, konnte sie ihre verhaßten Eltern wegblenden. Das Kiffen allerdings fand sie gefährlich, davon bekam sie Hunger, und Hunger lockte Kalorien an, die sich in noch mehr Körperfett verwandeln würden.

Einen Orgasmus hatte Alisha noch nie gehabt, sie hatte einmal einen vorgetäuscht, bei eben jenem erwähnten Exzeß mit der besten Freundin am frühen Morgen einer durchsoffenen Nacht. Dabei bereitete es ihr durchaus Lust, sich zu berühren, und oft schien es, als sei es gleich soweit, sie fühlte etwas in sich, etwas kommen, näher kommen, das dann jedoch wie ein stutziges Tier stehenblieb, ein blödes, hinterfotziges Tier, ein schielendes, hinkendes Pferd, das sich auf den letzten Millimetern verweigerte. Manchmal stellte sie sich vor, wie es wäre, wenn Caro ihre Vulva berühren würde, mit den Fingern oder gar mit den Lippen. Merkwürdig. Sie beschloß, daß das passendste Wort dafür *merkwürdig* wäre. Also irgendwas zwischen *seltsam, bemerkenswert* und *rot im Kalender anstreichen.* Wahrscheinlich wäre es etwas Gutes. Vielleicht aber auch nicht, und alles wäre danach zerstört.

Caro mochte an Alisha all das, was sie an sich selbst vermißte, diese unbedingte Selbstgewißheit (andere hätten von blanker Naivität gesprochen), die Welt verändern zu können, einfach indem man aufsteht und loslegt, irgendwie, irgendwo, mit irgendwas. Sie selbst war viel pragmatischer gestrickt und vor allem ziemlich faul, wenn man es profan in Worte fassen wollte. Faul und zu wenigen Opfern bereit.

Alisha hatte eine Flasche Weißwein aus dem Keller ihres Vaters mitgebracht, später würde es Coke Zero mit Bourbon geben. Sie suchten bei Netflix nach einer neuen Serie und entschieden sich für die zweite Staffel von *Top of the Lake.*

Es kränkte Alisha, als Caro plötzlich ungefragt von Petes riesigem Schwanz erzählte, der angeblich auch noch gut aussah. Wie konnte ein Penis gut aussehen, und worin lag der Vorteil, wenn er tatsächlich riesig war? Das klang wie dummes Gerede aus einem Pornofilm. In solchen Momenten kam es Alisha vor, als habe sie sich bei einer Verräterin einquartiert, die trotz aller politischen Intelligenz nicht fähig war, im buchstäblich engsten Umfeld einfachste Zusammenhänge auszuleuchten.

»Kannst du bitte damit aufhören?«

»Womit?«

»Mit diesen Fickgeschichten. Interessiert mich nicht.«

Caro zuckte mit den Schultern, schnalzte bedauernd mit der Zunge. Pete hatte sie vor zwei Stunden gefragt, ob eine ihrer Freundinnen vielleicht mal Lust auf einen Dreier habe. Allem Anschein nach lohnte es nicht, die Frage weiterzugeben.

»Okay. Keine Fickgeschichten mehr. Außer sie sind sehr lustig?«

»Nicht mal dann.«

Alisha erblickte in Caro voller Sehnsucht all jenes, was ihr selbst nicht gegeben war: Eleganz und Coolness, Souveränität mit einem Schuß Sarkasmus. Auf Caros Schönheit war sie hingegen keine Spur neidisch, ganz im Gegenteil, sie war sogar froh darum, nicht super-hübsch zu sein, denn Schönheit erschien ihr als ein sehr oberflächlicher Begriff, männlich tradiert, das oberste Kriterium, nach dem Frauen brutal taxiert und selektiert werden.

Beide jungen Frauen fanden sich durch die Freundin ergänzt und bereichert, wiewohl sie auf den ersten Blick kaum zueinander paßten. Doch gerade weil sie selten in Konkurrenzsituationen gerieten, kamen sie problemlos miteinander aus. Alisha, die ansonsten so gut wie nie irgendeiner Autorität Raum gab, fraß Caro praktisch aus der Hand, wurde in ihrem Beisein beinahe devot – und Caro war so klug, diesen Umstand nur sparsam für sich zu nutzen.

Neben der besten Freundin die Besinnung zu verlieren, dann zu schlafen, mit ihr in einem Bett, mit der Stirn an ihrem linken Schulterblatt, genügte vollauf, um Alisha ein Gefühl der Sicherheit, der geglückten Wahlverwandtschaft zu geben. Sie haßte es, wenn sie am Morgen zurück ins Wannseehaus mußte. Caro bestand aus irgendeinem Grund darauf, ihr Domizil nur nachts zu teilen, wollte anscheinend niemanden in der Wohnung haben, wenn sie selbst dort nicht zugegen war. Als müsse sie befürchten, ihre Schubladen könnten durchwühlt werden. Alisha dachte darüber nach. Ganz sicher lagen dort irgendwelche Schnappschüsse oder Videos von Petes mächtigem Fortpflanzungsorgan, entweder in gorillig monumentaler Pose oder feucht eingebettet in Caros Schlupfloch. Irgendwelche Ferkeleien, ganz bestimmt. Alisha hätte vielleicht nicht zielstrebig nach dergleichen gesucht, hätte es sich aber, sehr wahrscheinlich, angesehen. Halb, um ihre Neugier zu befriedigen, halb, um sich zu quälen.

4

»Ist sie raus?«

Nora nickte. Sie strich die Gardinen zur Seite, sah vom ersten Stock aus ihrer Tochter hinterher, wie diese mit nähmaschinenengen Schritten durch den Garten lief, in roten Springerstiefeln, den Rucksack auf dem Rükken. Wo ihre Tochter die Nacht verbringen würde, wußten die Reitlingers nicht. Anfangs hatten sie sich Sorgen gemacht, aber Alisha war, wenn auch nicht erwachsen, so doch Neunzehn, und sie war jedesmal am Morgen heil zurückgekehrt. Man konnte ihr nichts vorschreiben, mußte froh sein um jeden Tag, den sie noch unter dem gemeinsamen Dach verbrachte. Natürlich machten sich ihre Eltern Gedanken darüber, daß es noch keinen ersten Freund gegeben hatte oder, es wäre ihnen beinahe egal gewesen, eine erste Freundin. Aber wenn sie – bei aller elterlichen Liebe – ehrlich zu sich waren, hatte sich das Kind seit einigen Monaten zur Nervenfolter entwickelt. Wahrscheinlich war sie auf dem Campus den falschen Leuten begegnet und hatte sich, statt erste fremde Körpersäfte, deren Radikalparolen reingezogen. Was die Reitlingers so schlimm allerdings gar nicht fanden, sie teilten die verbreitete Ansicht, daß man mit zwanzig Kommunist sein dürfe, es bliebe noch ausreichend Zeit, um zu Verstand zu kommen. Allerdings, so kam es dem Professor vor, und so teilte er es seiner Gattin wieder einmal mit, seien die Maoisten und Trotzkisten der Siebziger harmlos und vernünftig gewesen gegen das, was da heute an verschrobenen Sektierern unterwegs sei, er redete meist, etwas vereinfachend, von *Gesocks*innen*, und den Stern im Wort interpretierte er als kurzes Röcheln, manchmal auch Rülpsen.

Frederick war erleichtert gewesen, daß seine Tochter sich für die Potsdamer Universität entschieden hatte, nicht für die Humboldt-Uni Berlin, an der er selbst lehrte. So wurde möglichen Versuchungen, der Tochter Vorteile zu verschaffen, von Anfang an eine Grenze gesetzt. Er wollte kein Helikopter-Vater sein.

»Die meisten überleben«, sagte er seiner Frau ins Ohr und küßte ihre Wange.

»Ja, alle Statistiken bestätigen das. Wollen wir noch was machen aus der Nacht?«

»Worauf hast du Lust?«

Nora entschied sich für Musik. Schließlich war Alisha außer Haus, konnte sich also diesmal nicht über den *Krach* beschweren.

Seit neunundzwanzig Jahren waren die Reitlingers verheiratet. Nun stiegen sie händchenhaltend, fast feierlich, die Treppe hinauf in den zweiten Stock, wo neben Alishas Zimmer das Musikzimmer lag, etwa fünfunddreißig Quadratmeter groß. Darin standen, ineinandergeschoben, zwei wertvolle alte Bechstein-Flügel. Die Pianisten saßen sich gegenüber, konnten einander also ansehen. Das spärliche Mobiliar im Raum bestand hauptsächlich aus einer Bambus-Regalwand voller Notenmaterial. Früher hatten die Reitlingers hier etlichen jungen Virtuosen eine Art Aufenthaltsstipendium ermöglicht. Heute gab es hin und wieder noch Hauskonzerte.

Nora und Frederick öffneten eine Flasche roten Krimsekt, prosteten sich zu, dann spielten sie eine Stunde lang Klavierstücke zu vier Händen, von Mozart, Mahler und Debussy, einigermaßen fehlerfrei. Wobei sich ab und an ihre Blicke trafen. Im Lächeln dieser beiden Menschen lag viel Liebe und Dankbarkeit für glückliche Jahre, zugleich aber auch das besorgte Wissen darum, daß für ein rundum gelungenes Leben längst noch nicht alles getan war. Oder, wie Fred es auszudrücken pflegte: »Man kann den Tag als solchen loben, aber noch liegt nichts getrocknet im Sarg.«

5

Gerry und Leopold entschieden sich für die plüschige Volcano-Joy-Bar im südlichen Moabit, ein relativ neues Lokal, das von der Touristenmeute bisher übersehen worden war, vielleicht auch, weil man es im ersten Moment für einen Animationsschuppen halten konnte. Alles war ein wenig im Stil der 70er gehalten, mit flirrenden Stroboskoplichtern, gelben und roten Lavalampen und trashiger Retromusik aus einer Wurlitzer Jukebox. Kurz vor Mitternacht trafen Sonja und Iris ein, kurz nacheinander.

Sonja war eine große, schlanke Frau mit weichen, etwas madonnenhaften Gesichtszügen und armlangem, glattem schwarzen Haar. Die strohblonde propere Iris wirkte daneben viel kleiner, obgleich sie einen Meter siebzig maß. Die Buddy-Holly-Brille verlieh ihr einen Anschein von Intellektualität. Tatsächlich war sie ein eher schlicht gestricktes Gemüt, arbeitete im Vertrieb eines Schulbuchverlags. Sonja hingegen verfügte über einen scharfen, sezierenden Intellekt, studierte Psychologie im 15. Semester, und noch war kein Ende abzusehen. Immer wieder war ihre Karriere durch tragisch verlaufende Beziehungen unterbrochen worden, jetzt aber, seit sie mit Gerry zusammen war, schien sie endlich den richtigen Mann für sich gefunden zu haben, und zwar einen, der es wagte zu widersprechen, der ihr rhetorisch ebenbürtig war, der sie auf Distanz hielt und ihr nicht zu Füßen lag. Der nicht klammerte und ihr genügend Freiraum ließ. Sonja hatte etwas von Rilkes Panther an sich, einer ruhelosen Wildkatze, die sich schnell umstellt und eingesperrt glaubte, sogar da, wo sich andere noch behaglich gefühlt hätten. Damit waren die Männer vor Gerry schwer zurechtgekommen, hatten allesamt nicht begriffen, daß man eine solche Frau öfter mal einfach in Ruhe lassen, praktisch ignorieren mußte.

Leo und Iris kannten sich erst ein paar Monate, und hätte man ihn zur Wahrheit gezwungen, dann waren ihre Brüste das, was er am attraktivsten an ihr fand. Brüste waren ihm, er hätte es natürlich nie zugegeben, überproportional wichtig. Und er merkte, daß Gerry oft ein wenig neidisch dreinsah, weil Sonja in dieser Hinsicht deutlich weniger zu bieten hatte.

Der Barkeeper stellte die gezuckerten Margheritas auf

den Tresen. Cocktails mit Faltschirmchen. Aus der Jukebox nudelten die Les Humphries Singers *Mexicoooo,
Mexicoooo-o-o*. Eine halbe Stunde lang fand man den
Laden witzig, bevor er einem auf die Nerven zu gehen
begann.

Sonja spielte mit ein paar ihrer Haarsträhnen und
wollte wieder einmal nicht glauben, daß Gerry sie nicht
hätte mitnehmen können zu den Reitlingers. Leo aber
bestätigte, daß die übliche Einladung ins Wannseehaus
ausdrücklich – aus Platzgründen – nur für *eine Person
ohne Begleitung* ausgesprochen wird. Wer dagegen verstoße, auch das habe es schon gegeben, der werde mit-
leidlos abgewiesen. Reitlinger sei in dieser Hinsicht
eigen.

»Was heißt *eigen*?« meinte Gerry. »Er möchte keine
ihm fremden Personen im Haus haben, und das ist
nicht eigen, das ist ganz natürlich. Er entscheidet konsequent, wie in allem.«

»Aber«, warf Iris ein, »das ist doch superpeinlich,
jemandem die Tür zu weisen, nur weil er noch jemanden mitgebracht hat. Das ist eine Kränkung, von der
erholt man sich nicht leicht. Ich brächte so was nicht
übers Herz.«

»Regeln sind Regeln. Ich finde, wenn er vorher klar
und deutlich die Regeln verkündet hat, dann muß es
niemandem peinlich sein, wenn auf deren Einhaltung
bestanden wird.«

»Und wie war der Wein?«

»Der *schweineteure* Wein?« Leo grinste. »Naja, ganz
gut, schätze ich. Ich möchte nicht vortäuschen, viel
davon zu verstehen. Keiner von uns versteht was von
Wein. Die Margheritas hier sind leckerer. Auch wenn
das banausig klingt.«

Das Gespräch wendete sich tagespolitischen Dingen

zu. Die Jungs achteten darauf, jeglichen Fachsprech auszuklammern. Nach dem ersten Drink stiegen sie auf Bier um, wollten möglichst lange nüchtern bleiben. Beiden war das letzte Vierertreffen in unangenehmer Erinnerung, als die Frauen mehr vertragen hatten als sie selbst.

Gegen halb zwei verließ man zusammen das Lokal. Die Kälte schien nicht mehr so schlimm mit Alkohol im Blut.

»In drei Monaten«, sagte Iris, »werden wir diese fünf Grad als warm empfinden.«

Sonja hob die rechte Augenbraue, äußerte sich aber nicht weiter kritisch über die Wetter-Platitüde. Von ihrem Therapeuten hatte sie jüngst den Rat bekommen, Mitmenschen, insbesondere Freunde und nahe Bekannte, nicht ohne Grund laut zu kritisieren, selbst wenn sie der Meinung sei, der kritisierten Person damit einen Gefallen zu tun.

Es wehte jetzt kaum noch Wind, auch war kein Regen mehr zu befürchten.

Iris und Leo mußten Richtung Bahnhof Zoo, wollten nicht zwanzig Minuten auf die U-Bahn warten, und natürlich ließ man sie nicht allein durch den schlecht beleuchteten Tiergarten gehen, seitdem es dort immer wieder Überfälle auf Touristen gegeben hatte, darunter sogar einen spektakulären Mord. Der Täter, ein junger Russe, hatte eine zierliche ältere Frau erwürgt und zwanzig Euro und ein Handy erbeutet. Viele Obdachlose nächtigten in diesem riesigen Park, Stricher waren unterwegs, es wurden harte Drogen gedealt, und viele der Laternen, eine einstmals prächtige Sammlung von Gaslaternen aus ganz Deutschland und Europa, waren von irgendwelchen Chaoten zerschlagen worden.

Die vier jungen Menschen dachten in einem Moment, als sie etwa zweihundert Meter in die Düsternis vorgedrungen waren, alle dasselbe: daß sie sich eigentlich noch nie zu dieser Uhrzeit im Tiergarten aufgehalten hatten und so etwas nüchtern erst gar nicht in Betracht gezogen hätten. Natürlich wollte keiner der Männer als erster zugeben, daß er es mit der Angst bekam. Die Frauen hatten statt Bier weitere Margheritas gehabt und waren dementsprechend mutiger. Hin und wieder funktionierte ja noch eine Laterne. Und dort auf der Insel, die eigentlich niemand betreten durfte, zum Schutz der Schwäne und Enten, war ein Lagerfeuer zu sehen.

Bunte Schatten, huschende Schatten. Schlafsäcke.

Hier und da hatten Obdachlose ihre Zelte zu einer kleinen Siedlung zusammengestellt. Manchmal brach etwas mit Gepolter und Geraschel durch die Büsche, ob Mensch, ob Tier, schwer zu sagen. Dann wieder herrschte gespenstische Stille.

Sie mußten, um den Bahnhof Zoo zu erreichen, einen guten Kilometer zurücklegen, und, anders als in einer Samstagnacht, war heute nicht viel Partyvolk unterwegs. Wenn jetzt irgendwelche Jungs aus dem Maghreb oder aus welchem Weltteil immer mit gezückten Messern vor sie hintreten würden, hätten sie lange um Hilfe rufen können. Sie wären wehrlose Opfer gewesen. Iris flüsterte, sie habe Reizgas dabei, und Leo meinte: »Bloß nicht!« Das dürfe sie auf gar keinen Fall verwenden, es würde nur sekundenlang helfen und böse Menschen sehr sehr wütend machen. Nicht gut. Gar nicht gut.

Sie kamen an einem Gewässer vorbei, der Mond schien schwach, aber er wurde vom Wasser reflektiert, und man konnte die Umgebung wieder einigermaßen erkennen, auch war der Weg nicht mehr so schlammig. Noch etwa hundert Meter bis zur Schleuse. Die nebenan liegende Gastwirtschaft, der *Schleusenkrug*, hatte schon seit dem späten Nachmittag geschlossen.

Ein Schwan flog auf. Sein Flügelschlag knatterte regelrecht. Über den Himmel zogen schnelle Wolken, leicht gelblich. Wo eben noch Windstille geherrscht hatte, kam eine kräftige Brise auf. Im wild bewegten Wasser oberhalb der Schleuse tanzte ein Fußball.

Endlich standen wieder zwei funktionierende Laternen beisammen. Die vier jungen Leute gingen an der Gastwirtschaft vorbei. Hier, wo man schon den Busparkplatz vor dem großen Bahnhof sehen konnte, war der Mord passiert, direkt am Weg, am Eingang zum Tiergarten, dennoch hatte man die Leiche erst nach drei Tagen gefunden, trotz des Einsatzes einer Hundestaffel.

»Völlig unglaublich«, flüsterte Sonja, »man würde zu lästern beginnen, würde man so ein Detail in einem Roman lesen.«

Immer noch lagen Blumen und Kränze und Zettel mit Gedichten am Tatort, vor wenigen Wochen hatten sogar noch Kerzen gebrannt. Die Frauen blieben einen Moment stehen, um der Getöteten zu gedenken. Jemand hatte ein Foto des Opfers aufgestellt, es zeigte ein sympathisches, durchaus noch attraktives Gesicht, das ein wenig dem von Nora Reitlinger ähnlich sah.

Ein paar Meter weiter in Richtung Parkplatz sagte Gerry zu Leo im Flüsterton: »Weißt du was? Das war total *geil* eben.«

Leopold nickte, ihm ging es ähnlich. Die Nacht sei eine Frau, gab er zurück. Ihm fiel partout nicht mehr ein, von wem diese Sentenz stammte. In letzter Zeit hatte er immer öfter Probleme mit seinem Gedächtnis.

6

Am nächsten Morgen fuhr Alisha erst mal nach Hause, um zu duschen und sich umzuziehen. Sie würde die Vorlesung versäumen, aber das war egal, eine befreundete Kommilitonin würde das Ganze auf dem Laptop mitschneiden und ihr zur Verfügung stellen. Caro war liegengeblieben mit dem genuschelten Hinweis, sie denke nicht daran, heute überhaupt noch einmal aufzustehen. Alisha konnte das nur recht sein, denn sie wollte am späteren Nachmittag, zum ersten Mal überhaupt, im Literaturkreis selbstgeschriebene Gedichte vortragen und zur Diskussion stellen. Sie war deswegen schon nervös genug. Im Beisein Caros hätte die Angst, sich zu blamieren, überhandgenommen. Obschon im Grunde wenig passieren konnte. Viele aus der Gruppe würden dasein und zu ihr halten. Die Diskussion, so lauteten die Regeln, sollte sachlich und fair geführt werden, ohne giftiges, herabsetzendes oder gar beleidigendes Vokabular. Jede/r, die/der vortrug, konnte die Debatte mit einem Händeklatschen beenden, wenn sie/er begann, sich damit unwohl zu fühlen. Auch waren alle Teilnehmer angehalten, jeden Beitrag erst mal zu beklatschen, denn jede/r, die/der den Mut besaß, sich der Kritik zu stellen, verdiene alleine schon dafür Beifall.

Dennoch breitete Alisha die in Frage kommenden Texte noch einmal auf ihrem Bett aus, deklamierte die Poeme still vor sich hin, nahm zwei davon heraus und eines wieder rein. In diesem Moment drang ein Geräusch an ihr Ohr, das sie nicht einordnen konnte, jedenfalls nicht in dieser Umgebung. Es klang wie ein Stöhnen, ein männliches Stöhnen, und es kam von unten, in zweierlei Hinsicht von unten, nämlich aus irgendeiner Bauchgegend, weswegen es an einen röhrenden Hirsch erinnerte, zweitens aus dem Keller des Hauses, wo der Wein aufbewahrt und die Wäsche gewaschen wurde, wo die Tischtennisplatte stand und Paps sich die kleine Fitneßecke eingerichtet hatte. Aber diese Stimme hatte eindeutig nicht ihrem Vater gehört.

Noch vor zwei Jahren hätte Alisha zur Sicherheit aus dem Fenster gesehen, ob sein Wagen dastand, ein solider taubengrauer Mercedes-SUV. Aber dann hatte Fred Reitlinger von einem Tag auf den anderen einen Rappel bekommen und Autofahren eine im gut vernetzten Berlin unnötige, unökologische und sehr gefährliche Angelegenheit genannt. Er, der vierzig Jahre und viele hunderttausend Kilometer selbst gefahren war, hatte plötzlich Angst bekommen, sich ans Lenkrad zu setzen, wie es Leute gibt, die mit Fünfunddreißig plötzlich höhenkrank werden oder mit Fünfundfünfzig zum ersten Mal Heuschnupfen bekommen.

Alisha hatte eigentlich keine Zeit, mußte los und wollte niemandem im Haus begegnen, sie hatte sich über die Gartentür hereingeschlichen und wollte auf diesem Weg auch wieder hinaus. Doch wenn was sie gehört hatte keine Stimme aus dem Fernseher war – und im Keller stand kein Fernseher –, gab es die Möglichkeit, daß sich ein Einbrecher im Haus befand. Dem sich entgegenzustellen, dachte sie, wäre doof. Sollte er doch alles mitnehmen. Außer ihren Sachen natürlich. Die gingen niemanden etwas an. Vor allem die Tagebücher nicht. Alisha schloß schnell ihr Zimmer ab und lief die beiden Treppen hinunter. In diesem Moment trat ihre Mutter aus der Kellertür. Beide erschraken. Nora zog die Tür hinter sich zu und setzte ein gekünsteltes Lächeln auf.

»Schön, daß du wieder hergefunden hast!«

»Ich bin gleich wieder weg.«

»Auch schön.«

»Sag mal, Mama, hast du eben jemanden stöhnen gehört, so ein männliches Stöhnen, wie ein Hirsch, wenn er stirbt?«

»Nein... Wo willst du das denn gehört haben?«

»Kam aus'm Keller. Wo du grad herkommst.«

Nora bemühte sich, ein nichtsahnendes Gesicht aufzusetzen, aber Alisha durchschaute ihre Mutter sofort. Das sollte gar kein nichtsahnendes Gesicht sein, sondern ein unschuldiges. Ihre Mutter fühlte sich angeklagt, aber so hatte Alisha es ja gar nicht gemeint. Und angeklagt fühlt sich zuerst der, der schuldig ist.

»Ist da ein Mann, da unten?«

»Unfug. Alisha, du mußt los.«

»Also ist ein Mann da unten.«

»Ich wiederhole mich. Du mußt los, du kommst zu spät.«

»Wer ist es denn? Du mußt jetzt sagen: der Klempner. Und ich sag dann...«

»Da unten ist NIEMAND. Verpiß dich, Tochter!«

Alisha Reitlinger hatte ihre elegante, immer leicht somnambule und elfenzarte Frau Mutter so derbe noch nie reden gehört; es hinterließ tiefen Eindruck bei ihr. Erst in den letzten Sekunden war Alisha bewußt geworden, was genau das alles bedeutete: Ihre Mutter mußte eben im Keller, vielleicht auf den Fitneßmatten, Sex gehabt haben mit jemandem, mit einem gewohnheitsmäßigen Liebhaber vermutlich. Oder, alternative Version: Da unten war doch ein Einbrecher gewesen, Nora hatte ihn auf frischer Tat ertappt, ihm ein Messer in den Bauch

gerammt und wollte ihrer Tochter den Anblick ersparen.

Nein, die erste Version war doch deutlich wahrschein-
licher. Meine Mutter hat einen heimlichen Liebhaber.
MEINE Mutter. Darüber und über die Konsequenzen
gab es enorm viel nachzudenken. Endlos viel. Alisha
war reichlich verwirrt, ihr stiegen Tränen in die Augen,
obwohl sie nicht hätte sagen können, weshalb genau sie
nun traurig sein oder weinen sollte. Schnell rannte sie
aus dem Haus und zu ihrem Fahrrad. Kurz überlegte
sie, sich irgendwo zu verstecken und zu warten, bis
der Mann das Haus verließ, damit sie sich ein Bild von
ihm machen konnte, vielleicht sogar ein Foto. Doch das
konnte Stunden dauern, und es war bitterkalt. Alisha
radelte zum Bahnhof, dann fuhr sie mit der S-Bahn zum
Campus.

7

Caro ging aufmachen. Pete stand draußen, er sei in den
Regen geraten, ob er sich kurz bei ihr aufwärmen dürfe.
Caro wußte, was das im Subtext bedeutete, und ging ins
Bad, um sich zu waschen. Pete war jemand, der immer
alles, was er hatte, überall hineinsteckte, wo man etwas
hineinstecken konnte. Das tat manchmal weh, doch
meistens gut. Seine Begierde war für Caro zu einer Art
Droge geworden, sie glaubte nicht, daß sich irgendeine
Frau auf der Welt begehrter fühlen konnte als sie mit
ihm im Bett. Das war schon sagenhaft.

»Ich liebe dich, Caroline. Mein Herz gehört dir, dir
allein.«

»Hör bloß mit dem Scheiß auf! Behalt dein Herz für dich. Soll ich das essen, oder was? Wenn ich mal 'ne Spenderniere brauche, können wir drüber reden.«

»Du bist so unromantisch, meine Geliebte.«

»Anders kriegt man dein Gesülz nicht leise.«

»Tschulligung.«

»Na, is ja schon okay. War nicht bös gemeint.«

8

»Sie hat uns gehört?«

»Ja.«

»Mist. Sorry.«

Der Mann, der neben Nora auf der mittleren der roten Ottomanen lümmelte und rauchte, war um die Vierzig, von sportlicher und gepflegter Erscheinung. Sie waren jetzt allein im Haus, Nora hatte sicherheitshalber abgesperrt und die Haustürkette vorgelegt.

»Es ist nicht deine Schuld, sondern meine. Ich bin unvorsichtig gewesen.«

»Hast du's zugegeben?«

»Nein! Wo denkst du hin?«

»Das ist gut. Nie etwas zugeben. Was man nicht zugibt, das existiert auch nicht. Jedenfalls nicht hundertprozentig.«

Der Mann nahm noch einen Zug und zerdrückte die Kippe im Aschenbecher. Nora lehnte ihre Wange an seine Schulter und ließ es zu, daß er mit seinen Nikotinfingern in ihrem Haar spielte. Dünnes, leicht gekräuseltes Haar, mit erstem Graubefall. Nora wollte es färben, doch schob sie es immer wieder hinaus. Und Arnie

35

hatte gesagt, das sei nicht nötig, alles sei gut, sie solle alles so lassen, wie es ist.

»Ich geh dann mal.«

»Jetzt schon?«

»Naja! Ich hab auch noch einen Job, weißt du?«

Arnie, sein kompletter Name lautete Arnold Finkenhagen, arbeitete ganz in der Nähe als Hotelmanager in einem mittelgroßen Viersternehaus. Seine Affäre mit Nora Reitlinger ging bereits ins dritte Jahr, irgendwann war daraus eine Art Beziehung geworden.

Er war ein talentierter Liebhaber, auch konnte man relativ interessante Gespräche mit ihm führen. Dennoch hatte Nora zuletzt immer öfter darüber nachgedacht, die Sache zu beenden. Ihr fehlte das Neue, Prikkelnde, potentiell Gefährliche, wie zu Beginn einer Liaison. Hier war – wenn auch im besten Sinne – etwas die Luft raus. Nora und Arnie waren Freunde geworden, die sich alles erzählen konnten. Der Sex war wie immer gut, aber die Betonung lag auf wie immer. Da war kein Fest und kein Feuerwerk mehr. Nora fragte sich, ob es klug sein konnte, ein Arrangement wie dieses, das durchweg funktionierte, ohne echte Not aufzugeben, sich dem Risiko auszusetzen, am Ende mit leeren Händen dazustehen. Eine Frau von fünfzig Jahren, dachte sie, hat einen bereits eingeschränkten Spielraum für Mißgriffe, jedes halbe Jahr fällt ins Gewicht. Hinzu kam, daß sie Arnie mochte, ihn sogar gern hatte. Und Arnie mochte Nora. Er drückte es anders aus, sagte, daß er sie lieben und verehren würde, aber das, dachte Nora, sagen die Kerle eben so, das kostet sie nicht viel.

»Brauchst du noch was? Kaffee?«

»Immer und immer nur dich. Morgen? Selbe Zeit?«

»Wir sollten uns vorläufig nicht mehr *hier* treffen. Auf keinen Fall. Nicht, bevor ich weiß, wie Alisha reagiert.«

»Dann kommst du wieder zu mir ins Hotel?«

»Nein.« Nora schüttelte den Kopf, als würde sie sich über eine Anzüglichkeit ärgern. »Nein, das war früher mal lustig, jetzt... Weißt du was? Ich sag dir einfach Bescheid, ja?«

Arnold Finkenhagen nickte und verließ dann das Haus über den Garten, ging unten am See entlang, mit tief ins Gesicht gezogener Kapuze. Hier, auf dem Terrain der Reichen, besaßen alle Fenster Augen.

9

Pete war endlich fertig. Caro seufzte und wischte sich seinen Schmodder vom Gesicht. Diesmal war ihr Seufzen keines der Lust, sondern der schieren Erleichterung. Anderthalb Stunden hatte er gebraucht, um ein einziges Mal zu kommen, und am Ende hatte er dafür noch selbst Hand an sich legen müssen.

»Fühlt sich an, als wär ich da unten nur noch rohes Fleisch. Menno! Pete! Es gibt auch zuviel des Guten.«

Petar verstaute sein Ding in der Unterhose, ließ den Gummizug schnalzen, rieb mit einer Handfläche über seinen Fünftagebart und summte ein serbisches Volkslied. Weil er hier aufgewachsen war, sprach er völlig akzentfrei Deutsch.

»Vom Guten kann es nie zuviel geben. Und wenn du unbedingt willst, daß ich schnell komme, dann weißt du genau, was du tun mußt.«

»Hör auf, Pete, das ist unappetitlich.«

»Laß uns gemeinsam duschen!«

»Nee, ich muß jetzt lernen.« Sobald sie gemeinsam

unter der Dusche stünden, würde Pete wieder geil werden, und das konnte sie heute absolut nicht brauchen.

»Rauchen wir noch was zusammen?«

»Ich muß wirklich lernen! Nüchtern sein und lernen. Mein voller Ernst.«

»War diese reiche Tussi wieder hier heut nacht?«

»War sie.«

»Fingert ihr aneinander rum?«

»Quatsch.«

»Wenn doch, will ich zugucken.«

»Ich sach Bescheid. Und jetzt raus!«

Petar war ein Schlaks, aber ziemlich kräftig, und manchmal mochte es Caro, wenn er seinen Willen ihr gegenüber etwas durchsetzte. Hätte sie Alisha davon erzählt, wäre die vollkommen ausgeflippt. Allein, so war's nun mal, es machte sie an, von ihm hin und wieder ein wenig bedrängt zu werden. Pete war ein gutherziger Kerl, der stets instinktiv um die Grenzen des Erlaubten wußte.

Er arbeitete für seinen Vater, der in Potsdam seit drei Jahrzehnten eine Autowerkstatt besaß und Gebrauchtwagen verkaufte. Genaugenommen arbeitete Petar recht wenig, bekam aber ausreichend Taschengeld, um seine geringen Bedürfnisse zu decken. Das waren ein paar Gramm Gras pro Woche, ein paar Bier pro Tag und regelmäßiger guter Sex. Er hatte etliche Mädchen an der Hand gehabt, einmal fünf gleichzeitig, aber seit er vor ein paar Monaten Caroline getroffen hatte, waren die anderen Luft für ihn geworden. Vernarrt war er in diese Frau, verliebt auf ganz romantische Art. Doch sobald er redselig und schwülstig werden wollte, bekam er eine eiskalte Abfuhr, dann wies ihn Caro recht drastisch in seine Schranken, reduzierte ihn zum Sexobjekt, sagte ihm das auch noch ins Gesicht. Nix mit Beziehung, nix mit Liebe. *Sei froh, daß du mich ficken darfst.*

Pete war darüber tatsächlich froh, aber ansonsten wenig glücklich. Er sah ein, daß er dieser Frau mental und intellektuell nicht gewachsen war. Na gut, er wäre bereit gewesen, sich ihr komplett unterzuordnen, ihr Diener zu sein. Wo lag das Problem? Ständig schob Caro ihr Studium vor, *ich muß lernen, ich muß lernen,* womit sie ihn wohl dezent darauf hinweisen wollte, daß sie Abitur hatte und er bloß eine Grundschulbildung. Petars Vater hatte ihn oft und ausführlich gewarnt vor Mädchen mit Abitur: *Laß es, Sohn! Ist zu schwierig, glaub mir. Eine Frau, die sich dir überlegen fühlt, das möchtest du dir nicht antun. Laß es. Mach lieber was im Zirkus. Mit Löwen und Tigern.*

10

Der Literaturkreis traf sich in einem Sitzungszimmer des Asta. Es waren dreißig bis vierzig Leute gekommen, fünf wollten vortragen; das Los setzte Alisha an dritte Stelle. Vor ihr kam eine ukrainische Kommilitonin dran, die ihre erste auf deutsch geschriebene Kurzgeschichte präsentierte. Es ging um ein Ehepaar, das in Bulgarien illegal ein Kind kauft. Als ihnen klarwird, daß das Kind behindert ist und am Downsyndrom leidet, setzen sie es an einer Autobahnraststätte aus. Ein starker Text, der viel Beifall bekam, obwohl Alisha ihn zu dick aufgetragen und klischiert fand, denn natürlich waren es wieder einmal böse Bulgaren, die gutgläubigen Deutschen ein behindertes Kind andrehen, und natürlich war es wieder ein deutsches, weißes Hetero-Ehepaar, das sich weigert, ein nicht ganz gesundes, nicht arisches Kind aufzuziehen. Klischees über Klischees.

Der Ukrainerin folgte ein biodeutscher Altstudent von über sechzig Jahren, der einfach aus Spaß noch mal studierte, und für so jemanden hatten hier die wenigsten Verständnis. Der Typ war alt, sah alt aus, mischte hier aber mit, als gäbe es noch eine nennenswerte Zukunft für ihn. Wahrscheinlich fühlte er sich sogar noch wohl zwischen den jungen Leuten, obwohl die ihn verachteten. Vielleicht ein Grapscher, der sich gerne mit jungen Gesichtern umgab. Vielleicht ein Gucker. Manche Menschen, dachte Alisha, gucken, wie andere grapschen. Ähnlich verletzend. Dieser Opa war ihr sehr verdächtig. Und er las eine recht alberne Geschichte vor, über ein Paar, das am Ende eines langen Lebens Rückschau hält – im Was-wäre-wenn-Modus. Was, wenn wir damals eine Wohnung in Kreuzberg gekauft hätten, vor 20 Jahren. Was, wenn wir fünfzig Euro in Bitcoins investiert hätten, anno 2007. Undsoweiter. Und als ziemlich vorhersehbare Pointe kam am Ende raus, daß nur das gemeinsame Glück zählt und die Gesundheit und die Liebe, ach Gottchen, was für ein sentimentaler Quatsch. Die Leute klatschten ein bißchen aus Höflichkeit, und keiner äußerte etwas Kritisches, weil dieser Text jedem egal und jedes Wort darüber eins zuviel war. Alisha fühlte ihr Herz schlagen. *Ich fühle mein Herz schlagen.* Diesen Satz hätte sie niemals in einer Geschichte verwendet, so was konnte man höchstens in ein Kleinmädchenpoesiealbum schreiben, aber wenn sie darüber nachdachte ... Nein, normalerweise fühlte sie ihr Herz nicht schlagen, heute aber schon. Ganz real. Fakt.

Sie nahm einen Schluck Wasser und ging aufs Podium, erhielt Applaus, sogar vereinzeltes Gejohle aus der Gruppe, die fast vollzählig da war. Alisha nestelte am Mikro herum, räusperte sich, hustete, trank noch einmal Wasser, sagte ihren Namen und daß sie gleich Gedichte vorlesen würde. Das erste ging so.

Ich träume vom Ende des Kapitalismus!!!
vom Ende des Scheiß-Patriarchats!!!
von der Revolte, bei der du mitmußt,
statt Fleisch friß lieber Salat!

Ich träume von Frieden und Freiheit
vom Ende des blöden Rassismus
von Menschen, die leben in Gleichheit,
ohne schlimmen Sexismus,
der Fraun auf der Welt täglich plagt.
Statt Frauen kaufen freßt Salat!

Wir gehn in die Offensive,
erobern uns unseren Raum,
nur wenn ich den Aufstand verschliefe,
bleibt es am Ende beim Traum.

Frauen, checkt das Signal, macht
kaputt, was euch vom hohen Roß
herab die Welt erklärt, euch auslacht,
zuletzt lachen wir und sind GROSS!!!

Die folgenden Gedichte klangen weniger kämpferisch und aufpeitschend, waren mehr meditativer Natur. Eines forderte dazu auf, den eigenen Besitz zu hinterfragen und anderen zur Verfügung zu stellen, eine nicht ganz naheliegende Paraphrase auf den Song *Haus am See* von Peter Fox:

Und am Anfang meines Lebens stand ein Haus am
See.
Das lag mir schwer im Weg und auf der Seele. Nach 20 Kindern ist keine Frau mehr schön.
Sei denn, es wärn Geflüchte-
te, die lebten glücklich im Haus am See,
das wäre ein Fortschritt und nicht so obszön.

Manchmal genügten ihr zwei Zeilen, um einen Span-
nungsbogen zu kreieren, manchmal sogar nur zwei
Buchstaben:

XXXXXXXXXXXX
XXXXXXXXXXXU

Einigen im Publikum war das zu kryptisch, sie zogen
verständnislose Schnuten, für andere, Erfahrenere, kam
die Problematik vorgetäuschter Orgasmen etwas zu sehr
auf dem Tablett daher.

Alishas Performance konnte sicher noch optimiert
werden, manche Zeilen haspelte sie etwas herunter,
verzichtete auf Pausen, die hier und da dem Gesagten
noch mehr Aplomb verliehen hätten, aber als sie zuletzt
ein erschöpftes »Danke« ins Mikrophon hauchte, war
sie froh, den Auftritt durchweg passabel hinter sich
gebracht zu haben. Beifall brandete auf, am eupho-
rischsten von der Gruppe, doch auch die restlichen
Zuhörer*innen schienen angetan, teilweise enthusias-
miert. Das war jung, das war frech und engagiert. Und
gereimt, geschickt und reflexiv konstruiert, statt einfach
so aus dem Bauch herausgeschleudert.

Nun durfte die Debatte beginnen, Fragen konnten
gestellt werden. Insgeheim hatte Alisha darauf gehofft,
man würde ihr Werk diskussionslos durchwinken, ohne

daß sie lange Erklärungen dazu abgeben mußte. Eigene Texte zu erklären, das konnte, war ihr im Vorfeld nahegelegt worden, schnell eitel wirken, von sich selbst zu sehr eingenommen.

Ein junger Mann hob den Arm. Wer in der Lyrik Alishas Vorbilder seien, wollte er wissen. Er brachte sie damit in Bedrängnis, denn Lyrik zu lesen hatte sie nie als besonders wichtig empfunden. Schließlich fiel ihr Brecht ein, der war links, und zum Ausgleich nannte sie Friederike Mayröcker, die war eine Frau. Der junge Mann reagierte erstaunt, denn Brecht habe doch etliche zweifellos sexistische Verse in die Welt gesetzt.

Alisha stimmte dem widerwillig zu, das könne so sein, durchaus, aber Brecht habe im letzten Jahrhundert gelebt. Was nichts rechtfertigen solle. Sie begann sich unwohl zu fühlen.

Und wie sie es mit ihrer Metrik halte, wollte der junge Mann nun wissen, ob es Absicht sei, daß sie gängige Gepflogenheiten strikt unterlaufe, gar ein Mittel drastischer Komik?

Zum ersten Mal seit Beginn der Diskussion fühlte sich Alisha angegriffen und war nicht mehr bereit, auf die Invektiven dieses Offenders zu reagieren. Was nahm sich diese Cordhosentype denn heraus?

Der junge Mann hingegen insistierte, daß Alishas Gedichte metrisch fragwürdig seien und ihre Reime oft unrein. Ob das in ihrer Absicht gelegen habe? Ob sie dieses Trashelement hyperironisch als ernstgemeinten Beitrag abgeliefert habe? Ob ihr bewußt sei, daß ein Konjunktiv grammatisch falsch war. Alisha stammelte was davon, daß es keine falschen Konjunktive gebe, es gebe ja auch keine illegalen Menschen.

Der junge Mann sagte: »Hä?«

Und das war jetzt eindeutig aggressiv, unterstellte

wenig subtil, daß sie unverständlichen Blödsinn verzapfen würde. Und dreckige Reime. Was für Testosteron-Attitüden waren das denn?

Alisha klatschte in die Hände und verkündete per Mikro, ein so empathie- und respektloses, gestapomäßiges Verhör nicht länger mitzumachen. Der junge Mann ließ seine zivilisierte Larve nun komplett fallen, er fragte laut in die Runde, ob Alisha Reitlinger noch alle Latten am Zaun habe. Von seiten der Gruppe erfolgte ein Buhsturm, und alle sieben sangen in voller Lautstärke: »MACHO MACHO MANN! MACHO MACHO MACHO MANN!« Das sorgte erst mal für Ruhe. Kopfschüttelnd zog der Störer von dannen. Weil keine weiteren Fragen kamen, verließ Alisha, mit gereckter Faust, das Podium. So schwer und belastend hatte sie sich das alles nicht vorgestellt.

Nachdem zwei weitere Aspirant*innen wenig Relevantes, weil zu Lapidares und darüber hinaus schwer Individualistisches abgesondert hatten, war Alisha der Meinung, für heute die Beste gewesen zu sein, auch wenn es darum natürlich nicht ging. Die Gier nach dem Sieg ist elitär, wahre Künstler*innen brauchen keine Rankings.

In der darauffolgenden geheimen Abstimmung gewann ausgerechnet der weiße Oppa.

Alisha sah in viele betroffene Gesichter. Die Gruppe weigerte sich kollektiv, den Sieger zu beklatschen.

Es war immer das gleiche. Das System, solange es noch nicht endgültig zerschlagen ist, setzt sich irgendwie durch. Immerhin, obwohl es im Grunde selbstverständlich war, wurden die vier Mitstreiter*innen allesamt zu zweiten Sieger*innen erklärt. Niemand sollte als Verlierer*in nach Hause gehen, denn ein Heer von

Verlierer*innen zu hinterlassen kann unmöglich der Sinn von Kunst und Kultur sein.

11

Nach gehaltenem Oberseminar wollte Professor Reitlinger eben das Universitätsgelände verlassen, als er eine SMS von Ansger bekam, der ihn dringend um eine Unterredung bat. Dies war insofern aufsehenerregend, als Vater und Sohn seit mehr als zweieinhalb Jahren kein Wort mehr miteinander gewechselt hatten.

Der Grund für den innerfamiliären Streit war wie so oft ein finanzieller gewesen. Die Eltern hatten dem Sohn nicht das Geld leihen wollen, das er zur Gründung seiner Firma benötigte. Fred hatte nicht genau verstanden, worum es in diesem Start-up-Unternehmen gehen sollte, das Konzept schien ihm nicht schlüssig, geschweige denn zukunftsträchtig, ansonsten hätte er den Sohnemann von Herzen unterstützt. Hinzu kam, daß soviel Geld, wie Ansger gefordert hatte, auf dem Konto überhaupt nicht vorhanden gewesen war, denn die Reitlingers hatten viel Kapital in ihr Haus investiert.

Wo bist du denn? simste Fred seinem Sohn zurück.

In Berlin. Treffen im Einstein u d Linden in einer Stunde?

Okay.

Frederick Reitlinger war etwas aufgewühlt und beschloß, die Zeit bis zum Treffen im Kulturkaufhaus Dussmann zu überbrücken. Sein Sohn hatte ihm damals schlimme Vorwürfe gemacht, die von Geiz über Herzlosigkeit bis hin zur Unfähigkeit reichten, eine schlichte und geniale Idee als solche zu erkennen. Ein Rabenvater sei er, ein Mensch der Vergangenheit und ein Idiot obendrein. Ansgers Idee bestand aus einer Art Online-Auktionshaus, doch war es ihm nicht gelungen, seinem Vater überzeugend darzulegen, wo denn bitte der gravierende Unterschied zu eBay liegen sollte. Es war ihm hingegen gelungen, andere, risikobereitere Geldgeber zu finden, seine Pläne zu realisieren und tatsächlich Erfolg zu haben. Einen Erfolg, den Ansger nur leider mit etlichen Menschen teilen mußte, statt alleine den großen Reibach zu machen. Das Unternehmen hatte zwischenzeitlich auf Platz 2 der Hotlist der interessantesten Start-ups des Jahres gelegen. Seither hatte Frederick den weiteren Verlauf des Projekts aus den Augen verloren und nur hin und wieder aus der Zeitung erfahren, daß er sich, was die Prosperität des Ganzen betraf, offenbar getäuscht haben mußte, sogar ein Börsengang stehe kurz bevor. Diese Meldung, ein halbes Jahr alt, nahm ihm etliche Sorgen um Ansgers Zukunft von den Schultern. Und doch hinterließ sie auch einen sauren Geschmack.

Ansger war als BWL-Student eine Niete gewesen, zu faul, zu disziplinlos, an nichts als persönlichem Reichtum interessiert, als gebe es nichts Wichtigeres im Leben, als wäre er irgendein kulturloser Ghettorapper. Wie konnte Fleisch von seinem Fleisch sich in eine solche Richtung entwickelt haben, trotz einer gewissenhaften Erziehung hin zu den wahren Werten, dem Schönen und Erhabenen. Fred Reitlinger hatte sich oft gefragt, was da falschgelaufen war, wo genau und weswegen. Bei Alisha sah es ja ganz ähnlich aus, selbst das Erlernen eines Instruments hatte sie strikt verweigert, mit dem Hinweis, es gebe heute Spotify, und niemand müsse noch Musik selber machen wie in der Steinzeit. Als

Vater schien Frederick versagt zu haben, er hatte seine Kinder nicht einmal für die Oper begeistern können, geschweige denn für klassische Literatur. Alisha hatte bis auf *Harry Potter* in ihrem Leben erst ein Dutzend Bücher gelesen und selbst die nur unter schulischem Zwang. Frederick war deshalb, was die Prognose für die abendländische Gesellschaft anging, zum Schwarzmaler geworden. Als Frohnatur fand er Trost darin, so eben noch die Reste des alten Glanzes miterleben zu dürfen. Bevor die Totalherrschaft des Smartphones anbrach und primitive, geistlose Musik die Massen endgültig in eine Art Wachkoma versetzte.

Mit seinen jüngsten Doktoranden, Gerd Bronnen und Leopold Kniedorff, hatte er diese Problematik mehrmals besprochen und sich Hinweise erhofft, womit man den Nachwuchs wieder für die Tradition begeistern könne. Sosehr sie ihm sonst auch nach dem Munde redeten, hatten ihm beide in diesem Punkt wenig Hoffnung gemacht. Bronnens Theorie war, daß die Kinder früher zu ihrem Glück gezwungen worden seien, ein gewisses Maß an Repression und Mühsal sei nötig gewesen. Heute, aufgrund der Laissez-faire-Erziehung bei gleichzeitiger Hyperprotektion, gehe das nicht mehr, und der Weg hin zum höheren Bewußtsein sei nur noch per Zufall erreichbar. Das schnell Eingängige habe leichtes Spiel, und für das hart zu Erarbeitende fehle es an Fleiß und Anreiz, denn der praktische Mehrwert läge nicht auf der Hand, bestehe nur in einem vagen Versprechen der Eltern. Und die Eltern der letzten hundert Jahre, ob Kommunisten oder Faschisten und selbst die Demokraten, hätten zu viele Versprechen gebrochen. Momentan gehe es darum, selbst dem schwächsten Individuum eine möglichst hohe persönliche Freiheit zuzuschanzen. Eine Freiheit ohne Verpflichtungen. Ohne Aussicht auf Bildung und sozialen Aufstieg. Das sei kein Klima, in dem eine komplexe, unglaublich hoch entwickelte Kultur gedeihen oder auch nur überleben könne. Das Abendland werde indes, so die Meinung Bronnens, nicht untergehen, weil es immer wieder Zufälle und Eigeninitiativen gebe, und im Grunde komme eine Gesellschaft mit sehr wenigen schöpferischen Kräften und innovativen Leitdenkern aus. Von der Wunschvorstellung der Aufklärung, von der Utopie, das Niveau der Massen je anzuheben, könne man sich jedoch getrost verabschieden, der durchschnittliche IQ werde sinken, langsam zwar, doch stetig.

Reitlinger fand das eine recht verzweifelte und übertriebene Diagnose, zumal für einen noch relativ jungen Menschen, doch genau dieser Pessimismus verlieh dem ohnehin adrett und windschnittig aussehenden Gerd Bronnen einen Rahmen aus gedeckten Farben, anders gesagt, ein melancholisch verschattetes, beinahe erotisches Flair, weswegen er momentan Reitlingers Liebling war, während der mit Eleganz etwas weniger gesegnete Kniedorff verzweifelt mitzuhalten versuchte durch deutlich radikalere Analysen, die mitunter den Anschein erweckten, er sei politisch am rechten Rand unterwegs. Was er, darauf angesprochen, selbstverständlich weit von sich gewiesen hätte. Aber daß die Zukunft der über achtzig Opernhäuser des Landes durch die Migration nicht eben blühender werde, das dürfe man nicht nur, das müsse man sogar sagen. Hatte er neulich gemeint.

»Leo, erstens weiß ich zufällig, daß Sie Opern gar nicht ausstehen können. Und zweitens leidet die Oper nicht wirklich darunter, wenn Menschen, die sich ohnehin nicht für Oper interessieren, sich überproportional vermehren...«

»Mag sein, Herr Professor, auf lange Sicht vielleicht

aber doch, wenn die bürgerliche Elite einmal, ich meine rein numerisch, zur gesellschaftlichen Randgruppe geworden ist. Im übrigen versuche ich gerade sehr ernsthaft, mich mit klassischer Musik anzufreunden.«

Der Professor, dessen Gerechtigkeitssinn bei den Studenten einen legendären Ruf genoß, hatte manchmal Grund, sein Gewissen zu befragen, ob er denn wirklich nach rein fachlichen Kriterien entschied. Er favorisierte den brillant parlierenden Bronnen, obwohl Kniedorff, von seiner Akribie und seinem Engagement her, das etwas höhere Potential für eine Teamleitung besaß.

Als Professor, das rief Reitlinger sich gebetsmühlenartig ins Gedächtnis, muß man Studenten sehr sorgfältig, sozusagen subkutan beurteilen, muß den späteren Menschen streng vom vorübergehenden Günstling trennen. Ein fundiertes Urteil kann man über jemanden erst fällen, wenn er in Amt und Würden ist, dann erst zeigt sich dessen wahrer Charakter, alles davor sind Maskenspiele strategischer Natur. Und so banal es klingen mag, das Aussehen eines Menschen spielt immer und überall eine viel größere Rolle, als man zuzugeben bereit ist.

Reitlinger kaufte bei Dussmann ein paar CDs. Entlegene Barockmusik und späte Klaviersonaten von Schubert. Wenn er nicht wie so viele andere mit Knöpfen im Ohr unterwegs sein wollte, würde er frühestens an den Weihnachtsfeiertagen – vielleicht – Zeit haben, um diese Musik konzentriert und von Anfang bis Ende zu hören, nicht in Portionen oder nebenbei. Er fand das niederschmetternd und hätte sich gewünscht, sein Sohn hätte auf komplett andere Art gegen ihn revoltiert, wäre den Weg zur Freiheit gegangen, wäre ein Penner geworden, ein moderner Diogenes. Das hätte Fred noch irgendwie verstanden und gebilligt. Stattdessen hatte Ansger sich zu einer Art Finanzhai entwickelt, zum glatten, neoliberalen Gierschlund. Frederick fürchtete sich immer mehr vor dem Treffen. Denn wenn es einen einzigen halbwegs plausiblen Grund gab, daß der Sohn wieder Kontakt zu ihm suchte, dann den, daß es seiner Firma eben doch nicht so gutging und der Traum vielleicht schon geplatzt war.

12

Bereits seit knapp einem Jahr, seit ihrem 19. Geburtstag, arbeitete Caroline Seifert-Gündogan mehrere Nachmittage die Woche als Escort-Girl. An ihre Kunden wurde sie durch ein Portal namens *Belle-Alliance* vermittelt, das ausdrücklich auf Studentinnen spezialisiert war. Die Kundschaft sollte sich so ein gewisses Niveau erwarten dürfen. Ein Escort-Girl mußte nicht unbedingt bei der Behörde als Sexarbeiterin angemeldet sein, solange sie auf ihrer Webseite eindeutig und klipp und klar darauf hinwies, daß Sex nicht zu ihren Dienstleistungen gehörte. Das war natürlich Klimbim und Tralala, das Mädchen war schließlich ein freier Mensch, konnte Privates vom Beruflichen trennen, konnte immer eine Ausnahme machen, das lag in ihrem individuellen Ermessen – und die Mädchen von Belle-Alliance machten fast immer Ausnahmen, dafür wurden sie sehr gut bezahlt. Der Freier bekam die Illusion, es nicht mit einer ordinären Prostituierten zu treiben, sondern mit einer noch fast unschuldigen Studentin, die vorübergehend in Geldnot geraten war und ein bißchen was ausprobierte. Viele Männer fuhren genau darauf ab. Und deren Gewissen blieb insofern rein, als sie relativ sicher sein konnten, nicht an eine geschlechtskranke Minderjährige aus Osteuropa zu geraten, die von finsteren Totschlägern zum Anschaffen gezwungen wurde.

Der Kunde klingelte auf die Sekunde pünktlich um Viertel nach vier. Caro, die sich in diesem Bereich ihres Lebens *Chantal Force-Majeure* nannte, öffnete die Tür und war sehr erleichtert. Der Mann, der vor ihr stand und ganz altmodisch eine Verbeugung andeutete, war noch einigermaßen jung und sah gepflegt aus, wenn auch nicht ganz schlank. Sie würde sich kaum verbiegen müssen, das Honorar würde schnell und einfach verdient sein. Diese Art Arbeit machte Caro manchmal sogar ein wenig Spaß, solange es keine fetten, stinkenden alten Männer waren, die perverse Sachen wollten. Solche gab es selbstverständlich auch, aber die meisten konnte man vorher aussortieren, denn es war üblich, erst miteinander zu chatten, bevor man einen Termin vereinbarte. Schlimmstenfalls konnte man jemanden auch mal an der Tür abweisen, wenn er zum Beispiel mit einer schweren Alkoholfahne anrückte. So einen hereinzulassen wäre viel zu riskant gewesen.

Der Kunde nannte seinen Namen nicht, wünschte aber sehr höflich einen »Herausragenden Tag, Ihnen und mir«, dann legte er sofort den Mantel ab, ohne Aufforderung. Ebenfalls ohne Aufforderung hielt er die vereinbarten hundertfünfzig Euro bereit. Caro nahm das Geld, verstaute es in einer metallenen Kassette und bat ihren Gast, auf dem Bett Platz zu nehmen. Was jetzt kam, war ein albernes Ritual, aber um auf Nummer Sicher zu gehen, war es unvermeidlich. Manchmal entpuppte sich der Freier als Bulle von der Sitte.

»Schön, daß du hier bist, lieber Gast! Ich muß dich

noch einmal explizit darauf hinweisen, daß mein Service einer der nicht erotischen Art ist und du von mir keinerlei sexuelle Dienstleistung erwarten kannst. Wir beschränken uns darauf, miteinander zu reden, vielleicht auch spazierenzugehen oder fernzusehen. Ist das bei dir angekommen?«

»Verstehe, ja, klar. Alles klar.«

»Gut, ich heiße Chantal, wie soll ich dich nennen?«

»Hmm, wie nennst du mich ... Von mir aus Tiger.«

»Gut, Tiger. Angenommen, du könntest dir etwas von mir wünschen, egal was, was wäre das? Sag an!«

»Nichts Besonderes. Einen sanften, ganz langsamen Blowjob mit Hodenstreicheln. Weißt du, ich hab eine Freundin, aber die macht das nur selten, und wenn, dann echt nicht dolle, sie beißt ihn mir halb ab dabei, ihr Mund ist ein Fleischwolf, ehrlich, ihr Mund ist bis obenhin gefüllt mit Zähnen, es müssen über dreißig sein ...«

»Okay, ich merke sofort, daß du's eigentlich nicht nötig hast, für so was zu bezahlen ...«

Chantal sagte diesen Satz sehr vielen ihrer Kunden. Selten war er ehrlich gemeint, diesmal durchaus. Der junge Mann Anfang Dreißig machte einen netten Eindruck, redete nicht in verklemmten Phrasen, wirkte charmant und um Respekt bemüht.

»Ich finde es besser, dafür zu bezahlen. Ich will über meine Freundin nicht gelästert haben, weißt du, sie ist in vielen anderen Dingen recht gut, und das hier, denke ich, ist für alle die sauberste Lösung. Einmal im Monat gönn ich mir das. Du siehst übrigens *rattenscharf* aus.«

»Dankeschön.«

»So einen Satz darf man einer normalen Frau heute ja nicht mehr sagen.«

»Aha?« Chantal warf ihm einen leicht mißbilligenden Blick zu.

»Ich wollte damit nicht ausdrücken, daß du unnormal bist, du weißt schon…«

»Schon klar, Herr Tiger. Dann mach dich mal frei.«

13

Reitlinger betrat das Café Einstein und ging bis nach ganz hinten durch, wo am allerletzten Tisch, der eigentlich Stammgästen vorbehalten war, sein Sohn Ansger saß. Die Männer umarmten einander kurz, gaben sich danach noch die Hand, beide schienen viel darüber nachgedacht zu haben, wie nahe sie sich kommen wollten, beide wirkten nervös und angespannt. Ansger sah schrecklich aus, er mußte über zehn Kilo Gewicht verloren haben, der ozeanblaue Boss-Anzug schlotterte geradezu um seine Rippen, die Wangen waren eingefallen und ungleichmäßig rasiert, die Augen rot wie entzündet.

Vater und Sohn setzten sich und bestellten Milchkaffee. Frederick bestand darauf, daß der Kellner, sozusagen als Erste-Hilfe-Maßnahme, zwei Portionen Apfelstrudel mit Sahne brachte, das war seine Art, dem Sohn mitzuteilen, welch verheerend-verhungerten Eindruck er machte.

»Ich weiß, ich sehe nicht gut aus. Das kommt, weil ich zwei Nächte nicht geschlafen habe…«

»Wie geht es dir? Wie lange bist du schon in Berlin? Erzähl!«

»Wie soll es mir gehen? Ich weiß, ich hätte mich mal

melden sollen. Ich weiß, ich war nicht nett zu dir, aber du warst es umgekehrt auch nicht. Schwamm drüber, reden wir wieder miteinander.«

Ansger zuckte ständig, wie von kleinen Elektroschocks geplagt, auch warf er andauernd paranoide Blicke durch den Raum. Fred vermutete, daß sein Sohn in heftigem Ausmaß kokainabhängig war. Nicht, daß er viel davon verstand, er selbst war sein gesamtes Leben lang drogenfrei geblieben. Von Wein und Zigaretten abgesehen.

»Hast du Sorgen? Ist bei dir alles in Butter?«

Ansger grinste und machte große Augen. Weil er ein wenig schielte, sah das aus, als würde ein Irrer sich wundern, auf dessen Nasenspitze ein winziger Drache gelandet war.

»In *Butter*? Und gleich noch ALLES? Du machst Scherze auf meine Kosten?«

»Wie meinen?«

»Ja klar, Daddy Cool, was willst du hören? Selbstverständlich hattest du mit allem recht, mit allem. Wie du immer mit allem recht behältst. eBay hat uns plattgemacht, wir werden nächste Woche Insolvenz anmelden, damit wir uns nicht strafbar machen, und das ist dann das Ende. Vielleicht haben wir uns sogar schon strafbar gemacht, wegen Insolvenzverschleppung, das Finanzamt ist nicht sehr kulant gegenüber Verlierern, ich könnte mich absetzen, weißt du, Liechtenstein liefert wegen fiskalischer Vergehen nicht aus, auch die Schweiz nicht, aber nur, wenn man viel Kohle hat. Ich hab noch den Sportwagen und die Eigentumswohnung in Karlsruhe. Immerhin. Die kann ich verkaufen. Und dann? Und dann?«

Ansger schüttelte den Kopf, in einer Mischung aus Entsetzen, Empörung und Fassungslosigkeit. Dann setzte er eine seltsam gleichgültige, beinahe amüsierte Miene auf und vollführte mit beiden Händen eine Pfeifdrauf-Geste.

»Was brauchst du? Wie kann ich dir helfen?« Frederick schob seinem Sohn den Apfelstrudel hin, Ansger stellte den Teller kommentarlos zur Seite.

»Ich brauche nichts, danke. Ich weiß, du würdest mir helfen, aber noch bin ich ja nicht verschuldet. Ich habe genug. Sag Mama und Ali einen schönen Gruß.«

»Wie? Du willst nicht ernsthaft schon abhauen? Komm doch heute abend zu uns, wir gehn was essen, machen eine gute Flasche auf und beratschlagen, was zu tun ist...«

»Danke dir, aber mein Anblick, seien wir ehrlich, würde Mama ängstigen, ich muß erst, nun... etwas anderes machen, etwas in Ordnung bringen, in Butter, wie du es nennen würdest. Es war mir wichtig, daß wir uns wieder gut sind, Papa.«

Frederick war kurz davor, zu fragen, in welcher Klinik Ansger den Entzug schaffen wolle, doch wäre das nicht sehr subtil gewesen. Sein Sohn hätte aus freien Stücken davon erzählen müssen. Immerhin – und das war neu – dankte er ausdrücklich für den Kaffee wie auch für den Strudel, den er nicht angerührt hatte. Dann stand er abrupt auf, schmiß sich seinen Mantel über die Schulter und verließ mit einem halbblauten »Ciao!« das Lokal, ohne sich noch einmal umzusehen.

14

Der selbsternannte Tiger erwies sich als Idealfall eines Kunden. Er war sauber, roch angenehm, kam nach wenigen Minuten, und statt den Termin auf irgendeine Weise in die Länge zu ziehen (manche Freier bestanden auf ihrer vereinbarten halben Stunde), zog er sich prompt an, um zu gehen.

Wären nur alle so pflegeleicht, dachte Caro, und gab ihm zum Abschied die Hand.

»Das war wirklich toll«, sagte der Mann und zwinkerte. Und, wieder ganz altmodisch, deutete er einen Handkuß an. »Vielleicht«, fügte er dann noch hinzu, als seine Hand schon die Türklinke berührte, »machen wir daraus eine regelmäßige Veranstaltung? Wie wäre das für dich?«

Caro-Chantal meinte, daß man darüber reden könne, gerne. Wahrscheinlich, dachte sie, fragt er mich gleich, ob eine Stammkundschaft mit einem gewissen Rabatt verbunden ist. Jedes zehnte Mal für umme oder so. Und sie lächelte.

»Du hast ein sehr gewinnendes Lächeln, Chantal. Du machst mich ganz verliebt in dich. Es ist gefährlich mit Mädchen wie dir, weißt du?«

»Nein ... Was meinst du mit gefährlich?«

»Na, ich fahre dahin zurück, wo ich herkomme, und dort wartet meine Freundin auf mich, und ich vögle sie, sofern ich sie überhaupt vögeln darf, denn sie legt selten Wert darauf, und ich denke, nein, Chantal ist das nicht. Dabei haben wir beide noch gar nicht gevögelt, das machen wir nächstes Mal, und ich weiß jetzt schon, daß es unvergleichlich sein wird. Du und deine rasiermesserscharfe Muschi. Danach wird mir meine leicht speckige Freundin noch viel weniger Spaß machen. Das ist die Kehrseite der Medaille.«

»Okay...« Caro fand es merkwürdig, wie der Kerl von seiner speckigen Freundin redete, so was sagte man doch nicht, das klang deutlich zu abschätzig.

»Es ist schade, daß Sex eine so große Rolle spielt im Leben. Man braucht ihn nur ein paar Minuten am Tag, und in diesen Minuten ist alles anders... und teuer. So, als wären alle physikalischen Regeln außer Kraft, und eine neue Naturordnung gilt... Weißt du, meine Freundin ist ein herzensguter Mensch, loyal, ohne Allüren, sie hat in Maßen Humor und, naja, nein, *Esprit* hat sie nicht wirklich, wenn man gerecht ist. Soll ich dir eine Geschichte erzählen?«

»Wenn sie nicht zu lange dauert...«

»Nein, und ich hab ja für eine halbe Stunde bezahlt, da fehlen noch zehn Minuten, aber so lange dauert die Geschichte gar nicht. Also, stell dir vor, im Grunde war ich nie richtig verliebt in meine Freundin. Sie ist, wie soll ich sagen, quadratisch, praktisch, gut. Aber sie liebt mich, und wenn sie weint, zerreißt mir das mein Herz. Wenn ich sie verlassen würde, würde sie um mich weinen. Das rührt mich so sehr, daß ich bei ihr bleibe, obwohl ich sie nur... *mag*. Ich raffe mich nicht dazu auf, jemanden kennenzulernen, der besser zu mir paßt, weil ich ihr nicht wehtun will. Ich komme zu dir, denn das ist für alle die beste Lösung. Aber sie will, sobald ich meinen Doktor habe, ein Kind von mir. Was dann? Ich muß bald eine Entscheidung treffen. Soll ich mit einer langweiligen Frau ein Kind zeugen?«

»Das solltest du dir wirklich sehr gut überlegen.«

»Ich brauch keine Ratschläge von einer Rotzgöre. Hör einfach nur zu!«

15

Nora bestand darauf, sich vorläufig nicht mehr in ihrem Haus zu treffen. Arnie, der selbst verheiratet war und drei Kinder hatte, schlug am Telefon vor, zur Abwechslung mal etwas ganz Neues auszuprobieren. O Gott, dachte sie, was kommt jetzt?

Er könne sich, sagte Arnie, von einem Kumpel ein Boot ausleihen, ein recht geräumiges Boot, das am kleinen Wannsee vor Anker lag. Nora, die befürchtet hatte, er würde ihr den Besuch in einem Swingerclub oder Pornokino nahelegen, meinte, das sei eine ganz witzige, originelle Möglichkeit, die man in Betracht ziehen könne. Sie habe allerdings Bedenken, ob es jetzt, im November, auf einem Boot nicht zu kalt und ungemütlich sei. Arnie versprach, sich bei seinem Kumpel danach zu erkundigen, er habe zwar keine Ahnung von Booten, aber es müsse dort doch irgendeine Form von Heizung geben, ansonsten habe die Zivilisation in den letzten Jahrhunderten herzlich wenig erreicht.

Und selbstverständlich, wie er zwanzig Minuten später, beim nächsten Telefonat, berichtete, verfügte das Boot neben einem Wohn- und Schlafraum von 15 Quadratmetern über eine Dieselheizung, Thermostat und zwei portable Petroleumöfen für den Notfall. Unter diesen Umständen war Nora einverstanden, sie müsse vorher aber noch mit Frederick darüber reden.

»Dann sag ihm einen schönen Gruß!«

16

»Lieber Tiger, die halbe Stunde ist um. Ich bitte dich, jetzt zu gehen, denn ich muß noch lernen.«

»Selbstverständlich, du mußt lernen. Ich halte dich auf. Aber es tut mir außerordentlich gut, mal mit jemandem zu reden. Kann ich mir noch fünf Minuten kaufen? Fünf Minuten deiner Zeit für'n Zwanni?«

»Nee, laß mal, komm nächste Woche wieder, und wir reden und vögeln, und alles hat seine Ordnung.«

»Wie, Ordnung? Nächste Woche kann meine Freundin tot sein, ich meine, *das* wäre eine Lösung, keiner will das, natürlich nicht, aber es *wäre* eine Lösung. Sie wäre nie mehr traurig. Nie mehr.«

»Das wird mir jetzt wirklich zu privat, sorry.«

Caro, jetzt viel mehr Caro als Chantal, öffnete die Tür und wies ihrem Kunden mit einer huldvollen, aber knapp und energisch gehaltenen Geste den Weg. Der Tiger, wie immer er heißen mochte, sah sie an, und für einen Moment machte er ihr angst, obwohl in seinen Augen keine Wut zu erkennen war. Allein der Umstand, daß er offensichtlich überlegte, was er anders machen solle, statt einfach adieu zu sagen und zu gehen, genügte, um ihr angst zu machen.

17

Während der Fahrt im Regionalexpreß vom Bahnhof Friedrichstraße nach Wannsee überlegte Frederick, ob er seiner Frau gegenüber erwähnen sollte, daß Ansger sich wieder gemeldet hatte. Es war tatsächlich eine Überlegung wert, denn: Was würde es bringen? Es würde alte Wunden aufreißen, und solange Ansger nicht bereit war, wenigstens für ein Abendessen, für lausige zwei Stunden in den Schoß der Familie zurückzukehren, lag nicht wirklich eine neue Situation vor. Nora zu erzählen, wie bemitleidenswert ihr Sohn ausgesehen hatte – wozu sollte das gut sein? Andererseits war sie nun einmal seine Mutter und besaß ein natürliches Recht, zu erfahren... – oder? Fred konnte sich nicht entscheiden.

Als Nora ihm dann im Speisezimmer entgegenkam und ihn küßte, entschloß er sich spontan, den Mund zu halten, auch weil sie ihm zuvorkam. Man müsse *dringend* etwas bereden, sagte sie. *Sofort.*

Frederick setzte sich neben die Anrichte und hörte zu.

»Arnie war heute morgen hier, wir waren unten im Fitneßraum zugange, er wurde laut. Ali kam überraschend vorbei und hat uns gehört.«

»Oh neeein...«

Frederick, der seine Frau liebte wie keine Person sonst auf Erden, hatte vor Jahren der Vereinbarung zugestimmt, daß Nora sich woanders jenes Maß an Befriedigung beschaffen konnte, das er ihr zu geben nicht mehr imstande war.

Arnie gegenüber hatte Nora vieles im Vagen gelassen. Ob Fred kein körperliches Interesse mehr an ihr zeigte oder unter dauerhafter Impotenz litt, darüber wollte Nora nie ins Detail gehen, und Arnie hätte es wohl auch kaum interessiert.

Fred hatte ihr anfangs viele Fragen gestellt, was Person und Charakter dieses Arnold Finkenhagen anging. Die Vorstellung, wie seine Nora mit ihm verkehren würde, erregte ihn anfangs, manchmal bekam er sogar leichte Erektionen, die indes nie lange anhielten. Er vertraute seiner Gattin blind, es lag kein *Betrug* vor, wenn man dieses antiquierte, realitätsferne Wort unbedingt gebrauchen wollte. Geheimnisse vor ihm zu haben hätte er seiner Frau nicht so gerne zugebilligt – aber auch das wäre kein Trennungsgrund gewesen, denn seine Liebe zu ihr kannte kaum eine Schmerzgrenze. Nora war der Mensch, mit dem er irgendwann, in vielen Jahren, durch gemeinschaftlich begangenen Suizid sterben wollte, bevor beide zu wehrlosen Opfern des Alters werden würden, zu wunden Schatten ihrer selbst.

Inzwischen war Fred an Arnie gewöhnt. Er hatte ihn, bis auf eine ganz kurze Begegnung am See, nie persönlich kennengelernt, aber dank Noras Erzählungen wußte er schon so einiges über diesen Menschen.

»Hat Alisha ihn denn *gesehen?*«

»Nein.«

»Hast du irgendwas zugegeben?«

»Nein, natürlich ich nicht. Aber sie hat es mir auf den Kopf zugesagt, und ich habe nicht gerade heftig geleugnet.«

»Das ist großer Mist. Verdammt! Konntet ihr nicht aufpassen?«

»Tut mir leid. Ist passiert. Kommt nicht wieder vor. Und? Was machst du, falls Alisha dich darauf anspricht?«

»Du glaubst, das wird sie tun?«

»Kann schon sein. Wie würdest du denn drauf reagieren?«

»Mich ahnungslos stellen. Dem keinen Glauben schenken. Es gibt offiziell keinen Arnie, und es wird nie einen geben, einverstanden? Wenn wir beide konsequent so tun, als wäre nichts passiert, ist nichts passiert.«

»Einverstanden. Lustig, Arnie hat was ganz Ähnliches gesagt. ›Was man nicht zugibt, das existiert auch nicht. Nicht hundertprozentig.‹«

»Er ist ja ein richtiger Philosoph!«

»Paß auf: Wir werden uns künftig nicht mehr hier oder im Hotel treffen, sondern auf einem Boot, das ein Freund ihm zur Verfügung stellt. Ist das okay für dich?«

»Ein Boot? Ein Ruderboot oder was?«

»Nein, es ist wohl so eine Art Motorjacht, mit Kajüte und Heizung, und es liegt vor Anker, wir fahren damit nicht in der Gegend herum. Es ist *sicher*.«

»Hast du's dir angesehen?«

»Nein, aber Arnie *sagt*, es ist sicher. Warum sollte er lügen?«

Fred dachte eine Weile lang nach, gab dann seine Einwilligung.

»Gut, trefft euch auf diesem Boot, von mir aus, solange du dort auf dem Handy erreichbar bist. Und was das andere betrifft: Alisha gegenüber streiten wir alles ab. Du sagst *gar nichts*. Es gibt tausenderlei Erklärungen noch für die seltsamsten Geräusche. Ali ist jung und verwirrt genug, sie weiß noch nicht viel über das Leben, sie würde so etwas nicht verstehen und gutheißen schon gar nicht.«

»Ich liebe dich.«

»Ich dich auch. Oh ja, fürwahr!«

18

Alisha fuhr von der Uni ohne Umweg nach Schlaatz, zu ihrer Freundin. Sie wollte, um ihre Plazierung zu feiern, Pizza spendieren und orderte per Handy zwei mittelgroße Vegetariana mit Käserand, obwohl Caro gerne Schinken aß, aber das mußte man nicht auch noch unterstützen. Ali fuhr mit dem Lift in den vierten Stock und sah einen Mann vor Caros Wohnungstür stehen. Sie ging hin, sagte laut und deutlich *Guten Tag*, und der Mann drehte sich nach ihr um, sah sie sonderbar, beinahe erschrocken an, dann stelzte er einfach davon, hastete mit riesigen Schritten an ihr vorbei, betrat den Lift und war verschwunden.

»Sag mal, was war denn mit dem los?« wollte Ali wissen. »Weshalb ist der abgehauen? Wer war das?«

Caro kaute, als sei sie geistig komplett abwesend, auf ihrer Lippe herum, dann sagte sie, der Typ habe ihr Magazine und Zeitschriften zum Abonnementspreis angeboten und habe sich nicht abwimmeln lassen.

»Du, der sah aber gar nicht aus wie so ein Zeitungsmann.«

»Kann sein, vielleicht hat er das nur behauptet.«

»Komisch. Irgendwie, irgendwo hab ich den schon mal gesehen.«

»Echt? Na, ist doch egal, komm erst mal rein.«

Caro umarmte ihre Freundin sehr fest, fester als sonst.

»Schön, daß du da bist. Wie lief es?«

»Glorioser zweiter Platz von fünf.«

»Ey, *super!*«

»Ich hab Pizzen bestellt, die kommen bestimmt gleich.«

»Doppelplussuper.«

Caro hielt ihre Hände auf Alishas Rücken versteckt, denn sie zitterten noch ein wenig.

19

Nach dem Abendessen verabschiedete Nora sich, um Arnie zu treffen. Sie versprach, Fotos vom Boot zu machen. Frederick war genauso neugierig wie sie selbst. Als das Taxi davongefahren war, blieb er einen Moment in der finsteren Diele des Hauses stehen. Nur ein wenig Mondlicht fiel über das Türfenster herein. Seine Gedanken kreisten um Ansger, diesen Ansger mit den roten Augen, diesen einzigen Sohn, der ihm seit langem nicht mehr so menschlich, so liebenswert erschienen war wie heute nachmittag im Café. Dennoch liebte er ihn nicht über das Mindestmaß hinaus, das die Natur einem Vater mitgibt und der Anstand ihm gebietet.

Fredericks Lieblingsfilm war *Gladiator* von Ridley Scott, ein Streifen, den er immer wieder sehen konnte. Wäre er Marc Aurel gewesen, der alte, sterbende Kaiser des Reiches, nein, er hätte nicht Ansger zu seinem Nachfolger gemacht, er hätte, wie die bewährte Tradition der Adoptivkaiser es verlangte, dem Besten zur Herrschaft verholfen.

Gerd Bronnen. Ihm hätte er die Krone verliehen. Bronnen wäre der Wunschsohn gewesen, den er immer hätte haben wollen, statt eines von oben bis unten kaputten Ansgers, dessen blanken Namen er schon nie so recht leiden konnte. Aber Nora hatte darauf bestanden, ihr erstes Kind, falls es ein Junge würde, nach ihrem toten Vater zu benennen.

20

»Du kannst heute abend nicht hierbleiben. Pete kommt später noch vorbei.« Caro versuchte, so beiläufig wie möglich zu klingen.

»Der zieht hier bald noch ein, Menno! Mach dich doch nicht so abhängig von dem Kerl! Ich will heut nicht zu meinen Eltern. Stell dir vor, meine Ma hat einen geheimen Stecher.«

»Wie bitte?«

»Sie treiben's im Keller.«

»Echt jetzt?«

»Aber so was von.«

»Wow! In ihrem Alter. Kellerstecheleien! Die muß ja über Fünfzig sein.«

»Sie ist genau Fünfzig.«

»Und? Sagst du's deinem Vater?«

Alisha zuckte mit den Schultern, sie wußte es selbst noch nicht.

»Weißt du, ich könnt' es ihm sagen, aber ich hab keinen Beweis oder so was. Und was hätte ich davon? Is mir eigentlich auch echt egal, ich war halt nur so überrumpelt.«

»Verstehe. Und wie sah der Typ aus?«

»Hab ihn nur stöhnen gehört, nicht gesehen. Aber den Typen vorhin an der Tür, den hab ich schon mal wo gesehen, erzähl mir doch bitte keinen Schmus!«

Caro griff sich den Joint, nahm einen tiefen Zug und beschloß, die Frage einfach zu überhören. Sie war Alisha keine Rechenschaft schuldig, und die Wahrheit wollte sie ihr nicht zumuten. Wenigstens heute nicht. Dabei war es nur eine Frage der Zeit, bis irgendein im Netz surfender Kommilitone Caro auf der Belle-Alliance-Website erkennen würde, selbst wenn ihr Gesicht auf dem Foto beabsichtigt unscharf war. Dann würde die Information sich wie ein Lauffeuer verbreiten, mit Fingern würde man auf sie zeigen, sie würde unverschämte Angebote bekommen, zweideutige Komplimente, undsoweiter.

»Erzähl lieber von deiner Lesung. Wer hat gewonnen?«

»Ein weißer alter Sack.«

»Na klar. Arme Ali.«

»Warte. Jetzt fällt es mir ein. Aber hallo!«

»Was?«

»Der Typ! Der Typ, über den du dich nicht äußern willst. Ich kenn den. Ich glaube, der war gestern auf Papas Sonntagssoiree. Da, wo es den schweineteuren Wein gibt.«

»Im Ernst?«

»Im vollsten Ernst. Und du sagst mir jetzt bitte, was du mit so wem zu tun hast. Was läuft da? Und lüg mich nicht wieder an und heuchel mir nix vor!«

21

Sonja Pfaff und Gerry Bronnen pflegten den Montagabend auf ihrer Couch zu verbringen, mit Eis, Chips
und Netflix-Serien, von denen sie die dunklen und bluti-
gen bevorzugten. An den restlichen Abenden der Woche
hockten sie über Büchern oder gingen aus, sofern es
ihre Geldressourcen zuließen. Gerry war eine Vollwaise
aus ärmlichen Verhältnissen und hatte seine akademi-
sche Laufbahn mit etlichen Jobs finanzieren müssen,
an die er nie mehr wieder erinnert werden wollte. Seine
Doktorarbeit war so gut wie fertig, nur in den Fußnoten
fehlte hier und da noch etwas Lametta.

Im Gegensatz zu Gerry verfügte Sonja über lebendige
und vermögende Eltern, dank deren finanzieller Für-
sorge sich die Langzeitstudentin nie unter Wert hatte
verkaufen müssen. Damit das auch künftig so blieb,
schlug sie ihrem Freund vor, diese beiden herzensguten
Menschen am kommenden Wochenende wieder einmal
zu besuchen. Solche Besuche konnten außerordentlich
lukrativ sein. Allerdings nicht immer. So großzügig Sonjas Eltern auch waren, stellten sie doch gewisse Bedingungen. Dies waren keine mündlich oder schriftlich je
fixierten Bedingungen, das nicht, doch wenn die Besuche ihrer Tochter und ihres künftigen Schwiegersohnes
eine Weile ausblieben, drosselten die Pfaffs den Geld-
fluß, ein simples Quidproquo. Kamen Sonja und Gerry
in die Stadt Brandenburg zu Besuch, drückte Vater Pfaff
der geliebten Tochter beim Abschied regelmäßig einen
Fünfhunderteuroschein in die Hand. Und die Summe
ließ sich sogar verdoppeln, wenn die jungen Leute über
Nacht blieben und sich Mühe gaben, zur Unterhaltung

des Pensionistenehepaares einen angemessenen Beitrag zu leisten.

Gerry hatte Sonjas Eltern immer gemocht und fand den Deal ziemlich fair. Zusätzlich mußte bedacht werden, daß im Falle einer Heirat die Pfaffs dem jungen Paar eine Dreizimmereigentumswohnung in Aussicht gestellt hatten. Nicht mehr in Mitte oder Kreuzberg, das war inzwischen zu teuer geworden, aber für einen weniger attraktiven Bezirk Berlins galt das Angebot weiterhin. Genauer gesagt: Die eine Hälfte der Kaufsumme würde es bei der Heirat geben, die andere zur Geburt des ersten Kindes. Klare Sache, vernünftig, ein Gewinn für alle Beteiligten, eine großartige Startrampe für den neuen Erdenbürger.

Gerry hatte darüber nachgedacht und wäre im großen und ganzen bereit gewesen, diese Bedingungen zu akzeptieren. Besuche bei den Pfaffs empfand er nicht als Tort oder Zeitverschwendung. Er fand, man müsse dergleichen als Geldbeschaffungsmaßnahme betrachten – so gesehen gab es schlimmere Jobs. Sonjas Eltern waren etwas langweilig, waren im weitesten Sinne denk-, sprach- und gehbehindert, aber sie fielen einem nie zu sehr auf die Nerven.

Es war vielmehr Sonja, die in letzter Zeit auf die Bremse trat und immer mehr Muffe bekam, je näher die sozusagen physische Abwicklung des Generationenvertrages rückte.

Erstens war sie sich nicht klar darüber, ob sie jemals ein Kind aus dem Nirwana hinein in diese Welt zerren wollte, zweitens war sie sehr unsicher, ob ein geregeltes Berufsleben, mit allen damit einhergehenden Pflichten, ihrem Naturell entsprach. So, wie es jetzt war, genau jetzt, genau so hätte es nach Sonjas Geschmack ewig weitergehen können. Sie bekam Angst vor dem Ende

ihrer Jugend, wollte sich nicht freiwillig in etwas schik-
ken, das man gut und gerne, und ohne Verluste, noch
drei, vier Jahre aufschieben konnte. Mindestens. Zwar
liebte sie Gerry aufrichtig, doch hatte sie in der Vergan-
genheit oft ebenso aufrichtig geliebt und war vom abrup-
ten Ende jener Beziehungen jeweils bitter enttäuscht
worden. Würde Gerry denn ein guter Vater sein? Die
Antwort stand noch aus. Außer der Zeit konnte nichts
und niemand diese Frage beantworten. Irgendwann
ein Kind alleine großziehen zu müssen war Sonjas Alptraum.

»Okay, laß uns hinfahren!« meinte Gerry. Er hatte
keine Silbe des Protests geäußert, beinahe so, als würde
er sich auf das Wochenende in Brandenburg freuen.
Sonja nahm ihm diese vorauseilende Bereitschaft, sich
in einer rundum gepolsterten Zukunft zu suhlen, sogar
etwas übel. Sie hätte nicht exakt ausdrücken können,
weshalb. In ihrem Hang zur permanenten Hyperana-
lyse blitzte der Gedanke auf, Gerry wäre aufgrund seiner erb-ärmlichen Herkunft dazu bereit, sich in jedes
gemachte Nest zu legen, das ihm und seinen Nachkom-
men Sicherheit und sozialen Aufstieg versprach. Was an
sich ja nicht verwerflich war, keineswegs. Es minderte
allerdings Gerrys Attraktivität, und zwar heftig. Sonja
hatte in ihm stets den konzentriert strebenden, hochin-
telligenten Selfmademan verehrt, das süffisante Alpha-
tier, das sich den Weg nach oben freischaufelte.

Zu diesem Bild wollte nicht so recht passen, was beiden bald bevorstand: eine bürgerliche Existenz, einge-
zwängt in Verpflichtungen, die nicht einfach nur mate-
riell wären. Es würden existenzielle Verpflichtungen
sein. Wie Gerry es einmal auf den Punkt gebracht hatte:
*Zeugst du ein Kind, mußt du es beschützen, notfalls bis zum
eigenen Tod. Klingt brachial, doch ist das der Grundkon-*

trakt der Natur. Sonja hörte aufmerksam zu und war sich immer weniger sicher, ob sie für jemanden zu sterben bereit war, den sie noch nicht einmal kannte. Einmal pro Woche ging sie zu einem Therapeuten, um während der Sitzungen, frei von der Leber weg, ihre Ängste und Gedanken zur Sprache zu bringen, ohne auf irgendwen Rücksicht nehmen zu müssen. Der Therapeut hatte längst aufgegeben, Sonja in irgendeiner Art zu behandeln, hatte dankbar kapiert, daß er einzig fürs Zuhören bezahlt wurde. Fand er okay. Sonja war schließlich keine Notleidende, weder finanziell noch als Patientin. Sie sei, notierte der Therapeut, kaum neurotischer als die meisten Menschen, zumal in einer Metropole. Wie so viele andere wisse sie einfach nur nicht, wie gut es ihr gehe.

22

Alisha fand ihren Vater alleine zu Hause und rauchend vor. Er hatte sich das Rauchen vor Jahren abgewöhnt, war seither auch nie rückfällig geworden. Jetzt saß er vor dem kalten Kamin, trank ein Gläschen Portwein und zog an einer Mentholzigarette.

»Sag bloß! Fängst du wieder an?«

»Ich glaub nicht. Heute war mir einfach danach.«

»Wo ist Mama?«

»Hat noch einen Termin, irgendwas mit Kunst. Bleibst du heute nacht hier? Wir könnten den Beamer aufstellen und einen Film gucken.«

Alisha winkte ab. Sie hatten oft genug versucht, einen Film zu finden, der beide gleichermaßen interessierte. Viele Stunden waren damit vergangen. Meistens wollte ihr Vater sie dazu bringen, sich angeblich cineastische Meisterwerke von anno dutz anzugucken, vermeintliche Meilensteine, oft dreißig Jahre alt und älter. Manche sogar noch schwarzweiß. Sie mochte es auch viel lieber, Filme alleine zu gucken, höchstens mit Caro hätte sie eine Ausnahme gemacht. Aber mit Caro war sie durch. Jedenfalls für heute nacht.

»Soll ich dir erzählen, was mir passiert ist?«

Frederick Reitlinger hatte sich den ganzen Tag vor diesem oder einem ähnlichen Satz gefürchtet.

»Was glaubst du denn, was dir passiert ist?«

»Na, erst mal hab ich den zweiten Platz beim Vorlesen gemacht. Ziemlich souverän. Weil du das immer abtust, als hätt ich kein Talent.«

»Das kann ich doch gar nicht beurteilen.«

»Du sagst aber nie, daß ich Talent habe.«

»Weil ich es nicht beurteilen kann.«

»Du mußt es gar nicht beurteilen können. Die bloße Behauptung würde schon reichen, um mir Mut zu machen.«

»Ach so. Ich unterstütze dich mental nicht genug? Ist es das?«

»*Wenn* du es tust, dann so von oben herab, so welterklärerisch und gönnerhaft. Aber gut, darum geht's grad nicht...«

»Nein?« Fred drückte die Zigarette aus und schenkte sich Wein nach. Alisha zupfte an ihrem mintgrünen Kaugummi herum, sie brauchte jemanden zum Reden und war sich beileibe nicht sicher, ob ihr Vater dafür der Richtige war. Egal, so war es jetzt eben gekommen.

»Meine Freundin Caro, die aus Schlaatz, die verbirgt was vor mir.«

»Ach?«

Das Gespräch nahm nicht den erwarteten Verlauf.

Fred warf die Kippe in den Kamin und nahm eine Pose ein, Raute mit den Zeigefingerspitzen nach oben unter die Unterlippe gestemmt. Das sah größtmöglich aufmerksam und konzentriert aus.

»Irgendwas ist mit der nicht koscher. Ich glaub, sie hat was mit einem deiner Studenten am Laufen. Der Typ war bei ihr und hat mit ihr geredet, da komm ich aus dem Fahrstuhl, geh hin, sage ›Tach‹, da hat er mich angeguckt wie ein Gespenst und ist geflitzt, textlos, wie auf der Flucht. Volle Flitzflucht. Und bei Caro, da war ganz klar was Emotionales im Spiel, ganz sicher, das hat man gesehen, die hat gezittert.«

Frederick wartete noch ein paar Sekunden auf eine mögliche Pointe.

»Woher um Himmels willen willst du wissen, daß das einer meiner Studenten war?«

»Na, es war einer von denen, die gestern hier waren, ich hab die ja nicht so genau angeguckt, es hat auch 'ne Weile gedauert, bis es Klick gemacht hat.«

»Und wer soll das gewesen sein?«

»Mensch, keine Ahnung, ich kenn die doch nicht beim Namen. Kein so ganz junger mehr.«

»Gestern waren überhaupt nur zwei Studenten bei mir zu Gast. Warte mal.«

Reitlinger ging sein Notebook holen, da sollten eigentlich Fotos drauf sein von der letztjährigen Masterklasse, aber die fand er auf Anhieb nicht. Zufällig lag ein Porträtfoto von Gerd Bronnen im Ordner *Schnappschüsse*.

»War es der hier?«

»Nee, der nicht. Er hatte so'n bißchen Backenbart.«

Reitlinger nickte ein wenig erleichtert. Dann mußte es Leopold sein.

»Wie alt ist diese Caro?«

»Fast Zwanzig. Acht Monate älter als ich.«

»Leo ist, glaub ich, um die Dreißig. Und er hat eine sympathische Freundin namens Iris. Was will so einer mit einer Neunzehnjährigen in Schlaatz?«

»Frischzellenkur?«

»Liebes, ich will dich jetzt nicht verletzen, aber eines mußt du mir glauben: Es gibt nichts, aber auch überhaupt gar nichts, was eine Neunzehnjährige besser könnte als eine Neunundzwanzigjährige.«

»Klar, erklär mir die Welt!«

»Verzeihung! Aber gestatte mir noch eine Frage, damit ich durchblicke: Was wäre denn so schlimm, wenn deine Freundin mit meinem Doktoranden was hätte?«

»Ja, nix, von mir aus, aber sie streitet es ja ab. Sie erzählt Impro-Geschichten, daß das nur so ein Zeitungstyp war, und als ich gesagt hab, lüg mich nicht an, hat sie geblockt und mich rausgeschmissen. Obwohl ich uns Pizza spendiert hab.«

»Naja, das ist zwar nicht nett, aber sei gerecht: Du hast zu ihr gesagt, lüg mich nicht an, und sie *hat* dich nicht angelogen, weil den Mund gehalten.«

»Das ist genauso gelogen, nur halt in der Stummfilmvariante.«

»Gut. Kommen noch irgendwelche Fakten oder Hinweise dazu?«

»Nein. Doch! Also erstens hatte Caro nur so 'n Negligé an, so läuft man nicht rum, wenn man was mit dem Zeitungstypen bespricht. Und der Kerl trug so Stiefeletten mit Absatz, die haben bei jedem Schritt geknallt, beinah wie Cowboystiefel.«

Könnte tatsächlich Leo gewesen sein, dachte Frederick. Leo war so ziemlich der einzige Mensch in Reitlingers weitem Umfeld, der ab und an solches Schuhwerk trug, denn er war ein paar Zentimeter kleiner als Iris.

Frederick überlegte hin und her und kam zu dem Schluß, daß ihn das alles überhaupt nichts anging. Es war ihm beinahe unwohl dabei, auf eine so vertrackte Art etwas über jemanden erfahren zu haben. Jemanden, dem er nahestand. Etwas, womit man noch nicht einmal irgendwas anfangen konnte.

Sein Smartphone vibrierte. Ali schnappte es sich vom Tisch.

»Mama hat Fotos per WhatsApp verschickt! Darf ich gucken?«

»Nein, gib her, erst gucke ich. Am Ende ist noch was Schweinisches dabei.«

»Ja, klar...« Ali reichte ihm grinsend das Handy rüber, und Fred betrachtete die Fotos. Das Innere eines Bootes. Keine Personen, keine Gesichter. Ein geräumiges sauberes Boot. Ein kleines schwimmendes Häuschen. Blau-weißgestreifte Bettwäsche.

»Was schreibt sie?«

»Uninteressant. Sagt dir nichts.«

»Dann laß doch mal sehen.«

Widerwillig gab Frederick seiner Tochter das Handy. Alles andere hätte nur ihre Neugier verstärkt.

»Ein Boot? Warum schickt sie Fotos von einem Boot?«

»Wir überlegen uns, eins zu kaufen. Das da wär ein gebrauchtes, gehört einem Bekannten.«

»Echt? Das fändet ihr schick?«

»Nur so 'n Gedanke.«

»Wieviel kostet so was?«

»Puh, zwischen dreißig und siebzig Mille vielleicht.«

Alisha gab ihm das Handy zurück und lief in ihr Zimmer. Bevor sie die Treppe erreichte, drehte sie sich um und sagte, ruhig und ein bißchen traurig: »Weißt du, wie viele Menschen du privilegierter Typ mit dieser Summe vor dem Hungertod retten könntest?«

Frederick blieb eine Antwort schuldig. Auf der Zunge lag ihm die boshafte Replik, daß kein Mensch auf Erden verhungern müsse, solange es Bäume und Stricke gäbe oder Hochhäuser oder Steckdosen. Er hätte das natürlich nicht ernst gemeint, aber es wäre enorm befreiend dahergekommen und hätte die alleswissende Tochter mal so richtig gründlich entrüstet. Ihr moralinsaures Geschwalle ging ihm, wenn er ehrlich war, schwer auf den Sack.

23

Nora fand das Boot eine tolle Sache. Es schaukelte leicht und knarzte so schön. Dieses Knarzen nahm sie als Zustimmung wahr, wie ein rhythmisches Ächzen beim Sex. Im Boot war es warm und hell, man konnte, wenn die Jalousien heruntergelassen waren, nicht hineinsehen, es war auch nicht zugig, wie sie befürchtet hatte, das Boot war sauber und gemütlich. Man hätte sich hierher Pizza liefern lassen können, aber Arnie hatte aus der Hotelküche was mitgebracht, das man in der Mikrowelle aufwärmen und bei Kerzenlicht in der Eßecke verspeisen konnte. Wenn es einen nennenswerten Nachteil gab, dann den, daß die Duschkabine doch recht eng war und das Wasser erst nach etlichen Minuten heiß wurde.

Nach einem gelungenen Abend, der für beide zur vollsten Zufriedenheit verlief, setzte Arnie seine Geliebte mit dem Auto bei ihr zu Hause ab, bevor er, nach einem langen Tag, heimfuhr zu seiner Frau Margret und den

Kindern Sven (12), Lucas (9) und Mina (4). Als Hotel-manager mußte er oft bis Mitternacht arbeiten, und einen freien Abend konnte er sich höchstens einmal die Woche genehmigen. Das schien genau der richtige Takt zu sein, um die Leidenschaft einer Affäre längstmöglich aufrechtzuerhalten.

Margret war noch wach, brachte eine halbe Flasche Rotwein und stieß mit ihm an. Wie sein Tag gewesen sei, ob er genug gegessen habe, die üblichen fürsorg-lichen Fragen, die er mal mit einem Nicken, mal mit einem Brummen beantwortete. Erotisch lief zwischen den beiden nur noch das, was sie jeweils für ein Pflicht-oder Notfallprogramm hielten, und hätten sie eines Tages oder Abends offen darüber geredet, hätten sie sich vieles an Gutgemeintem ersparen können. Margret war etwas jünger als er, Achtunddreißig, und ihr Gesicht war noch jedes Gemälde wert in Arnolds Augen, etwas herb-streng, vergeistigt, hochattraktiv. Sie stand da, das Weinglas an den rotgeschminkten Lippen, sah ihn an, mit wohlwollendem, tiefergelegtem Blick, und alle paar Minuten wühlte sie, als würde sie etwas suchen, in ihrer Mähne aus schwarzbraunen Locken. Sie ver-suchte sich fit zu halten, doch ihr Körper hatte sich in den letzten fünfzehn Jahren eher nicht zu ihrem Vorteil verändert. Niemand fand das schlimm. Ihr Hintern war etwas breiter geworden, obwohl sie kein Übergewicht auf die Waage brachte. Ihren Brüsten hatten die drei Kinder nicht gutgetan, natürlich nicht. Es war, als hät-ten sich ein paar Zellen ihrer Brüste da oben nicht mehr wohl gefühlt und wären nach hinten ausgewandert. Das war schon alles, und man hätte dem chirurgisch ent-gegenwirken können, wäre Arnie das alles nicht völlig egal gewesen. Margret und Arnold Finkenhagen waren kein romantisches Paar wie die Reitlingers, doch bilde-

ten sie ein gutes Team, und ihre gegenseitige Zunei-
gung hätte wohl auch ohne die Kinder Bestand gehabt.
Arnold hatte jedenfalls nicht vor, davonzulaufen, sobald
die Kleinen flügge waren. Nicht mal vor drei Jahren,
als es mit Nora losging und er sich heftig in sie ver-
liebte, dachte er ernsthaft daran, aus der Affäre etwas zu
machen, das in irgendeiner Weise seine Familie betref-
fen oder gar gefährden konnte. Nora erinnerte sich gern
an diese Zeit und ließ Arnold manchmal spüren, wie
sehr sie seine amouristischen Kapriolen und Tändeleien
von damals vermißte, das ganze Getue und Gesäusel der
ersten drei Monate.

Weil er Angst bekam, Nora könne Schluß machen,
hatte er sich die Sache mit dem Boot ausgedacht und
sich so eine neue Frist erkauft. Vielleicht drei, vielleicht
sechs Monate. Arnie war Realist und wußte aus Erfahrung, daß es Beziehungen wie die zwischen Nora und
ihm selten ins vierte Jahr schaffen. Selbst wenn man
sich nur einmal pro Woche trifft.

24

Pete und Caro verbrachten den Abend im Multiplex
am Potsdamer Hauptbahnhof, es lief *Coco*, der neue-
ste Pixar-Film, es ging um den mexikanischen Dia de
los Muertos. Ein Animationsfilm mit Gesangseinlagen,
über einen jungen Gitarristen, den es versehentlich in
die Welt der Verstorbenen verschlägt. Pete langweilte
sich fürchterlich, während Caro ganz hingerissen war.
Er nahm ihre Hand und lenkte sie in seinen Schritt,
deutete an, sie könne doch, weil ihm ja gar so langweilig

sei, eine gute Tat vollbringen, so nebenbei, so ein bißchen wenigstens. Caro zog ihre Hand zurück. Er könne
gerne gehen, wenn er den Film blöd finde. Pete grunzte
mißmutig und blieb bis zum Nachspann hocken. »Aus
Liebe zu dir«, wie er kommentierte. Hinterher kauften
sie noch zwei Portionen Pommes rot-weiß, und Pete
fragte, ob heute nacht wieder diese Alisha käme, und
wenn nicht, ob *er* dann über Nacht bleiben dürfe.

Caro sagte, Alisha komme heute mal nicht, und sie
gehe jetzt heim, aber alleine.

»Ooch…«, machte Pete.

»Paß auf, ich mach Schluß. Wir sind zwar ohnehin
nicht richtig zusammen, aber damit du es auch mit-
kriegst und wahrnimmst: Ich mache Schluß. Verstanden? Ruf mich nicht mehr an, ich ruf dich auch nicht
mehr an.«

»Was?«

»Ende. Kurz und schmerzlos. Adios, Muchacho!«

Caroline warf, um ihrer schlanken Figur willen, die
noch halbgefüllte Tüte Pommes in einen Abfallbehäl-
ter und lief zur Trambahn, die gerade um die Ecke
kreischte. Petar blieb sitzen, starrte seiner Freundin
mit offenem Mund hinterher. So, aus heiterem Himmel
heraus, konnte sie ihn doch nicht behandeln, das ging
nicht. Das mußte irgendeine Art Scherz sein, so etwas
konnte sie nicht ernst meinen. Er war nicht einmal richtig sauer auf Caro, derart irreal war das, absurd geradezu.

25

Dienstag vormittag um elf betrat Leopold Kniedorff die
Sprechstunde seines Doktorvaters unter dem Vorwand,
neue Aspekte erläutern zu wollen, die sich durch die
jüngsten Gräberfunde bei Milet ergeben hatten. Man
plauderte eine Weile über Fachliches, über Bucchero-
Ware, den Athena-Tempel, die Ausgrabungsstrategie
Armin von Gerkans und die jetzige politische Lage in
der Türkei, bis Frederick Reitlinger ohne jede ersicht-
liche Motivation vom Thema abkam, durch die betont
unbetont daherkommende Frage:
»Wie geht's privat? Alles in Ordnung?«
»Bestens.«
Leopold sah etwas irritiert drein, denn sie waren mit
der Türkei noch nicht fertig.
»Und Iris? Läuft's gut mit euch beiden?«
Nach dieser im Grunde viel zu plumpen Nachfrage
wußte Leo, daß Reitlinger es wußte. Und er war beinahe
froh, denn genau das hatte er ja herausbekommen wollen. Jetzt ging er in die Vorwärtsverteidigung.
»Hören Sie, Herr Professor, wollen wir bitte nicht
drumherum reden. Ihre Tochter hat mich also erkannt
und verpetzt. Verstehe.«
Reitlinger hob erstaunt die Brauen. »Verpetzt? Was
für ein Wort! Wieso denn *verpetzt*?«
»Sie wissen, was ich meine.«
»Nein, gar nichts weiß ich. Alisha hat erwähnt, Sie
gesehen zu haben, das stimmt, und das ist auch schon
alles.« Reitlinger nahm sich eine Zigarette, spielte damit
und steckte sie sorgsam in die Schachtel zurück. »Man
wundert sich natürlich, um nicht zu sagen: unwillkür-

lich, bei dem Gedanken, was genau einen Berliner nach Schlaatz verschlägt.«

Leo begriff den letzten Satz als kaum chiffrierten moralischen Vorwurf. Er beschloß, die Wahrheit zu sagen und die Angelegenheit zu einer *Sache unter Männern* zu machen.

»Lieber Herr Professor, ich versichere Ihnen, daß zwischen mir und Iris alles in Ordnung ist. Abgesehen vielleicht von ein paar Details, auf die ich begreiflicherweise nicht näher eingehen möchte.«

Reitlinger hob abwehrend die Hände.

»Lieber Leopold, Gott bewahre, das geht mich nun wirklich nichts an, behalten Sie Ihre Details bitte für sich.«

Das Telefon klingelte, Reitlinger nahm den Hörer nicht ab, stellte die Leitung stumm und rollte mit seinem Sessel ein wenig näher, um Verbundenheit zu demonstrieren.

»Aber wenn Sie selbst es schon ansprechen, erlauben Sie mir eine Frage, bitte: Wie kommt man zu einer Neunzehnjährigen in Schlaatz? Nur aus purem Interesse.«

Leo verstand nicht recht, welche Art Auskunft sein Professor von ihm wollte. Er rutschte, ohne es zu merken, unruhig hin und her auf seinem Drehstuhl.

»Ja, nun, ich kann Chantal wärmstens empfehlen, falls Sie das meinen. Sie ist Neunzehn, richtig, was meines Erachtens kein Fehler ist, und es gibt noch einige tausend Menschen mehr, die in Schlaatz wohnen. Der Stadtteil ist schon lange nicht mehr so verrufen...«

Reitlinger begriff nicht, wovon Leo redete. Was für eine Chantal? Er könne sie empfehlen? Was wollte er damit zum Ausdruck bringen? *Empfehlen?*

»Ich meinte eigentlich, wo Sie dieses Mädel kennengelernt haben, Leo. Aber wie gesagt, das ist nur so eine dumme Neugier von mir. Außerdem dachte ich, sie hieße Cora. Oder Caro? Carina? Irgend so was.«

»Wo ich sie kennengelernt habe? Na, im Netz.«

»Klar, heutzutage läuft alles übers Netz.«

»Unter belle-alliance/berlin.de können Sie ihr Profil aufrufen. Sie heißt Chantal. Oder jedenfalls nennt sie sich so. Die laufen ja nie unter ihrem richtigen Namen.«

Reitlinger stutzte. Jetzt zündete er sich die Zigarette doch an, das gab ihm ein paar Augenblicke, um die Fassung zu gewinnen und nachzudenken.

»Leo, damit wir uns nicht falsch verstehen und hier aneinander vorbeireden... Sie sagen, dieses Mädchen... ist gar keine Affäre? Ist eine...«

Ihre verlegen schweifenden Blicke kreuzten sich. Beider Münder standen offen.

»Ja klar, und ich war nur ein einziges Mal bei ihr, und was glauben Sie, wie mir die Flappe runtergefallen ist, als da plötzlich Ihre Tochter entlanggelaufen kam und *Tach* sagte. Völlig surreal!«

»Da sind Sie *geflitzt.*«

»Da hab ich einen schnellen Abgang gemacht, ja. Und heute hab ich mir gedacht, geh ich zu Ihnen und sprech das Thema direkt an, damit es vom Tisch kommt. Es ist doch vom Tisch, nicht wahr?«

Reitlinger täuschte ein Lachen an.

»Leo, was denken Sie denn? Daß ich Sie bei Iris – wie nannten Sie das? – *verpetzen* würde? Ernsthaft?«

Leopold Kniedorff schüttelte erleichtert den Kopf.

»Nein, natürlich nicht, das würden *Sie* niemals tun, das weiß ich, da bin ich mir sogar völlig sicher, aber es könnte ja sein, ich meine, daß... irgendwann, ein dummer Zufall... wie dieser... kommt selten allein, ähm... Besser ist es, wenn wir darüber geredet haben.«

»Finde ich auch.«

Reitlinger reichte Leo die Hand zum Abschied und rauchte die Zigarette bis zum Filter herab. Nun wußte er schon wieder etwas Neues, das ihm nicht gefiel. Ganz und gar nicht. Alishas beste Freundin schaffte an. *Auri sacra fames!* hätte sein Vater selig gerufen, damals, als man noch Latein zitieren konnte, ohne als großspurig und dünkelhaft zu gelten. Frederick wußte recht wenig über diese Caro, aber Alisha hatte sich stets euphorisch über sie geäußert, sie himmelte diese etwas ältere Freundin geradezu an, erhob sie zu einer Art Vorbild für sich, war vielleicht sogar verliebt in sie. Puh.

Gleich, nachdem sich Leo verabschiedet hatte, fuhr Frederick den Laptop hoch und sah sich auf der Website von Belle-Alliance Chantals Profil an. Das Gesicht war leicht unscharf wiedergegeben, aber ganz sicher gehörte es einer sehr attraktiven jungen Frau. Über die hier einiges zu erfahren war:

Augenfarbe: blau-grau.
Haarfarbe: blond
Größe: 175 cm
BH-Cup 70 A
Konfektion 34–36
Ursprung: Deutsch-türkisch
Sprachen: Deutsch, Englisch.
Raucher: Nein.
Tattoo/Piercing: Nein/Nein
Interessen: Keine Angaben.

Der letzte Punkt war mithin der informativste. Die meisten anderen Mädchen gaben bei *Interessen* Shoppen, Musik oder Sport an. Politik, Schach oder Philosophie hätte sicher keine genannt, das hätte auf die meisten Kunden vermutlich abschreckend gewirkt. Reitlinger wußte, daß diese Caro mit Ali zusammen Politologie studierte und angeblich, soweit Ali das eben beurteilen konnte, ganz fit im Denken war. Statt nun irgendwelche harmlosen Interessen vorzutäuschen, gab Caro lieber gar keine an. Das machte sie ein wenig mysteriös, auf der anderen Seite aber auch arrogant und abweisend. Sie wirkte selbstbewußt, doch schien sie etwas übertrieben auf ihrer Selbstachtung zu bestehen, anstatt das Ganze im Hinblick auf den möglichen finanziellen Verdienst locker und ironisch zu nehmen. Frederick staunte über die Gagen, die diese jungen Studentinnen verlangen konnten. Manche wollten fünfhundert Euro für zwei Stunden, zweitausend Euro für eine ganze Nacht. Während überall in Berlin Sex für einen Spottpreis zu haben war – was er natürlich nur vom Hörensagen wußte.

Er sah sich die Profile alle durch und war froh, daß Alisha nicht unter den Escort-Girls auftauchte. Wobei sie, wenn er darüber nachdachte und ehrlich war, auch niemals dorthin gepaßt hätte, sie war nicht besonders hübsch, leicht pummelig und rasierte sich weder Beine noch Achselhöhlen. Und Prostitution, so glaubte er sich zu erinnern, lehnte sie vehement ab. Doch, irgendwann mal hatte sie sich dahingehend geäußert, hatte die schwedische Politik gelobt und einen *PorNO!*-Button getragen. Wußte sie womöglich gar nicht, womit ihre beste Freundin Geld verdiente? Jetzt begann es, interessant zu werden.

Mehr spaßeshalber rief er einen Freund an und loggte sich kurz nach dem Gespräch in das interne Studentenverzeichnis der Uni Potsdam ein.

Studentinnen namens Caroline im ersten Semester Politikwissenschaft gab es dort vier. Eine davon hieß Seifert-Gündogan. Das mußte sie sein. Mit einem weiteren Mausklick erhielt er sogar ihre Adresse.

26

Als Alisha das Haus verließ, um zur Uni nach Grieb-nitzsee zu radeln, sah sie Petar fünfzig Meter entfernt auf der Verkehrsinsel hocken. Er winkte ihr zu, hatte offenbar auf sie gewartet. Mit gemischten Gefühlen hielt sie neben ihm an. Eigentlich fand sie ihn ganz sympa-thisch, aber er war nun mal Caros Stecher. Oder Ex-Ste-cher, wie sie sogleich erfuhr.

»Ey, sie hat Schluß mit mir gemacht. So einfach so, ausm Nix. Nachm Kino. *Mitten in den Pommes.* Wußtest du?«

»Wußt ich nicht, nee, wieso kommst du her und fragst mich?«

»Na, ihr seid doch eng, ich dachte, du weißt was. Hatse 'n anderen? Weißt du was?«

Ali wurde ein wenig rot, wie immer, wenn sie aufge-regt war.

»Ich weiß gar nichts. Wie kommste denn darauf?«

Wieder stieg in ihr die Szene empor: Caro bei offener Wohnungstür im Negligé und der Typ mit den Cowboy-stiefeln. Also war das ihr Neuer. Welchen Grund hätte es sonst gegeben, mit Pete Schluß zu machen?

»Du, ich fühl mich echt scheiße, weil, ich lieb diese Frau.«

»Ja, aber für sie warst du halt immer nur ein Schwanz mit Grundwortschatz. Caro hat nie auf länger mit dir geplant.«

Wenn Ali sich so reden hörte, wunderte sie sich, zu welch robusten Sätzen sie fähig war. Und welch verdammt gutes Gefühl sie dabei bekam.

»Ach, hatse das gesagt, ja?«

»Na, nun nicht direkt wörtlich, aber das muß dir doch immer klargewesen sein.«

»Hast recht, war mir schon klar, aber Menschen ändern auch mal ihre Meinung. Übrigens, jetzt kannst du ja ehrlich sein. Habt ihr zwei was miteinander? Ist das was Sexuelles?«

»Das geht dich nun echt nix an.«

»Also habt ihr was! Sonst würdste's ja sagen.«

»Ich werde dir in keinem Fall irgendeine Auskunft über mich und Caro geben, klar?«

»Sie hat halt gesagt, da läuft nix, und ich wollte nur von dir wissen, ob sie lügen tut. Das ist alles.«

»Also schön, Caro lügt nicht. Im allgemeinen nicht. Kann ich jetzt fahren?«

»Mach doch, was du willst. Aber wehe, wenn ich rausbekomm, daß du hinter meinem Rücken gegen mich integriert hast, dann...«

»In-*tri*-giert heißt das, du Spacko. Und hör bloß auf, mir zu drohen!«

»Machst du dich lustig, weil ich kein Abi hab?«

»Nein. So lustig ist das auch gar nicht.«

»Mensch, hau bloß ab, Schlampe!«

Wieder wurde Ali rot, diesmal vor Zorn.

»Warum nennst du Tölpel mich Schlampe?«

»Warum nennst du mich Spacko und Tölpel?«

»Das ist nicht vergleichbar.«

»Wieso?«

»*Spacko* sagt einfach nur aus, daß du nicht zur klügeren Hälfte der Menschheit zählst. Aber *Schlampe* reduziert mich auf die Fraktion der promiskuitiven Frauen.

Außerdem ist es faktisch nicht wahr, der Spacko aber stimmt.«

27

Ansger Reitlinger hatte die ganze Nacht über in einem Kreuzberger Club getanzt, getrunken und gekokst, war um acht Uhr morgens vollbekleidet in sein Hotelbett gefallen und hatte über fünf Stunden am Stück geschlafen, was ihm lange nicht mehr gelungen war. Er suchte sich ein plüschiges Café an der Spree für einen Late-Brunch und las die Tageszeitungen. In einer Stunde würde er seinen Anwalt treffen, dann würde er mehr darüber erfahren, inwieweit er für den Untergang der Firma mit eigenem Vermögen haftbar gemacht werden konnte. Im schlimmsten Fall war er die Eigentumswohnung und den Ferrari los. Den Ferrari hatte er vorgestern bei eBay eingestellt, das Höchstgebot lag momentan bei nur 5000 Euro, allerdings hatte Ansger das acht Jahre alte Teil schon gebraucht gekauft. Womöglich machte er sich durch den Verkauf des Wagens strafbar. Dies und vieles andere sollte der Anwalt für ihn klären.

28

Caro und Alisha trafen sich in der Cafeteria Zur Bohne, wo sie sich per WhatsApp verabredet hatten. Um 14 Uhr würden sie gemeinsam die Vorlesung des in der Studen-

tenschaft umstrittenen Professors Blumenfeldt besuchen, und zwar konzentriert, um etwaige rechtslastige
oder rassistische Untertöne herauszuhören und für die
Community zu dokumentieren. Da war kein Platz mehr
für Getratsche, deshalb besprachen sie alles Wichtige
hier und jetzt.

»Wieso hast du Pete so plötzlich abserviert? War was?«

»Das kam komplett spontan. Ich hab mir grad 'ne
Fritte in den Mund geschoben, da hab ich mir gedacht:
So, das reicht. War schön, ist aber auch genug jetzt. Und
das hab ich ihm dann auch gesagt. Unumwunden.«

»Hat das nicht viel eher was mit deinem neuen
Freund zu tun?«

»Was fürn neuer Freund?«

»Komm hör auf, der Typ mit den Stiefeln und dem
Backenbart. Dem du dich halbnackt präsentiert hast!«

»Du meinst den Zeitungsmann?«

»Hör auf! Das ist einer der Doktoranden meines
Papas. Wie kommst du zu dem?«

»Echt? Was es alles gibt. Mir hat er gesagt, er ist der
Zeitungsmann. Wie heißt er denn?«

»Das weißt du selbst am besten.«

»Nein, weiß ich nicht. Ehrlich nicht. Komm, sag
schon!«

Ali fand dieses Spiel ermüdend und entwürdigend.
Wenn Caro sich unbedingt auf einen schon älteren
liierten Mann einlassen und dies vorerst geheimhalten
wollte, war das ja im Grunde verständlich. Aber einmal
aufgeflogen, konnte sie ihre beste Freundin doch ruhig
einweihen, statt solch pubertäre Spielchen zu spielen.

»Er heißt..., Papa hat es mir gesagt, Moment, Leo...
Irgendwas. Hab ich mir nicht gemerkt. Und ich rede
erst wieder mit dir, wenn du mir sagst, was zwischen dir
und ihm gelaufen ist.«

Caro starrte einen Moment zum Fenster hinaus, als müsse sie überlegen. »Schön, okay, du hast recht, da ist was gelaufen, war 'ne ganz kurze Sache, es war *richtig richtig scheiße* und wird sich *nie nie nie* wiederholen. Der Typ spielt keine Rolle mehr in meinem Leben, das garantier ich dir.«

»Und woher kanntest du den?«

»Netzbekanntschaft.«

»Tinder?«

»So was in der Art.«

»Na, geht doch. Darf ich bei dir übernachten?«

29

Ansger erfuhr, daß er im Fall einer Insolvenz voll haften würde. Egal wie man es drehte oder wendete, es gab kein Schlupfloch mehr. Wenn es irgendwie ginge, solle Ansger den Ferrari bei eBay wieder herausnehmen. Zum Schluß bat ihn der Anwalt, ein gewisser Dr. Knut Korda, darum, binnen 24 Stunden die angefallenen Kosten zu begleichen.

»Welche angefallenen Kosten?«

»Na, *meine* angefallenen Kosten. Dann kann ich eventuell Ihr Anwalt bleiben, Sie werden definitiv einen brauchen.«

»Aber Sie haben mir doch nur bescheuerte Ratschläge gegeben.«

»Das waren keineswegs bescheuerte Ratschläge. Na, hören Sie mal! Sie sind einfach nur sehr spät zu mir gekommen, da waren andere Ratschläge schon aus. Jetzt gebe ich Ihnen folgenden, vorläufig letzten Ratschlag: Falls Sie versuchen, in den nächsten Tagen größere Mengen Geldes beiseite zu schaffen, kann das sehr unangenehme Konsequenzen haben. Wenn Sie aber meine Rechnung bezahlen, ist daran rechtlich nichts auszusetzen, und Sie verfügen weiterhin über einen kompetenten juristischen Beistand.«

Ansger Reitlinger taumelte aus der Kanzlei, hinein in einen heftigen Regenschauer. Das also war das Ende. Hätte er bloß, wie es sicherheitsliebende Deppen gemacht hätten, eine GmbH gegründet. Oder seine Anteile an der Firma nach anderthalb Jahren verkauft, als man ihm noch drei Millionen dafür geboten hatte. Er brauchte nun unbedingt etwas zu trinken. Es war erst drei Uhr nachmittags, war noch hell, Zeit für ein erstes Glas Wein, einen sanften, eiskalten Riesling. Am Geldautomaten hob er für die Nacht 1000 Euro ab.

30

Ali und Caro machten sich einen entspannten Abend mit der siebten Staffel von *Game of Thrones* und einer der Tüten, die Caro so kunstvoll basteln konnte. Sie lagen auf der Matratze, lehnten gegen die Wand, eingewickelt in blaue Fleecedecken, und rauchten, ließen den Joint zwischendurch ausgehen, tranken Cola Zero, dann einen Espresso, aßen Chips, rauchten weiter, und als gegen Ende der vierten Folge zum ersten Mal Daenerys Targaryens feuerspeiender Drache auf dem Schlachtfeld auftauchte, wodurch Tausende von Cersei Lannisters Soldaten zu Asche verbrannten, glotzten Ali und

Caro gebannt mit großen Augen und offenem Mund, um dann laut und hysterisch zu lachen – so irre, so spektakulär und unfaßbar sah das aus. Sie lagen sich lachend in den Armen, und als der Zwerg Tyrion seinem Bruder zurief: »Hau ab, du gottverdammter Idiot, hau ab!«, da brüllten und kreischten sie, kriegten sich nicht mehr ein, es war ihnen, als hätten sie noch nie etwas Komischeres gehört. Und sie küßten sich beiläufig, denn einen solch herausragenden Abend mit der besten Freundin zu verbringen stimmt dankbar und zärtlich, man wird schneller bereit zu zeigen, wieviel man einander bedeutet.

Nach Folge vier machten sie erst mal Pause, ihnen taten die Lungen weh vom Kiffen und Lachen.

Ali spürte eine Hand zwischen ihren Schenkeln. Sie konnte drei tanzende Finger unterscheiden, tanzende Finger auf ihrer Haut, nicht weit weg vom Ursprung der Welt. Nach zwei Sekunden war die Möglichkeit einer versehentlichen Berührung ausgeschlossen. Ali blieb liegen und regte sich nicht. Caro sah ihr in die Augen.

»Soll ich dir einen runterholen?«

Caros Stimme klang männlich und verwegen. Zum Brüllen.

»Ich weiß nicht. Also, natürlich weiß ich es, ja, aber wenn es irgendwas zerstören könnte zwischen uns, lassen wir's lieber.«

»Was soll das denn zerstören? Ist doch nur Spaß.«

»Für dich ist es Spaß. Ich... bin nicht sicher.«

»Neulich haben wir's auch gemacht.«

»Da hat es jede für sich gemacht, das ist was ganz anderes.«

»Na gut, dann nicht, ich hätte davon lang nicht soviel gehabt wie du, und jetzt ist das total zerredet.«

Caro klang beinahe beleidigt.

»Tut mir leid, ich bin halt kompliziert.«

Alisha war wütend über sich selbst. Genau das war eingetreten, was sie sich gewünscht hatte, worüber sie nächtelang nachgedacht hatte. Und doch war sie nicht fähig gewesen, ein klares Ja oder Nein zu äußern.

»Du bist noch Jungfrau, oder?«

Quatsch, Mensch, ich bin Neunzehn!, wollte Ali zuerst antworten, aber sie hatte zuviel Gras geraucht und nicht mehr genug Energie, um zu lügen. Sie mußte auch gar nicht lügen. Solcherlei Indiskretionen ließen Diplomaten unkommentiert. Es war unter ihrer Würde, so was zu dementieren.

»Du bist *echt* noch Jungfrau, oder?«

»Mensch, Caro, du nervst! Laß Folge fünf laufen!«

»Du hast A-hangst! Du bist ein kleines zitterndes *Angst*häschen!«

Jetzt wurde es Ali zu bunt. Wie konnte sich eine Freundin, eine *beste* Freundin, so dermaßen mies verhalten? Ihr kamen die Tränen, und wenn Caro nicht mitbekommen sollte, daß sie gleich flennen würde, mußte sie jetzt aufspringen und ins Bad laufen. Aber ihre Beine waren wie gelähmt. Alisha verkroch sich in ihrer Decke und drehte sich zur Seite. Minutenlang geschah nichts, es herrschte Stille. Ali gelang es, die drei, vier aufsteigenden Tränen ohne Geschluchze zu vergießen. Dann änderte sich etwas in der Beleuchtung des Zimmers, Farben flackerten durchs Dunkel. Folge fünf von GOT war gestartet, und die Musik des Intros dröhnte martialisch durch den Raum.

31

Margret Finkenhagen war keine einfältige Person, sie verstand etwas vom Leben und genug von den Männern und hielt es demnach für möglich, daß Arnold irgend etwas Heimliches am Laufen hatte. Aber sie zog es vor, sich darüber keine quälenden Gedanken zu machen, war sich dessen bewußt, daß ein glückliches Leben auf Dauer nur erreichbar ist, wenn man sich da und dort blind oder taub stellt.

Als sie Arnies Kleidung in die Waschmaschinentrommel schob, entdeckte sie am Ärmel seines T-Shirts ein langes braunes Haar und fühlte sich versucht, ihn deswegen zur Rede zu stellen. Aber es hätte etliche plausible Erklärungen gegeben, und Margret wollte es sich unbedingt ersparen, zur grübelnden, leidenden Frau zu werden. Ihr Mann war noch jung, attraktiv, und sorgte beispielhaft für die Familie. Sie war geneigt, ihm kleine Spielereien zu gönnen, solange sie sich unbedingt auf ihn verlassen konnte. Von dieser pragmatischen Haltung sollte er jedoch nichts ahnen; sie wollte ihn nicht noch dazu einladen, den Bogen zu überspannen. Kleine Techtelmechtel mit weiblichen Hotelgästen würde sie notfalls hinnehmen. Eine Affäre hätte sie bereits sehr viel strenger beurteilt, eine dauerhafte Liebschaft niemals akzeptiert.

Arnold Finkenhagen gab sich stets Mühe, die gängigen Fehler zu vermeiden. Jede Textnachricht von Nora löschte er sofort, niemandem hatte er je von diesem Verhältnis erzählt, hatte nie, nicht einmal betrunken, mit Nora angegeben. Schon der Umstand, jemandem erklären zu müssen, weshalb er eine zehn Jahre ältere Gespielin besaß, wo er doch leicht auch jüngere Frauen hätte haben können, schreckte ihn ab.

Nora war sich ihrer Gefühle für Arnie nie so recht sicher, tatsächlich schienen die gezeitenähnlich zu schwanken. Mal war er ihr Mittel zum Zweck, im Grunde ein Multi-Task-Spielzeug, mal war er ein recht enger Freund, dem sie sich voll und ganz ausliefern konnte. Wenigstens körperlich.

Fred fragte sie, bei ihrer Heimkehr nach Mitternacht, wie es gewesen sei, auf dem Boot.

»Gut«, lautete ihre Antwort. »Viel besser als gedacht.«

»Freut mich für dich. Übrigens: Ali hat die Fotos gesehen, die du geschickt hast.«

»Was? Wieso denn?«

»Sie hat sich mein Handy geschnappt.«

»Paß besser drauf auf.«

»Vielleicht sollten wir das Boot kaufen.«

Nora zog eine verständnislose Schnute.

»Wie bitte?«

»Ich hab ihr gesagt, daß wir uns vielleicht eins zulegen wollen.«

»Warum? Warum, um Himmels willen, sagst du ihr so was?«

»Keine Ahnung. Hat sich so ergeben. Ich weiß auch nicht.«

»Hab dich bitte mal besser im Griff, mein Lieber!«

Fred mußte plötzlich laut lachen, auch wenn er gar nicht wußte, warum genau. Natürlich hatte Nora recht, zweifelsfrei. Seltsam war es doch. Und er nahm seine Frau in den Arm und küßte sie lange und innig, danach bat er sie darum, Arnie fragen zu lassen, ob das Boot denn überhaupt verkäuflich sei. Aus irgendeinem

Grund fand er es plötzlich besser, wenn seine Frau ihren Liebhaber künftig auf *seinem* Besitztum empfing. Nora tippte sich an die Stirn.

»Du wirst jetzt aber nicht verrückt, oder?«

»Nein, ich wollte schon immer ein Boot. Schon von Anbeginn der Zeit. Schon seit ich verlernt habe, übers Wasser zu laufen. Bitte, was spricht denn dagegen?«

Nora gab keine Antwort. Ihr fiel im Moment partout nichts ein.

32

Ansger Reitlinger war bereits angetrunken, als er ein Taxi zum Potsdamer Platz nahm, wo er die Spielbank betrat. Er hatte dem Laster des Zockens vor Jahren abgeschworen, aber nun, vor der drohenden Armut, wollte er sich etwas gönnen.

Black Jack war einmal seine Leidenschaft gewesen; Ansger liebte das schnippend-flippige Geräusch der Karten, die der Dealer vom Stapel zog. Er fühlte sich augenblicklich pudelwohl und machte aus einem Einsatz von dreihundert Euro binnen einer halben Stunde das Doppelte. Die größte Kunst, die ein Spieler in einem solchen Fall erlernen muß, dreht sich nicht um mathematische Theorien, sondern um Selbstdisziplin. Man muß aufhören und die Spielbank verlassen, denn statistisch gesehen ist das Optimum erreicht, und fortan geht es mit hoher Wahrscheinlichkeit bergab. All das hatte Ansger in bitteren Lektionen gelernt, doch nun war es ihm völlig egal, er wollte weiteren Spaß und bezahlte den neuen Einsatz. Wieder gewann er, was ihn in Erstaunen versetzte. Für das Zeichen von oben, das er sich erhofft hatte, war dieser Gewinn natürlich nicht spektakulär genug. Black Jack ist kein Spiel für Romantiker, die nach sensationellen Lebenswendungen gieren, im Grunde ist es ein Zeitvertreib für Kleinkrämer, der einem erlaubt, möglichst lange am Spieltisch auszuharren, bevor das Kapital verloren ist. Genau das wurde Ansger in diesem Moment bewußt, er stand auf und ging hinüber zum Roulettetisch, setzte hundert Euro auf Schwarz, wofür er sich sogleich schämte.

Was für eine albern-kleinliche und dumme Wette. Ansger gewann und schämte sich dafür noch mehr. Er setzte, aus Gründen der inneren Hygiene, zweihundert Euro auf die Zahl 19. Das, endlich, bedeutete was. War ein bißchen groß und ein bißchen kühn. Die Kugel rollte, rollte endlos lange, konnte vom Rollen nicht genug bekommen, landete klackend auf der 19. Das kam dem Zeichen deutlich näher. 6800 Euro Gewinn, dazu die 400 vom Black Jack, machte 7200 Euro für die noch junge Nacht. Ansger löste seine Jetons ein, stopfte das Bargeld in ein völlig überfordertes Portemonnaie, verließ, reichlich verwirrt, die Spielbank und bestieg ein Taxi.

»Wohin?« fragte der Fahrer ungeduldig, denn der Gast nannte kein Ziel und wirkte leicht benommen.

»Ins Artemis!« stammelte Ansger. Und schluckte etwas Speed, was seine Betrunkenheit alsbald kaschieren half.

33

Leo und Iris verbrachten den Abend in der Columbiahalle, bei einem Konzert der Einstürzenden Neubauten. Iris' Vater hatte ihnen die Tickets geschenkt; sie sollten sich zur Abwechslung mal *gute* Musik anhören. Statt, wie Leo vorgeschlagen hatte, die Tickets zu verkaufen, bestand Iris darauf, reinzugehen und sich tatsächlich anzuhören, was ihr alter Herr vor dreißig Jahren so progressiv und toll gefunden hatte. Leo hingegen war das alles viel zu laut, Blixa Bargeld schrie wie am Spieß, und man stand herum, es gab keine Sitzplätze, es war eng, und Leo reagierte sauer, weil Iris unbedingt bis zum letzten Song bleiben wollte, obwohl auch sie nicht allzu arg begeistert schien.

»Immerhin«, sagte sie, »finde ich es nicht halb so schlecht wie du, außerdem haben wir für die Musik bezahlt.«

In diesem Moment stampfte Leo wütend auf und meinte, das sei ja wohl spießbürgerlichstes Krämerinnengelalle der untersten Schublade. »Wir haben überhaupt nichts bezahlt, dein missionierender Daddy war's! Wie blöd bist du?«

Iris war erstaunt über den ihrem Gefühl nach völlig unverhältnismäßigen Ton, den sie so von Leo nicht kannte. Er könne, meinte sie lapidar, jederzeit die Biege machen, wenn ihm danach sei.

»Okay, das war's!«

Leo brüllte ihr die drei Wörter ins Ohr, denn anders konnte man sich bei dem Krach nicht verständigen. Er drehte sich um und stapfte zum Ausgang. Iris würde nicht allein hierbleiben, dachte er, sie würde ihm fol-

gen und eine genervte Schnute ziehen. Gut, vielleicht
würde sie ihm nicht sofort folgen, vielleicht erst nach
ein paar Minuten, damit es nicht aussah, als würde sie
vor ihm parieren. Vielleicht würden es mehr als ein paar
Minuten werden, das konnte sein, vielleicht eine Vier-
telstunde.

Leo wartete also in der Kälte vor der Halle und rauchte.
Vielleicht eine halbe Stunde, wenn sie richtig sauer war.
Aber Iris konnte doch nicht allen Ernstes da drinbleiben,
bis zum Schluß, und den gemeinsamen Abend über
Bord werfen, einfach so. Er fluchte und trat gegen eine
Litfaßsäule. Dann, nach 45 Minuten im Freien, ging er
wieder hinein, die Band war bei der ersten Zugabe, und
Iris stand immer noch am selben Platz. Er stellte sich
neben sie, so, als sei er nur kurz auf der Toilette gewesen, so, als würde es nichts zu kommentieren geben. Iris
beachtete ihn kaum, als habe sie seine Abwesenheit gar
nicht richtig bemerkt. Als das Licht anging, schlenderten
beide zum Ausgang, stumm.

34

Im Artemis, einem berühmten Luxusbordell im West-
end, bezahlte Ansger Reitlinger 80 Euro Eintritt, erhielt
einen Bademantel und Badeschlappen und schloß seine
Kleidung in einen Spind, nur einige Hunderteuro-
scheine nahm er mit nach oben, wo in einer weitläufi-
gen Saalflucht mit Bar und etlichen gemütlichen Win-
keln und Nischen die Sexarbeiterinnen auf ihre Kunden
warteten. Es gab einen Stock tiefer eine Schwimmhalle
mit Dampfbad und Massagebänken und ein Kino, in

dem Pornofilme liefen, man konnte auch in die Kantine gehen und sich vom Gratisbuffet bedienen. Wurde man sich mit einer der über fünfzig Prostituierten einig, ging man in den zweiten Stock auf eines der betont steril gehaltenen Zimmer. Manche Gäste nahmen auch mal zwei Damen mit nach oben, Ansger aber gleich fünf. All jene, die ihm besonders gefielen, bat er die Treppe hinauf, bezahlte sie korrekt (je 60 Euro), und an der Bar hatte er eine Flasche Sekt (70 Euro) besorgt, aus der er nun jedem der Mädchen und auch sich selbst ein Gläschen einschenkte. Sie möchten, bat er, auf sein Wohl singen, er habe Geburtstag (was gar nicht stimmte), und weil er durchweg gutmütige Frauen erwischt hatte, sangen sie »Zum Geburtstag viel Glück« und »For he is a jolly good fellow«, und alle stießen miteinander an. Ansger, der selbst auf dem Bett saß, bat nun die Frauen darum, sich auszuziehen und vor ihm auf dem Fußboden Platz zu nehmen, sie müßten, sagte er, keine Angst haben, er habe nichts Perverses vor, habe für eine Penisfüllung ohnehin nicht mehr genug nüchternes Blut im Leib, er wolle sich auf diese Art und Weise quasi stellvertretend von allen Frauen im Leben verab..., nein, er wolle ihnen vielmehr *Dank* sagen, allen, die er hatte haben, und auch jenen – denen besonders –, die er nicht hatte haben dürfen. Gerade sie hätten mit ihrem Geiz und ihrer Verweigerung den Sex, den Leibzauber, zu etwas nicht Alltäglichem gemacht. Frauen seien das Allergrößte, und wenn es einen wahren Grund gebe, nach Geld zu trachten auf dieser Welt, dann nur, weil man damit den Frauen jeden Wunsch erfüllen könne und die Frauen einem dann auch den einen oder anderen Wunsch erfüllten, nicht jeden, aber doch einige, das käme letztlich immer auf das vorher Gegebene an, und er habe sich nie einfach genommen, habe es sich nie einfach gemacht, habe sich immer Mühe gegeben und die Frauen mehr versehentlich, nun ja, vernach…, er fand das richtige Wort nicht. Verleichtsinnigt? Vernachlässigt! Versehentlich… seine Zunge kam ins Stolpern, und eines der Mädchen mußte lachen, denn es war ganz frisch aus Rumänien hier und hatte noch nicht gelernt, daß man niemals über einen Kunden lachen darf, aber Ansger mußte laut mitlachen und streckte beide Arme aus, um gleichsam stellvertretend alle Frauen der Welt, ob weiß, schwarz, rot oder gelb, zu umarmen, eine, wie er sich ausdrückte, für jeden Kontinent dieses schönen, außerordentlich schönen Planeten. Und er betatschte die ausnahmslos imposanten Brüste der Frauen, vergrub seinen Kopf genießerisch darin und summte etwas, das wie ein jiddisches Wiegenlied klang, sehr melancholisch, er kam nicht darauf, was es war. Pinkelte, weil es plötzlich ganz schnell gehen musste, ins Waschbecken, bat dafür um Verzeihung und lud die anwesenden Stellvertreterinnen aller Frauen des außerordentlich blauen Planeten auf eine zweite und dritte Flasche Sekt an die Bar. Dort kam es zu einem spontanen Karaokewettbewerb, und Ansger wählte für sich die zeitgenössische Coverversion eines Klassikers von Eric Burdon & The Animals, dessen Original zufälligerweise auch sein Vater gut gefunden hatte, vor ein paar Jahrzehnten: *When I think of all the good time, that's been wasted having good times.*

35

Leo und Iris hatten sich an diesem Abend nicht mehr viel zu sagen. Mit schweren Beinen betraten sie ihr gemeinsames Zweizimmerapartment im nördlichen Wilmersdorf, und Leo machte keinerlei Anstalten, seine Freundin noch herumzubekommen. Früher wäre es nach einem gemeinsamen Konzertbesuch fast obligat gewesen, miteinander zu schlafen.

Leo spürte nichts mehr in sich, was irgendeiner Form von Begehren auch nur ähnlich kam. Die kommenden Tage konnten mühsam werden. Eine Trennung schien unvermeidlich, aber es gab einleuchtende Gründe, sie noch ein wenig aufzuschieben. Iris bezahlte zwei Drittel der Miete, und auf die Schnelle etwas Neues, also bezahlbaren Wohnraum zu finden, war derzeit in Berlin, gelinde gesagt, schwierig und nervenaufreibend.

Leo küßte Iris auf den Mund und wünschte ihr eine gute Nacht. Iris lag noch länger wach und machte sich Gedanken über das eigenartig reservierte Verhalten ihres Freundes, neigte aber dazu, einer vorübergehenden schlechten Laune die Schuld zu geben. Hätte Leo sie eben um eine kleine Gefälligkeit gebeten, zur Versöhnung nach einem verdorbenen Abend, hätte sie sich nicht sperrig gezeigt, denn ihr Hang zur partnerschaftlichen Harmonie war sehr ausgeprägt. Stets hatte sie den Rat ihrer verstorbenen Mutter beherzigt, keinen Abend je im Streit zu beenden. Dazu aber hätte es eines handfesten Streits bedurft. Zu dem es schon lange nicht mehr gekommen war. Beim Konzert, als er ihr von der Musik gelangweilt »Viel Spaß!« gewünscht hatte und eine Dreiviertelstunde lang auf dem Klo verschwunden war, da hatte sie sich kurz Sorgen um ihn gemacht, aber wenn sie jetzt darüber nachdachte, waren es eher Hoffnungen gewesen. Auf einen Streit. Auf Gebrüll und Gezänk, auf ein reinigendes Gewitter.

Leo dachte währenddessen noch lange und vor allem erleichtert darüber nach, Iris nun nicht mehr auf irgendeine Weise töten zu müssen. Es gab in ihm keine Liebe mehr, die ein solch forciertes Vorgehen erfordert hätte. Iris' Trauer im Fall der Trennung würde wohl auch nicht so schlimm sein wie befürchtet.

Jetzt bloß nicht noch, auf den letzten Metern, versehentlich schwängern, dachte er. Bloß nicht so was Blödes.

36

Ansger hatte inzwischen Ecstasy nachgeworfen, dank dem er nun ein paar Stunden wie auf Wolken schweben würde. Zugleich ergriff ihn ein vehementer Bewegungsdrang, er mußte tanzen, unbedingt tanzen, so wild wie möglich. Im AVA Club in Friedrichshain war Technoabend, aber kurz nach der Öffnung um Mitternacht war noch nicht allzuviel los, und Ansger hatte genug Platz, um sich richtig auszutoben. Er machte dabei keine so schlechte Figur, wurde sogar beklatscht und angefeuert, seine Körpertemperatur stieg schnell auf 40°. Er durfte nicht vergessen zu trinken, denn die Droge vertrieb jeglichen Durst. Der Alkoholrausch wurde durch einen neuen, sanfteren abgelöst. Für später, wenn er müde werden würde, hatte er noch Speed und Koks dabei, und die ekstatische Krönung der Nacht würde sein erster LSD-

Trip sein. Jetzt war er entspannt und tanzte bei viel Trok-
keneisnebel und Lichtorgelorgien, als müsse er die nächsten zwanzig Jahre im Gefängnis verrotten. Gegen halb
vier Uhr morgens verließ er den Club und rannte auf die
Straße, Richtung Spree. Der dunkle Fluß war nur wenige
Meter entfernt. Die letzten Zeugen seiner Existenz, zwei
schwarzafrikanische Dealer, sahen Ansger Reitlinger
nackt am Ufer tanzen, und sie hätten der Menschheit
später davon berichten können, hätten sie das gewollt.

37

Ali und Caro hatten in der Nacht, nach einer Flasche
Wein und zwei Gläsern Wodka, noch ein langes Gespräch darüber, wie frau herausfinden könne, ob sie lesbisch oder bisexuell sei oder ob Alis momentane Un-
entschiedenheit purer Penetrationsangst entspringe.
Gespräch war zuviel gesagt. Meistens redete Caro und
versuchte, Ali zu irgendwelchen Antworten zu provozieren. Die fand es eine Frechheit, ihr zu unterstellen,
daß hinter etwas so Wichtigem, Weichenlegenden wie
der geschlechtlichen Orientierung, etwas so Banales wie
Penetrationsangst stehen könnte, aus dem Mund eines
Mannes wäre das richtig derbe und unmöglich gewesen,
aber Ali war durch Gras und Alkohol duldsam und weniger zornig und ließ den Gedanken näher an sich ran als
sonst. Wenn sie ganz, ganz ehrlich war, hatte sie tatsächlich Angst, daß das eine gewisse Rolle spielen konnte.
Sie wollte nie von einem Mann als Hilfsmittel zur Absa-
mung benutzt werden, nicht mal für viel Geld, das war
ganz klar und in erster Linie politisch, nicht körperlich

gedacht und entschieden. Kein Junge, der bisher dahergekommen war, hätte sie in diesem Punkt umstimmen
können. Aber was, wenn Caro mit ihren steilen und fie-
sen Thesen recht hatte, und Ali sich Achseln und Beine
nur deshalb nicht rasierte, damit *auch garantiert* kein
Junge vorbeikam? Schließlich hatte sie große Angst vor
Fremdeinwirkungen jeglicher Sorte, zum Beispiel Zäpf-
chen und Spritzen. So sehr, daß sie seit fünfzehn Jahren sogar ihre Tetanusimpfung immer wieder verscho-
ben hatte.

In dieser Nacht passierte mit Alisha Reitlinger etwas,
das zuvor undenkbar gewesen wäre. Sie stellte sich
selbst, wenn auch nur spielerisch und hypothetisch und
nur für wenige Sekunden, in Frage. *Was wäre, wenn Caro
recht hätte?* Wie sollte man das herausfinden? In diesem
Moment klingelte es. Die beiden jungen Frauen sahen
sich an und entschieden, weder aufzustehen noch auf-
zumachen. Es klingelte erneut, dann wurde an die Tür
geklopft, und eine tiefe Stimme sagte: »Bitte öffnen Sie,
hier ist die Polizei, wir wissen, daß Sie zu Hause sind.«

38

Fred Reitlinger konnte nicht schlafen und ging um
zwei Uhr morgens in seinen Fitneßkeller. Er haßte es,
mit offenen Augen im Bett zu liegen, im Dunkeln, wie
in einem Sarg. Genausogut konnte er aufs Trimmrad
steigen und noch etwas Sinnvolles tun. Sein Blick fiel
auf die Matten, die für Yogaübungen herumlagen. Binnen kürzester Zeit entstanden sehr viele Bilder in seinem Kopf, die sich um Nora und Arnie drehten. Er war

Arnold Finkenhagen nur dieses eine Mal begegnet, scheinbar zufällig, in Wahrheit hatte er Nora gebeten, da und dort mit Arnie am See spazierenzugehen, wo sie sich dann *zufällig* über den Weg liefen. Er war sich nicht sicher gewesen, ob das nicht vielleicht zuviel verlangt, ob das nicht eine zu große, zu indiskrete Einmischung sein würde, aber Nora hatte mitgespielt. Der arme Arnold war zutiefst erschrocken gewesen, als sie ihm auf der Uferpromenade plötzlich sagte: »Ach, schau an, hier, das ist Fred, mein Mann.«

Arnie hatte blitzartig Noras Arm losgelassen und im Gesicht alle Farbe verloren. Man hatte sich dann ganz nett unterhalten, ein paar Floskeln gewechselt. Frederick gewann ein Bild von ihm, und die Sache bekam dadurch eine andere Färbung, fand in einem weniger dramatischen Rahmen statt, wechselte, sozusagen, Fach und Gattung.

Jetzt, als die blauen Matten vor ihm lagen und Fred wider Willen in seinem Kopfkino sah, wie Nora sich darauf räkelte und Arnie in sie eindrang, spürte er einen Schub Eifersucht, den ersten seit langem. Früher hätte er sofort eine Erektion gehabt, aber seit dem Krebs nicht mehr.

39

Draußen stand Pete und sagte: »Scheeerz.«

»Was willst du denn hier?«

Caro rollte mit den Augen, aber sie bekam auch Mitleid, denn Petar stand triefnaß vor ihr, es hatte wie aus Kübeln geregnet.

»Sorry, aber: Sehnsucht. Große Sehnsucht und viel Regen. Darf ich bei dir was Heißes trinken?«

»Alisha ist da.«

»Is mir egal. Ich stör euch auch nicht. Versprochen!«

Caro besaß ein gutes Herz, und im Moment störte Pete ja wirklich bei nichts, deshalb winkte sie ihn rein und geleitete ihn am Schlafzimmer vorbei in die Küche, wo sie heißes Wasser für einen Tee aufsetzte. Pete schlüpfte sofort aus seinen nassen Klamotten und saß in Strümpfen und Unterhose am Tisch.

Ali erschien in der Tür und sagte »Hi«. Sie kicherte und grunzte und trug einen Pyjama, pink wie der eines kleinen Mädchens, mit einem eingestickten Froschkönig. Irgendwann hatte sie gefunden, das sei ein schwer ironisches Statement, aber sie hatte vergessen, was genau daran witzig war. Pete starrte sie belustigt an, er jedenfalls schien es ziemlich komisch zu finden.

Ali sah den sportlichen jungen Mann in Unterhosen vor sich, und in einer blitzartigen Eingebung überlegte sie, ob sie ihn bitten solle, wolle, könne – nein, das ging nicht. Diesen Spacko würde sie nie um etwas bitten. Sie würde ihm Geld dafür geben, er würde quasi ihr Angestellter sein und sie – die Auftraggeberin. Und er durfte nicht in ihr kommen. Auf gar keinen Fall. Und er mußte ein Kondom tragen. Oder besser gleich zwei übereinander. Er sollte sein Ding kurz in sie hineinstecken, damit diese elende Jungfräulichkeit ein Ende haben würde, solange sie noch ein Teenager war. Und das war's dann. Er konnte sich ja, wenn er wollte, hinterher einen runterholen, auf dem Klo, wo sie nicht dabei zusehen mußte. Ja, das waren Alishas aktuelle Überlegungen, aber so bekifft und betrunken sie schon war, so weit entfernt war sie immer noch davon, Pete tatsächlich darauf anzusprechen. Sie erinnerte sich, wie Caro so begeistert von seinem Riesending geredet hatte. Nein nein nein, um Gottes willen nein. Dieser Plan war auch ohne Monsterpenis schon absurd genug, genausogut, wahrscheinlich sogar noch besser, konnte sie es mit einem Dildo machen, einer Gurke oder Aubergine. Zucchini? Gab es dafür was im Internet zu kaufen?

Sie ging ins Schlafzimmer zurück und rauchte, wollte noch ein Zahnputzglas Wodka trinken, stand auf, um Eiswürfel zu holen. Pete saß noch immer halbnackt in der Küche, mit dem ins Auge fallenden Unterschied, daß sich sein Slip um seine Knöchel spannte und Caro rittlings auf ihm draufsaß, wippend wie ein Kind auf einem Karussell.

Die beiden machten, bis auf ganz leise Stöhn- und Wimmervokalisen, kaum ein Geräusch. Sehr rücksichtsvolle Arschlöcher. Aber Arschlöcher. Ali spürte große Lust, Pete von hinten die Wodkaflasche über den Schädel zu ziehen. Nein, das gehörte sich nicht. Höchstens im Notfall, um eine Vergewaltigung zu verhindern. Wobei das hier nicht gerade wie eine Vergewaltigung aussah. Obwohl ...

Sie dachte noch einen Moment nach. Nein, Caro würde ihr das womöglich übelnehmen. Und Petar war groß und schwer, sie würden seine Leiche aus dem Hochhaus schaffen und im Wald verbuddeln müssen. Für den Fall, daß Caro sich loyal gezeigt hätte. Das war nicht einmal ganz hundertprozentig sicher, vielleicht würde Caro auch den Notarzt rufen oder gar die Cops. Möglich. Alisha konnte nicht mehr klar genug denken, um eine so weitreichende Entscheidung zu treffen, also stellte sie die fast leere Flasche auf dem Fensterbrett ab, taumelte ins Schlafzimmer und pennte sofort weg.

40

Frederick radelte im Keller drei virtuelle Kilometer weit, dann stieg er ab und wollte duschen, als sein Handy vibrierte. Die Nummer von Ansger leuchtete auf. Jetzt, um halb vier Uhr morgens. Fred beschloß, das Gespräch lieber nicht anzunehmen. Es stand zu vermuten, daß der Junge um diese Uhrzeit alles andere als bei klarem Kopf war. Solche Gespräche hatten in der Vergangenheit bereits zu nichts als Grobheiten und Beschimpfungen geführt. Worum auch immer es ging, besser würde sein, es morgen und in Ruhe zu besprechen. Fred verspürte auch keine Lust, sich immer wieder den gleichen Sermon anzuhören, der im übrigen nicht einmal Sinn ergab, denn er hatte seinen Sohn keineswegs, wie dieser behauptete, *großbürgerlich* erzogen, was immer Ansger damit zum Ausdruck bringen wollte. Machte er ihm zum Vorwurf, daß er eine behütete Kindheit gehabt hatte und Latein als erste Fremdsprache? Hatte ihn eine humanistische Erziehung lebensuntüchtig gemacht für die neoliberale Welt? Oder was? Der Junge war nie zu etwas gezwungen worden. Nie. Vielleicht zu ein paar Klavierstunden, das schon. Keines seiner Talente war unterdrückt worden. Im Gegenteil, wäre da irgendeines vorhanden gewesen, man hätte es gefördert, gedüngt und gewässert wie einen grünen Halm in schwarz verbrannter Erde.

41

Als Alisha zwei Stunden später erwachte, weil sie pinkeln mußte, war es dunkel. Nur wenig Mondlicht drang durchs Fenster, doch obgleich kaum Konturen zu erkennen waren, roch sie Haut, hörte sie Atem, spürte fremdes Gedünst. Ihr wurde bewußt, daß sie nicht mit sich oder Caro alleine war, sondern daß sie zu dritt in diesem Bett lagen, Pete in der Mitte. Alisha mußte die ganze Zeit in seinen Nacken geatmet haben. Von dieser Vorstellung wurde ihr blümerant, ihr Magen zickte sowieso schon herum. Sie schlich zur Toilette, erleichterte sich und überlegte, ob Pete die Situation ausgenutzt haben konnte. Bestimmt hatte er das. Irgendwie – bestimmt. Und wenn er ihr nur den Pyjama runtergezogen haben sollte. Schließlich war er ein Mann. Ein Penis.

Ali fand im Flur eine Decke, da wickelte sie sich hinein und blieb den Rest der Nacht im Badezimmer. Als ihr kalt wurde, ließ sie sich eine Wanne ein, verschloß vorher die Tür, um nicht überrascht zu werden. Ihr steifer Körper entspannte sich im heißen Wasser, Ali untersuchte sich auf Mißbrauchsspuren, aber es schien keine gravierenden zu geben, außer den unsichtbaren seelischen natürlich. Sie war immer noch betrunken, als sie im Wasser einschlief und von einem fürchterlichen Alptraum heimgesucht wurde. An den sie sich später nur noch ganz vage erinnern konnte.

42

Margret Finkenhagen stand wie meistens gegen sechs Uhr auf und bereitete das Frühstück vor, schmierte den Kindern Pausenbrote, legte ihrem Mann frische Wäsche und ein gebügeltes weißes Hemd zurecht, dann ging sie zehn Minuten joggen, was wegen der Kälte wenig angenehm war. Kies knirschte unter ihren Sohlen, sonst war es still und noch dunkel. Nebel lag über dem See.

Margret mußte an etwas denken, was sie gestern in einer Frauenzeitschrift gelesen hatte, natürlich im Wartezimmer beim Zahnarzt, denn nur dort kam sie in Kontakt mit Frauenzeitschriften. Im Kummerkasten hatte eine Heike F. aus Bremen ihr schlechtes Gewissen offenbart, weil sie ihrem Mann ohne dessen Wissen eine Art Peilsender auf das Smartphone gespielt hatte, somit über jede geographische Bewegung und Position des Gatten informiert wurde, solange sein GPS-Ortungssystem eingeschaltet war, und das war es, wie bei so vielen Usern, praktisch immer.

Heike F. aus Bremen wurde vom Kummerkastendoktor geraten, den Peilsender wieder zu entfernen, da so etwas ohne vorherige Einverständniserklärung des Bespitzelten gegen laufende Gesetze verstoße und überdies nicht die feine Art im Umgang mit nahen Menschen sei. Anders läge der Fall, wolle man kleine Kinder oder demente Senioren oder Haustiere überwachen, da könne sich so eine App als sehr sinnvoll erweisen. Undsoweiter. Margret bekam das Thema nicht mehr aus dem Kopf, und sie dachte sich seit Stunden ihre längst getroffene Entscheidung zurecht.

Jahrelang hatte sie ihre Neugier unter Kontrolle gehabt. Es war einfach gewesen, und jetzt, jetzt plötzlich war es nicht mehr so einfach. Aufgrund des technischen Fortschritts. Wenn es diese neue Tracking-App für wenig Geld zu kaufen gab und es möglich war, sie auf dem Handy des zu Bespitzelnden zu installieren, sobald eine Bluetooth-Verbindung vorlag, man sich also nicht einmal mehr die Mühe machen mußte, das Smartphone des anderen heimlich zu entwenden – wer in Dreiteufelsnamen hätte so einer Verlockung widerstehen wollen? Natürlich, dachte Margret, ein *anständiger* Mensch würde das nicht tun. Doch wenn Arnie etwas zu verbergen hat, ist schließlich er *als erster* unanständig gewesen. Und wenn er *nichts* zu verbergen hat, kann es ihm im Grunde schnurzpiepegal sein. Und ich wäre sehr erleichtert. Sehr.

43

Am Donnerstagmorgen suchte Alisha eine Frauenärztin in Babelsberg auf, um sich untersuchen zu lassen. Sie vermute, sagte sie, betont tonlos, sichtlich unter Schock stehend, Opfer eines sexuellen Mißbrauchs geworden zu sein. Natürlich wurde sie daraufhin bevorzugt behandelt und umging die langen Wartezeiten. Nach sorgfältiger Untersuchung behauptete die Ärztin, von ernsthaften Verletzungen im Genitalbereich sei nichts zu entdecken, bis auf ein paar Hautreizungen, deren Ursache mannigfaltig sein könne. Alisha war beinahe ein wenig enttäuscht. Pete hatte sie wahrscheinlich also nur berührt oder geleckt, nicht penetriert, hatte keine Spuren hinterlassen. Zur Polizei, um Strafanzeige zu stel-

len, ging Alisha aber nicht. Schließlich bestand *rein theoretisch* die Möglichkeit, daß Pete die Situation eben doch
nicht ausgenutzt hatte. Und zu beweisen wäre ihm ja
auch nichts gewesen. Ali konnte auch später noch zur
Polizei gehen, falls sie sich wieder an etwas erinnerte,
an Einzelheiten des Tathergangs, Details, die ihr Gehirn
im Moment wahrscheinlich verdrängte, ein natürlicher
Schutzmechanismus der Psyche.

Etwa zeitgleich nur weiter südlich, in Schlaatz, bemühte
sich Caro darum, Pete deutlich zu machen, daß der
Fick der letzten Nacht keinesfalls bedeute, daß sie jetzt
wieder zusammen seien. Es habe sich um eine situa-
tiv begründete, spontan entstandene Entgleisung unter
Rauschmitteleinfluß gehandelt. Dergleichen könne
zwar immer wieder mal vorkommen, irgendeine tie-
fere Bedeutung habe das aber nicht, und er könne daraus *never ever* das Recht ableiten, ihr mit ständigen Lie-
beserklärungen auf die Nerven zu fallen. Pete reagierte
sehr zerknirscht und beteuerte, zufrieden zu sein, wenn
er Caro ab und an besuchen dürfe. Alles sei besser, als
sie ganz und für immer zu verlieren. Ach du liebe Zeit,
dachte Caro, dieses devote Geseiere ist kaum auszuhalten. Aber irgendwie süß klingt es doch.

44

Am Donnerstag passierte sonst nicht viel. Am Freitag
unterhielten sich die Reitlingers mit dem Besitzer des
Bootes, dem Kumpel von Arnie, der über die unerwar-
tete Anfrage freudig überrascht war, denn er brauchte

dringend etwas Bargeld. Sechzigtausend schlug er als Kaufpreis vor. Frederick handelte ihn auf zweiundfünfzig herunter, hielt sich danach für einen harten Geschäftsmann. Tatsächlich besaß die drei Jahrzehnte alte *Jolly Melinda* einen aktuellen Verkehrswert von ca. fünfunddreißigtausend, und ihr Besitzer hätte sie zur Not sogar für fünfundzwanzig hergegeben.

Den Reitlingers mangelte es nicht an Geld, somit waren beide Seiten zufrieden. *Melindas* ehemaliger Besitzer gab seinem nun ehemaligen Boot einen Klaps und bemühte sich, melancholisch bis betrübt dreinzublicken, um seine Freude nicht allzusehr zur Schau zu stellen.

45

Am Samstag brachen Gerry und Sonja nach Brandenburg auf, um das Wochenende bei Sonjas Eltern zu verbringen. Zwar hatten sie vorsichtshalber angekündigt, noch nicht sicher sagen zu können, ob sie über Nacht bleiben würden, aber sie hatten auch nichts Besseres vor. Sinnvoll war es zudem. Wenn Gerry im Frühjahr die ersehnte Stelle bekäme, mußte man jetzt klipp und klar darüber reden, inwieweit die Pfaffs dem jungen Paar finanziell unter die Arme greifen würden. Es mußte von konkreten Summen die Rede sein, damit man endlich wußte, woran genau man war. Sonja wiegelte wie immer ab. Sie befürchtete, Gerry könne zu geldgierig wirken, er hingegen meinte, daß man die Angelegenheit zu lange vor sich hergeschoben habe. Wenn man im nächsten Sommer heiraten wolle, müsse man doch Zeit haben, um anständig zu planen.

»Wenn«, sagte Sonja.

Die Zugfahrt nach Brandenburg verlief fortan etwas weniger harmonisch. Gerry reagierte leicht beleidigt, vielmehr unsicher, er begehrte zu erfahren, warum Sonja dieses Teufelswörtchen *wenn* geäußert hatte, aber er war ein kluger, strategisch denkender Mann, der jetzt, so kurz vor dem Besuch bei ihren Eltern keine Diskussion in Gang bringen oder gar einen Streit anzetteln wollte, zum ungünstigsten Zeitpunkt. Zwischen Sonja und ihm lief doch alles soweit ganz gut. Natürlich wußte er, daß sie mitunter zweifelte, ob Nachwuchs wirklich zu ihrem Lebensplan gehörte, er selbst war auch nicht gerade versessen darauf, sich alsbald und um jeden Preis fortzupflanzen. Andererseits hatten die Pfaffs sich dahingehend klar geäußert. Sie wollten auf jeden Fall und möglichst schnell Enkel haben, dafür waren sie bereit, tief in die Tasche zu greifen. Eine solche Haltung konnte man ihnen kaum zum Vorwurf machen. Da war keine grausame oder unmenschliche Bedingung dabei, um es mal so zu sagen. Und eine Schwangerschaft mochte zugegebenermaßen Belastungen mit sich bringen, aber eine schuldenfreie Zukunft, eine abbezahlte Wohnung in Berlin, sollte das alles leichthin aufwiegen.

Gerry bekam Gewissensbisse, wenn er so über die Sache dachte, ganz kühl und gewinnorientiert. Die Abmachung würde die Existenz eines Kindes zur Folge haben, das sich nicht sicher sein konnte, von beiden Elternteilen gleichermaßen geliebt zu werden. Andererseits – es gibt kein Kind, das sich dessen sicher sein kann. Keines.

Gerry beruhigte die Eruptionen seines Gewissen stets mit einem wohlfeilen Gedankenspiel. Bereitwillig hätte er mit Sonja die Körper getauscht, um selbst das notwendige Opfer zu bringen und es ihr zu ersparen. Angesichts von soviel Opferbereitschaft war Sonjas Herumgezicke einfach nur ein Wohlstandswehwehchen. Das zimperliche, kleinmädchenhafte Aufbegehren einer nicht mehr ganz jungen Frau gegen die Erfordernisse der Gesellschaft und der Natur. So ungefähr ließ sich das formulieren.

46

Frederick Reitlinger bekam einen Anruf von einer anderen jungen Frau. Sie nannte sich Jule und behauptete, Ansgers Freundin zu sein, aus Karlsruhe. Fred hatte nie von einer Jule gehört, aber das mußte nichts bedeuten, sein Sohn hatte ihm wenig erzählt und von seinen Frauengeschichten rein gar nichts. Jule Malz – der Name machte ihm irgendwie gute Laune – klang besorgt. Ansger habe nun seit drei Tagen nichts von sich hören lassen. Das sei auch für seine Verhältnisse völlig ungewöhnlich.

»Was meinen Sie denn«, wollte Fred wissen, »mit *seine Verhältnisse?*«

»Naja, er läßt es schon mal krachen in letzter Zeit. Aber dann kriegt er sich ein und meldet sich. Immer.«

»Ich glaube, er macht gerade eine schwere Zeit durch.«

»Weiß ich eh.«

Oh, die Frau ist Österreicherin, dachte Fred. Auf einmal hörte er ihren Akzent ganz deutlich.

»Ich glaube, ich komme nach Berlin und gebe eine Vermißtenanzeige auf. Oder wissen Sie etwas, was mich beruhigt?«

»Naja. Mich hat er in der Nacht auf Donnerstag anzurufen versucht.«

»Was hat er gewollt?«

»Ich weiß nicht. Bin nicht rangegangen.«

»Wieso nicht?«

»*Wieso?*« Fred wunderte sich über den vorwurfsvollen Ton. »Es war mitten in der Nacht, Entschuldigung, Gnädigste, ich habe geschlafen.«

»Wieso sagen Sie denn Gnädigste zu mir?«

»Weiß ich grad selbst nicht. Ist mir so rausgerutscht. So ein Austriazismus.«

»Machen Sie sich lustig über mich?«

Fred wollte das Gespräch beenden, aber es galt, unbedingt höflich zu bleiben. Ansger sollte keinen Anlaß bekommen, sich über seinen Vater zu beklagen.

»Nein, gewiß nicht. Alles gut. Kommen Sie nach Berlin, Sie können bei uns wohnen, wir haben ein schmukkes Gästezimmer.«

Fred rechnete nicht wirklich damit, daß sie ja sagen würde.

»Ja, gerne, das spart Geld. Ansger hat mir oft von Ihrem schönen Haus erzählt.«

»Hat er das.«

»Naja, schon. Bitte, können wir uns duzen?«

Normalerweise schlägt das der Ältere vor, wollte Fred zuerst sagen, aber er bremste sich gerade noch und meinte: »Klar. Frederick. Fred, wenn es schnell gehen muß.«

47

Der Regionalexpreß passierte eben den Bahnhof Potsdam-Charlottenhof, als Sonja unvermittelt vorschlug, lieber wieder umzukehren. Gerry wollte davon nichts wissen.

»Wir können doch jetzt nicht mehr umkehren! Welche Ausrede hätten wir denn?«

Sonja gab keine Antwort, stattdessen zückte sie ihr Handy und rief bei ihren Eltern an.

»Hi, grüß dich, Mama, ich bin's. Wir sind hier gerade auf dem Weg zu euch, aber Gerd hat was Schlechtes gegessen. Er sitzt grad aufm Klo und kotzt sich die Seele aus dem Leib. Ich glaube, es ist besser, wir drehen wieder um. Ja, tut mir auch furchtbar leid, ich hatte mich soo gefreut. Ja, sonst geht es uns gut. Ich muß jetzt nach Gerd schauen, der Ärmste war ganz grün im Gesicht. Küßchen!«

Gerry sah seine Verlobte die ganze Zeit an, halb verblüfft, halb entsetzt, dann zu je einem Drittel verblüfft, entsetzt und zornig. Er zückte sein eigenes Handy und rief die Pfaffs an.

»Raphaela, Liebe, ja, wir sind noch im Zug, nein, ich habe alles rausgereihert, war wohl die Mettwurst – nein, mir geht es einigermaßen, bin es losgeworden, also falscher Alarm, wir drehen nicht um, und wenn ich einen Rückfall haben sollte, dann pflegt ihr mich halt oder begrabt mich in eurem Garten. Jaja, deine Tochter übertreibt sehr gern. Also, es bleibt alles beim Alten, wir treffen so in zwanzig Minuten ein. Ihr holt uns doch vom Gleis ab? Ja, danke, bis gleich!«

Der Zug rollte auf den Bahnhof Werder zu. Sonja

stand auf und ging zur Tür. Gerry packte sie am Arm und riß sie an sich. Er war noch nie in irgendeiner Form gewalttätig geworden, aber diese Kapriolen konnte er an ihr nicht dulden, nicht an einer Frau, mit der er ein Leben lang zusammen sein wollte, das mußte hier und jetzt ausgefochten werden, auch auf die Gefahr hin, daß einer von beiden überreagierte.

»Laß mich los! Ich will aussteigen.«

»Meinst du das metaphorisch oder willst du dir Werder ansehen?«

»Du tust mir weh! Das ist Freiheitsberaubung!«

»Klingt schwer metaphorisch. Setz dich hin, red mit mir!«

»Belästigt Sie dieser Mann?«

Ein bärtiger Latzhosenhipster ohne Gesicht war aufgestanden und mischte sich ein. Ohne ihn wäre vielleicht alles anders verlaufen, Sonja hätte sich mit Gewalt losgemacht und wäre auf den Bahnsteig gesprungen. So aber drehte sie sich zu ihrem Helfer um und sagte: »Alles in Ordnung, du Schleimer. Rasier dich lieber!«

Der Hipster gab keine Antwort, sah nur finster drein und knurrte kurz. Der Zug fuhr an. Jetzt gab es nur noch einen einzigen Zwischenhalt bis Brandenburg-City. Gerry spürte, daß viel auf dem Spiel stand. Er hielt Sonja noch immer um die Hüfte gefaßt, aber zärtlich, wie ein Mädchen, das man liebt und begehrt, das man nicht loslassen mag.

48

Später am Tag tauchte Alisha auf, mit Caro im Schlepptau, die sie ihren Eltern vorstellte mit den Worten: »Das ist meine Freundin Caro.«

Niemand dachte sich etwas dabei, weder die Reitlingers noch die kaugummikauende Caro. Bis es bei Fred klingelte und ihm klarwurde, wer diese Caro *eigentlich* war. Genau, er erkannte sie von den Onlinefotos wieder, das war *Chantal*. Alias Caroline Seifert-Gündogan. Die Nutte, von der ihm Leopold erzählt hatte. Und er wußte nicht, was er schlimmer fand: daß seine Tochter mit einer Nutte abhing oder daß diese Nutte auf ihrem Kaugummi herumkaute, während sie ihm die Hand hinhielt und »Tach, ich bin Caroline« schmatzte. Blendend weiße Zähne, das mußte man ihr zugestehen. Er stellte sich vor, wie Leopold seinen Penis in diesen Mund gesteckt hatte. Und plötzlich spürte er etwas in der Hose. Nach langer Zeit zum ersten Mal. Sofort wandte er sich ab und ging sich etwas zu trinken holen, während Nora höflich die üblichen Erkundigungen einzog, was die junge Frau trinken wolle, was sie so mache, welche Pläne sie habe, et cetera. Doch statt ihrer antworte Ali.

»Caro studiert dasselbe wie ich. Sie kann hier jederzeit übernachten, nur damit ihr das wißt. Selbst wenn ich selber nicht dasein sollte.«

»Ah.« Nora stutzte ein wenig, aber sie schob sofort ein »Ja, klar!« hinterher, während Caro die Brauen hochzog und ihre Freundin ein wenig von der Seite her ansah. Sie verspürte überhaupt keine Lust, je in diesem Haus zu übernachten, wozu denn?

Sobald sie einige der Räume gesehen hatte, also diejenigen, die sie jetzt schon sehen durfte, den Salon, das Esszimmer, die Küche und Alishas Zimmer, mußte sie sich eingestehen, daß soviel Raum für so wenige Personen nicht gerade sozial war, aber recht schick. Frederick bot Caro einen Campari Soda an, während Nora erklärte, welche Sorten Gemüse und Blumen sie im Garten anpflanzte und wann und warum, als ob das für irgend jemanden von Interesse gewesen wäre. Nora war sich dessen durchaus bewußt, aber ihr fiel einfach kein anderes Thema ein, und sie nuschelte halblaut vor sich hin. Caro nippte an ihrem Campari und wunderte sich. Dieser Professor Reitlinger stellte etliche Fragen, die ehrlich interessiert klangen, mehr, als der normale Small talk erfordert hätte – woher sie käme, was sie in der Freizeit so mache, womit sie ihr Studium finanziere, solche Sachen. Sein Blick war bohrend. Alle zwanzig Sekunden etwa sah er plötzlich weg, ließ gleichsam ab von ihr. Caro deutete sein Interesse als Geilheit eines älteren Mannes, der die Nähe zum begehrten Sexualobjekt nur noch durch verbale Kommunikation und Blicke herstellen kann, eventuell ein wenig Hautkontakt beim Händedruck zum Abschied. In keinem Moment kam ihr der Verdacht, dieser Mensch könne mehr über sie wissen, als er durch seine bisherigen Fragen zusammengesammelt hatte.

»Seit ich mit Caro zusammen bin«, sagte Ali jetzt und legte einen Arm um Caros Hüfte, »bin ich wie ein neuer Mensch. Ich bin total unbeholfen, sie hat den grünen Daumen – und nicht nur bei Pflanzen. Sie hat einfach alles im Griff.«

»Ah«, sagte Nora. Auch Fred stutzte. *Seit ich mit Caro zusammen bin.* Was meinte Ali damit? *Meinte* sie etwas damit? Wie – *zusammen?*

Auch Caro war sich nicht sicher, was genau Alisha da gerade von sich gab oder geben wollte. Alis unmotivierte Lobpreisungen gingen ihr ziemlich auf den Zeiger. Sie hatte für heute genug von den Reitlingers, zupfte graziös Alis Arm von ihrer Hüfte und murmelte, sie habe noch zu lernen. Überraschenderweise hielt ihr der alte Mann keine schwitzige Hand hin. Er winkte bloß ein wenig.

Alisha ging neben ihrer Freundin her und mit ihr zur Gartentür hinaus. Sobald sie außer Hörweite waren, wurde Caro schnell deutlich.

»Bleib du mal heute lieber hier, ich bin gern 'ne Nacht allein.«

»Lässt du wieder Pete antanzen?«

»Nein, laß ich nicht. Aber sachma, wie kommst du darauf, deinen Eltern so zweideutiges Zeug zu erzählen?«

»Was für zweideutiges Zeug?«

»Daß wir zusammen sind oder so was. Was sollen die beiden denn denken?«

»Aber wir *sind* doch zusammen.« Ali zog ein verdutztes Gesicht.

»Nicht so, wie die sich das jetzt vorstellen. Ey, wir sind Freundinnen, aber ich bin mehrheitlich *straight*, ob dir das passt oder nicht, und außerdem müßtest du dich für Sex mit mir erst mal rasieren.«

»Das meinst du nicht ernst, oder?«

»Was genau?«

»Das mit dem Rasieren. Außerdem bist du nur *mehrheitlich* straight, also nicht fest- und an die Kette gelegt wie irgendein doofes Heimchen. Und wenn du Pete was Gutes tun willst, dann sag ihm, daß er dich von jetzt an nicht mehr ficken darf. Am besten nicht mal treffen oder sehen. Sonst geh ich zu den Bullen und zeig ihn an!«

»Ach, ehrlich? Wegen was denn?«

49

Der Bahnhof Götz hätte Sonja die letzte Gelegenheit geboten, auszusteigen und einen Zug zurück nach Berlin zu nehmen. In den zwölf Minuten, die seit der Abfahrt von Werder vergangen waren, hatte das Paar intensiv diskutiert. Gerry hatte seiner Verlobten einiges an den Kopf geworfen, sie aber auch seiner Liebe versichert, gerade *weil* sie nun einmal sei, wie sie sei. Es war eine gefährliche Strategie, auf die Sonja so oder so reagieren konnte, geschmeichelt oder beleidigt, das kam allein auf ihre Laune an. Sie glich ein bißchen einem Zirkustiger, der sich zumeist fügt, wenn sich der Dompteur hart und unnachgiebig zeigt. Nur eben nicht immer. Obwohl sie starke, durchsetzungsfähige Männer liebte, die sich nicht um den Finger wickeln ließen, gab es gewisse Grenzen. Einige ihrer früheren Beziehungen waren, obwohl sie über Monate sehr harmonisch verliefen, durch einen einzigen heftigen Streit zerbrochen. Sonja Pfaff war stolz und sehr eigensinnig. Und schwer berechenbar.

Traf man zur falschen Zeit den falschen Ton, konnte sie animalisch reagieren. Nicht brutal, nicht im körperlichen Sinne. Doch schienen ihr jegliche Skrupel verlorenzugehen, ihr Gegenüber verbal zu verletzen. Eine noch viel grausamere Alternative bestand darin, daß Sonja verstummte, von der Bildfläche verschwand, für Tage, für Wochen.

Gerry hatte das noch nicht selbst erlebt, hatte davon nur gehört. Sonja war das Paradox einer aufgeweckten, freiheitsliebenden Frau, die es genoß, zu Boden geworfen und angefaucht zu werden, und dies nicht nur im erotischen Bereich. Während der Zug langsam in den Bahnhof von Brandenburg rollte, traf Gerry für diesmal den richtigen Ton. Er versprach Sonja, sie immer zu achten und zu lieben, wenn sie sich im Gegenzug für die nächsten vierundzwanzig Stunden zusammennehmen würde. Es sollte ein entspanntes Wochenende werden bei ihren Eltern, man würde sich deren Vorschläge anhören, wieder nach Hause fahren und dann dort gemeinsam Kriegsrat halten. Gerry betonte die Wörter *dann, dort* und *gemeinsam.*

Das Wort *Kriegsrat* war es, das Sonja endgültig einlenken ließ. Schnell holte sie die Bürste aus dem Rucksack und brachte ihr Haar in Ordnung. Kriegsrat. Das Wort gefiel ihr wohl deshalb so sehr, weil sie fürchtete, Gerry habe mit ihr ein spießiges, piefiges Dasein geplant, ein Leben zwischen Sandkasten und Eierschale. Krieg hingegen bedeutete Gewalt, bedeutete, daß sie so was wie Piraten waren, *Piraten auf Plünderungsfahrt in Brandenburg,* das gefiel Sonja, das gefiel ihr enorm. Sie hatte ihre Eltern nie besonders leiden können und fand es oft befremdlich, wie gut Gerry mit ihnen zurechtkam.

John und Raphaela Pfaff warteten auf dem Bahnsteig. John war ein ehemaliger GI, ein Navy-Colonel a.D. aus Denver-Colorado. Raphaela hatte jahrzehntelang eine Buchhandlung betrieben, bevor der Graue Star ihr Sehvermögen zu sehr schwächte, um in normalen Büchern zu lesen. Alle vier umarmten und begutachteten sich, dann ging man zum Parkplatz. Die Pfaffs fuhren einen Mercedes-SUV, sie wohnten ein Stück weit außerhalb, im Norden der Stadt, in einer Doppelhaushälfte nahe am Wald.

50

Am Samstagnachmittag besuchten Leo und Iris eine Ausstellung in der Berlinischen Galerie, die sich provokant: SEXISTISCHE KUNST nannte. Man mußte eine Weile anstehen. Wenigstens hatte es aufgehört zu regnen, es war auch wieder wärmer geworden, ein paar Minuten lang kam sogar die Sonne heraus. Iris tat die ganze Zeit, als interessiere sie die Ausstellung nicht, als sei sie nur Leo zuliebe mitgekommen.

In Wahrheit war sie durchaus neugierig. Explizite pornographische Darstellungen waren ihr allerdings peinlich, ungefähr so, wie ein Kind wegsieht, wenn im Fernseher sich zwei Menschen küssen. Leo hatte das mal reizend gefunden. Oder behauptet, er fände es reizend. Inzwischen ging es ihm eher auf die Nerven.

»Du hättest ruhig zu Hause bleiben können, Schatz.«

»Nein, Leolein, hätte ich nicht. Ich meine, hätte ich, ja, aber dann hättest du den ganzen Abend gemault, was ich alles verpaßt hab, und daß du jetzt niemanden hast, mit dem du das aufarbeiten kannst, undsoweiter, kenn ich doch alles ...«

»Ich muß ein geradezu schrecklicher Mensch sein. Vielleicht sollten wir uns trennen?«

»Jetzt dreh nicht gleich durch, weil ich dich ein bißchen aufzieh.«

Iris hängte sich bei ihm ein, und sie schlenderten durch eine Ausstellung, die bei ihrer Konzeption noch EROTISCHE KUNST hatte heißen sollen, aber durch die jüngsten Entwicklungen einfach umbenannt worden war, um Skandal und Kasse zu machen. Beides hatte geklappt. Leo ärgerte sich, weil der Eintrittspreis mit

14 Euro pro Person deutlich teurer war als ein Kinobesuch im Zoo Palast. Welche Zeichen wollte man damit setzen?

»Wieso Zeichen setzen? Was denn für Zeichen? Die wollen Kohle verdienen, soviel wie möglich, das ist doch ganz einfach, da brauchst du doch nichts hineindeuteln.«

Leo konnte die simple Weltsicht seiner Freundin oft nicht ertragen, aber in diesem Fall hatte Iris wahrscheinlich recht. Leo wandte sich an eine der Aufseherinnen, die sehr aufmerksam darauf achteten, daß das Fotografierverbot eingehalten wurde, die einen keine Sekunde aus den Augen ließen und dementsprechend aufdringlich sein konnten.

»Warum darf man denn keine Fotos machen?«

»Das weiß ich nicht, das ist eben so, ich bin hier nur angestellt. Aber jedes ausgestellte Motiv, oder beinahe jedes, ist im Shop als Postkarte erhältlich.«

»Verstehe. Und sagen Sie mir bitte noch: Wo ist denn jetzt die sexistische Kunst?«

»Wie meinen...?«

»Das hier ist *erotische* Kunst, mal mehr, mal weniger gut. Wo ist denn nun die sexistische? Die, für die ich 14 Euro bezahlt habe.«

»Sie müssen entschuldigen, aber da müssen Sie sich an eine Führung wenden, ich bin hier nur angestellt...«

»Ich verstehe, Sie sind hier nur die Aufseherin. Nicht mal *die* Aufseherin, sondern nur eine von vielen Aufseherinnen. Wie damals, in Theresienstadt und anderen schönen Städten.«

»Wie bitte?« Die Frau verstand nicht, was er meinte.

Iris zog Leo am Ärmel, ihr war es unangenehm, wie er diese schon etwas ältere Frau drangsalierte. Was Leo nie so gesehen hätte. Drangsalieren, würde er sagen, gehe anders, er habe doch einfach nur Auskünfte erbeten. Und daß so etwas völlig Normales Iris peinlich war, war für ihn *mehr* als peinlich, beinahe unerträglich. Jetzt zog sie ihn auch noch von der Aufsicht weg, wie ein kleines Kind, das sich danebenbenommen hatte.

Mein lieber Scholli. In Leo kochte Wut hoch, er mußte tief ein- und ausatmen, um sich für dieses Mal noch zu beherrschen. Endlich kamen sie an einem Gemälde vorbei, das vielleicht ein bißchen sexistisch genannt werden konnte, denn ein stehender Mann hielt eine kniende Frau an beiden Ohren fest und rammte ihr sein Geschlechtsteil in den Mund. Andererseits: Vielleicht hatte der Frau das genau so gefallen? Wer konnte das wissen? Kunst birgt immer ein Geheimnis.

51

Gegen 23 Uhr klingelte es an der Haustür. Fred Reitlinger hatte eigentlich keine Lust mehr, um diese Uhrzeit nach unten zu gehen und nachzusehen, wer das war, geschweige denn irgendwelchen Unbekannten die Tür zu öffnen, aber er trat auf den Balkon hinaus und rief: »Hallo?«

Jemand stand da unten, eine Frau, aber man konnte nur schwache Konturen erkennen.

»Hallo! Hier ist Jule. Jule Malz.«

»Ach du Schreck. Moment, ich komme runter.«

Der Professor hatte nicht damit gerechnet, daß Ansgers Freundin noch am selben Tag hier aufkreuzen würde, aber wenn man drüber nachdachte, war es nur natürlich, daß sie, wenn sie sich Sorgen machte, so schnell wie möglich herkam. Es war nur eben nichts hergerichtet, nichts vorbereitet, Nora war auf dem Boot, und Fred wollte sie auf keinen Fall stören bei dem, was sie gerade tat.

52

Arnie überraschte Nora an diesem Abend mit einem Dokument. Er hatte an diesem Tag die praktische Prüfung zu seinem Bootsführerschein bestanden, somit war er seither offiziell berechtigt, Boote über 15 PS zu lenken.

»Wir können also ein bißchen über den See schippern, wenn du willst.«

Zu diesen Worten knipste er einen Schalter an, und etliche Lichtgirlanden begannen bunt zu leuchten. Das sah zauberhaft aus, fand Nora, sie war noch nie bei Dunkelheit auf irgendeinem Wasser gewesen. Allerdings wollte sie keine Bootsfahrt unternehmen, ohne Fred vorher Bescheid zu sagen. Arnie machte sich darüber etwas lustig, aber tief in seinem Inneren bewunderte er die Reitlingers für deren Übereinkunft, er war sogar ein wenig neidisch, denn er haßte es, vor seiner Margret Versteck spielen zu müssen. Zudem war sie in letzter Zeit etwas sehr neugierig gewesen, hatte einmal sogar an seinem Handy herumgemacht, angeblich, um es zu *putzen*. Arnold war nicht blöd oder leichtfertig, er löschte, wie bereits erwähnt, alle Textnachrichten zärtlicher oder zwielichtiger Natur. Nora Reitlinger fungierte in seiner Kontaktdatenadresse überdies als »Norbert Reitlinger«. So konnte eigentlich kaum etwas passieren.

Nora erreichte ihren Gatten auch beim zweiten Versuch nicht. Statt ihm nun etwas auf Band zu sprechen und sein Einverständnis zur Bootsfahrt stillschweigend vorauszusetzen, sei es besser, fand sie, ihm lieber gar nichts zu sagen. Damit er sich keine Sorgen machte. Sie gab Arnie einen Kuß. Denn jedes Abenteuer, sagte sie, müsse mit einem Kuß beginnen, damit es mit einem Kuß auch enden könne.

»Ich finde es toll, daß du Dinge weißt, die in keinem Lexikon stehen.«

»Na dann, Skipper! Leinen los!«

Arnie nahm vor dem Steuerrad Platz und ließ den Motor an. Erstaunlich leise begann die *Jolly Melinda* über das Wasser zu gleiten, mit einer Geschwindigkeit von vier Knoten, was in etwa siebeneinhalb km/h entspricht.

53

Fred Reitlinger hatte im Schrank Bettwäsche gefunden und für die junge Frau das Gästezimmer hergerichtet; Jule half ihm beim Spannbettuch und dem Beziehen der Daunendecke. Danach war man in die Küche gegangen und hatte etwas zu essen gesucht. Der Professor schlug Spaghetti vor, dazu reichten seine Kochkünste so gerade eben aus. Passierte Tomaten waren da, Gewürze, Zwiebeln und sogar frisches Basilikum, nur Parmesan fand sich nicht. Jule fragte, ob sie einen Kaffee haben könne, und Fred meinte, sie solle in der Küche nach Belieben schalten und walten, er hole inzwischen eine Flasche Sekt aus dem Keller.

»Sekt? Haben wir denn was zu feiern?«

»Ich trinke Sekt auch ohne äußeren Anlaß. Kaffee vertrag ich um die Uhrzeit nicht mehr, sonst stehe ich nachher senkrecht im Bett.«

Jule erzählte, daß sie die Vermißtenanzeige bereits aufgegeben hatte, gleich nachdem ihr Zug in Berlin angekommen war. Sie leide unter enormer Flugangst, gestand sie, habe deswegen acht Stunden Zugfahrt auf sich genommen. Nach Adressen von Ansgers Berliner Freunden und Bekannten gefragt, habe sie der Polizei die der Reitlingers genannt, eine andere sei ihr nicht bekannt gewesen. Das sei doch okay?

»Selbstverständlich. Weißt du denn, in welchem Hotel er abgestiegen ist?«

Jule Malz schüttelte den Kopf. Sie wußte praktisch nichts.

54

Die Bootsfahrt fühlte sich fabelhaft an. Arnie genoß es, daß ein tonnenschweres Ding unter seinen Füßen artig und gefügig das machte, was er ihm vorgab. Wie liebte er das dumpf wummernde Brummen des Motors, das spotzende Geschnauf des Wassers! Noch mehr liebte er es, mit den Scheinwerfern herumzuspielen. Um diese Uhrzeit waren nicht mehr viele Boote unterwegs, man mußte dennoch wachsam sein. Kollisionen, vor allem mit kleineren, unscheinbareren Booten, kamen hier öfter mal vor, die größte Gefahr dabei wäre das eiskalte Wasser gewesen.

Nora saß neben Arnie und hatte eine Hand auf sein Knie gelegt. Die vielen Lichter am Boot spiegelten sich grellweiß in den Fluten, erster Nebel kam auf, und oben stand noch ein halber Mond am Himmel, orange wie eine Orange. Nach einer Stunde etwa bat Nora Arnie darum, ihr das Notdürftigste dessen zu zeigen, was man wissen müsse, um so ein Boot von A nach B zu bewegen.

»Es funktioniert nicht viel anders als ein Auto«, meinte er, und Nora antwortete, sie fahre nicht Auto.

»Warum nicht? Weil dein Mann, dieser Autofeind, es nicht will?«

»Nein, ich würde mir bei so was keine Vorschriften machen lassen. Ich bin noch nie Auto gefahren. Ist mir immer schon unheimlich gewesen.«

»Aber Boot willst du fahren?«

»Arnie, es geht darum, daß ich das Teil hier irgendwie ans Ufer bringen muß, falls du 'nen Herzschlag haben solltest.«

»Logisch. Sehr weitsichtig, muß ich schon sagen. Komm, Nora, ich zeig's dir, wir tauschen Platz. Ich schalte den Motor aus, dann schaltest du ihn wieder an und legst den Gang ein.«

»Okay.«

55

Die Spaghetti waren zu trocken, zu sehr al dente, und mußten mit Butter nachgebessert werden. Fred und Jule saßen in der Küche, tranken Kaffee bzw. Sekt, dazu lief leiser Bebop aus dem auf alt gemachten Küchenra-

dio. Weil die Beleuchtung so grell war, hatte der Hausherr einen Kandelaber mit Kerzen bestückt und entzündet. Dann bat er Jule darum, ihm etwas von Ansger zu
erzählen. Jule zog die Stirn in Falten, eigentlich habe sie
ihn eben um dasselbe bitten wollen.

»Dann machen wir es doch so: Erst erzählst du was,
dann ich, dann wieder du.«

»Ich weiß nicht, ob es bei mir für zwei Runden reicht.«

»Weil du müde bist? Geh jederzeit schlafen, Mädel,
ich halt dich nicht auf.«

»Nein, weil ich arg viel über Ansger nicht weiß. Hört
sich vielleicht komisch an, aber wir sind erst seit einem
halben Jahr zusammen, und er arbeitet sehr viel und
redet wenig. Also, er *hat* viel gearbeitet, bis vor zwei
Wochen, da bekam er Bescheid, daß seine Firma wohl
dichtmachen muß. Aber nicht mal darüber hat er geredet. Das hab ich an ihm auch geschätzt. Ich meine, die
meisten Männer wimmern und jammern ständig, er
nicht...«

»Er nimmt Drogen stattdessen.«

»Das weißt du?«

»Das sieht man doch!«

»Ah, dann hast du ihn gesehen jüngst?«

Fred schmunzelte. Die Art, wie diese junge Österreicherin manchmal die Regeln der Wortstellung im
Satz etwas eigenwillig behandelte, fand er äußerst pos-
sierlich. Jule war auch ein sehr hübsches Mädchen,
eine schlanke Blondine mit schulterlangen, ganz glatten Haaren. Sie trug ein kornblumenblaues Kleid im
Retroschnitt der Siebziger, mit einem sehr breiten
schwarzen Gürtel, dazu schwarze Stiefelchen mit halb-
hohen Absätzen, die dem Parkettboden sicher nicht gut-
taten. Seltsamerweise hatte sie dieses Schuhwerk seit
dem Betreten des Hauses noch nicht abgelegt.

»Wir haben uns vor ein paar Tagen kurz gesehen, ja.«

»Das ist ja aufregend! Mir hat er immer gesagt, daß er dich nie mehr...« Jule stockte. »Aber eigentlich sollte ich dir das gar nicht erzählen. Ich bin ein geschwätziges Mädchen.«

56

Nora rutschte rüber, Arnie zog den Schlüssel ab. Der Motor murrte und knurrte, dann, nach einem letzten Rülpsen, gab er Ruhe. Das monotone Klatschen des Wassers gegen die Seitenwände bekam sofort einen anderen Klang, metallischer, härter, heller. Nora nahm den Schlüssel aus Arnies Hand, steckte ihn wieder ins Zündschloß und drehte ihn nach rechts. Ein Ächzen war zu hören, ein sanftes, fast tonloses Pfeifen, wie ein Furz, der leicht quietscht.

»Was ist?«

»Du siehst doch, was ist. Der Motor springt nicht an.«

»Ach, hör auf! Laß mich mal!«

»Du meinst, ich bin zu doof, einen Schlüssel nach rechts zu drehen?«

»Nein, Schatz, das denk ich nicht. Also mach noch mal!«

Nora drehte den Schlüssel erneut. Diesmal war das Resultat ein völlig anderes. Es gab kein Pfeifen, kein Ächzen, auch keinen Furz. Der Motor war wie tot. Nun probierte es Arnie, er probierte es mit einem schnellen Ruck und mehreren langsamen, gefühlvollen Bewegungsabläufen. Nichts. Die *Jolly Melinda* trieb steuerlos auf dem Wannsee, etwa auf Höhe der Nordspitze von Schwanenwerder.

57

In Brandenburg, in der Doppelhaushälfte nahe dem schmalen Wasserlauf, der sich Schlangengraben nannte, entwickelte sich ein harmonischer Abend. Raphaela hatte einen Kartoffel-Hackfleisch-Auflauf gemacht mit einer köstlichen Karotten-Paprika-Sauce, hinterher gab es Apfelstrudel und Eis. Danach hatte man zu dritt Labyrinth gespielt, ohne John, der lieber *Tagesschau* gucken und Bier trinken wollte. Schlußendlich wurde der Beamer geholt und ein Film an die weiße Wohnzimmerwand projiziert; man hatte sich zuvor auf *La La Land* geeinigt. Somit war der sozusagen offizielle Teil des Abends abgeleistet, man saß noch ein wenig zusammen, trank Wein und Bier (Sonja nur stilles Wasser), und es wurden Themen angesprochen, die man zuvor als deplaziert empfunden hätte. Es wurden nun deftigere Witze erzählt, und die Hemmungen sanken, manche Dinge beim Namen zu nennen. Endlich kam man auf die Themen *Geld* und *Liebe* zu sprechen. Gerry erwähnte beiläufig, daß Sonja und er sich bald verloben wollten, also jedenfalls wolle *er*, während *sie* noch ein bißchen überlege, sich noch einen Ruck geben müsse... Prompt war die Maschine in Gang gesetzt. Anders als sonst legten die Pfaffs zum ersten Mal konkrete Zahlen auf den Tisch. Sensationelle Zahlen. Zweihunderttausend Euro hätten sie dem jungen Paar als Morgengabe angedacht. Damit könne man eine Vierzimmerwohnung anzahlen. Und bei der Geburt des ersten gesunden Kindes seien weitere zweihundertfünfzigtausend Euro fällig. Womit die Schuldenlast auf der Stelle abbezahlt werden könne und die Zukunft sorgenfrei wäre.

Gerry staunte nicht schlecht, auch Sonja zeigte sich für den Moment beeindruckt. Das war immens, das war großzügig, in der Tat.

»Allerdings gibt es eine kleine Bedingung«, sagte Raphaela jetzt. Ihr Haar war weiß, aber sie hatte es hellgrau gefärbt, trug eine schwarze Hornbrille und eine schwere Bernsteinkette, die von ihrem faltigen Hals ablenken sollte. »Ich weiß, das hört sich jetzt etwas unüblich an, aber es geschieht zu eurem Besten, und wenn ihr darüber nachdenkt, werdet ihr merken, daß es nicht schaden kann, wenn man in einer solchen Frage Klarheit gewinnt.«

58

Jule erzählte, daß sie in Wien geboren und in Graz aufgewachsen sei, aber schon seit vier Jahren einen Job in Karlsruhe gefunden habe, als technische Zeichnerin. Ansger, den habe sie über Tinder kennengelernt, es sei am Anfang nichts Ernstes gewesen, also nur Spaß – er wisse schon ... Fred nickte.

Aber dann sei man sich doch nähergekommen und habe Monogamie vereinbart, gar von Verlobung gesprochen und darüber, daß Jule die Pille absetzen solle.

»Bist du etwa ...?«

»Nein, nicht, daß ich wüßte ...«

Jule grinste, sie wirkte zum ersten Mal nicht melancholisch.

Plötzlich stand Ali in der Tür. Sie hatte den Abend über auf ihrem Zimmer Musik gehört und vom späten Besuch nichts mitbekommen. Jetzt ertappte sie ihren Vater bei Kerzenlicht und Sektglas mit einer bildhübschen jungen Frau. Die auch noch Stiefel trug und ein engsitzendes Kleid.

»Wer ist das?« fragte sie und deutete mit dem nackten Finger auf Jule Malz.

»Das ist Ansgers Freundin. Sie übernachtet heute hier.«

»Warum?«

»Wieso *warum*? Was ist denn das für eine Frage?«

Jule war aufgestanden und hielt Ali die Hand hin.

»Hi, ich bin Jule. Genaugenommen Juliane. Du mußt Alisha sein, oder? Ansger redet oft von dir.«

Ali berührte die ihr dargebotene Hand kurz mit drei Fingerkuppen. Die Sache war ihr noch nicht recht geheuer. Warum sollte Ansger ausgerechnet von ihr oft geredet haben? Ihr Bruder hatte sie im Gegenteil meist ignoriert oder von oben herab behandelt, hatte seine (angeblich) superiore Männlichkeit heraushängen lassen, in jederlei Wortsinn, und außerdem – das vermutete sie aber mehr, als sie es wußte – hatte er sich an ihr vergangen, als sie noch ein Baby gewesen war. Hatte sie betatscht. Zumindest mit den Augen.

59

Arnold brachte den Motor nicht mehr zum Laufen. Er warf den Anker aus, deponierte auf dem Bug eine rot-blinkende Notfallampe, telefonierte um Hilfe, aber auf die Schnelle ging da rein gar nichts, es sei denn, es wäre ein medizinischer Notfalleinsatz notwendig gewesen, und das hätte eine dicke Stange Geld gekostet. Das Boot schaukelte auf einem spiegelglatten See, Grund zur Besorgnis gab es definitiv nicht.

Nora und Arnie beschlossen, aus der Situation das Beste zu machen. Sie liebten sich in der Kajüte, tranken eine Flasche Wein und schliefen ein paar Stunden, Stirn an Stirn, was sie zuvor tatsächlich noch nie getan hatten. Es ging erstaunlich gut, sie belästigten einander nicht, und ihre Körper fühlten sich wohl.

Währenddessen stand Margret Finkenhagen am Ufer und wunderte sich. Laut GPS musste ihr Gatte irgendwo da draußen sein, auf dem Wannsee. Die Macher des Programms hatten behauptet, man könne das Zielobjekt auf ca. zehn Meter genau lokalisieren. Was für ein Mumpitz.

60

»Woraus bestünde denn diese Kleinigkeit?«

Gerry war sehr gespannt, vor allem weil er in Raphae-las Feinmimik deutlich erkennen konnte, daß es ihr nicht eben leichtfiel, dieses Thema aufs Tapet zu bringen. Sie druckste auch noch ein wenig herum, bevor sie damit herausrückte, daß er, Gerd Bronnen, einen Fertilitätsnachweis erbringen solle, zur Erleichterung aller seiner künftigen neuen Familienmitglieder.

»Ich soll *was bitte*?« Gerry überlegte noch, wie er darauf reagieren solle. Er hatte mit allem Möglichen gerechnet, damit aber keine Sekunde.

»So einen Test«, sagte nun John, dessen Gesicht immer aussah, als habe er einen schweren Sonnenbrand, »gibt es in der Apotheke, er ist recht zuverlässig und kostet nicht viel. Er würde uns die Gewißheit geben, daß ihr beide auf normalem Wege Eltern werden könnt.«

»Und was«, antwortete Gerry in etwas gereiztem Ton, »wäre, wenn ich den Test versaue? Wenn sich herausstellt, daß ich nicht zeugungsfähig bin? Was dann?«

»Dann wüßten wir das immerhin und hätten mehr Zeit, um zu überlegen, wie wir mit der Situation umgehen.« Raphaela fügte hinzu: »Wir sind nun schon mal etwas älter und wollen die Jahre, die uns bleiben, möglichst effektiv nutzen.«

»Gerry, wir sollten jetzt gehen!«

Aus Sonjas Mund klang das eher nach einem Befehl als nach einem Vorschlag. Gerry mußte ihr erklären, daß das gar nicht so einfach war. Nachts fuhr der letzte Zug nach Berlin um zwanzig Minuten nach Mitternacht und dann erst wieder um halb fünf.

Außerdem hätte man erst mal zum Bahnhof kommen müssen. John war sicher nicht mehr fahrtüchtig, und es war kalt draußen, ein Taxi würde viel Geld kosten, kurzum, vielleicht sollte man jetzt nichts übers Knie brechen, sondern die Nacht vorübergehen lassen und morgen beim Frühstück vernünftig und nüchtern darüber diskutieren.

»Jetzt seid doch nicht gleich beleidigt, Kinder!« rief Raphaela und gab sich Mühe, fidel zu klingen. »Mit großer Wahrscheinlichkeit wird der Test doch gut ausfallen, und wir können ihn alle sogleich vergessen.«

Gerry ahnte, daß Sonja einen Vorwand suchte, um beleidigt zu sein. Wenn man ganz objektiv war, so klang das Ansinnen der Pfaffs vielleicht ein wenig skurril und indiskret, aber wer bereit ist, soviel Geld zu investieren, kann sich manche Schrulle erlauben. Fand Gerry. Sonja schwieg, fand das also nicht. Die beiden zogen sich zurück ins Gästezimmer, das einst Sonjas Kinderzimmer gewesen war.

»Du wirst das nicht tun, Gerry, hörst du mich, du wirst nicht auf irgendein Lackmuspapier spritzen, um deine Zeugungsqualitäten zu beweisen. Du wirst das *nicht* tun. Am Ende wollen meine Eltern dir noch über die Schulter gucken, damit du auch ja nicht schummeln kannst. Denk das mal weiter, Gerry. Ich sage dir: Du wirst das nicht tun, egal, wie geil du auf das Geld meiner Erzeuger bist. Sonst hast du mich gesehen, Gerry. Hast du das verstanden?«

»Ja, Schatz. Hab's kapiert.«

61

Alisha saß in ihrem Zimmer, spürte Sehnsucht nach Caro und schrieb ihr solange Textnachrichten, bis die sich endlich einverstanden erklärte zu skypen. Aber nur kurz, wie Caro betonte, denn sie habe drei Mützen Schlaf nötig.

Ali klappte ihr Notebook auf und stellte die Netzverbindung her. Sie befürchtete, daß Pete in Caros Wohnung war. Vermutlich wurde er gerade gebeten, sich ein paar Minuten ganz still zu verhalten, bis Caro die lästige Freundin abgewimmelt hatte. Nein, so durfte es nicht laufen, auf gar keinen Fall.

Caros Gesicht erschien auf dem Bildschirm. Sie schien nicht geschminkt zu sein und war, soviel gab der Bildausschnitt her, wenigstens für den Moment allein in ihrem Bett.

»Du fehlst mir«, flüsterte Ali, mit leichtem Tremolo in der Stimme.

»Du mir auch«, gähnte Caro zurück.

»Das klingt eher wie *Dumichauch, dumme Nuß*.«

»Ach, Ali ... Was ist denn so überaus wichtig?«

»Hier ist so 'ne Schnalle auf Besuch. Angeblich die Freundin meines Bruders. Und du? Hast du auch Besuch?«

»Ali, ich bin *wirklich* allein. Und was du heute über Pete gesagt hast, das ist nicht gerechtfertigt. Ich bin mir sehr sicher, daß er dir *nichts* getan hat. Du bist überhaupt nicht sein Typ. Ich glaube, er findet dich sogar etwas eklig.«

»Eklig?«

»Na, ungepflegt halt.«

»Ach? Ich sag dir jetzt mal was: Allein schon, daß er sich ungefragt zwischen uns gelegt hat, ist übergriffig gewesen.«

»Du warst doch völlig weggetreten.«

»Ich hab ein konkretes Gefühl, daß da was war.«

»Du erinnerst dich aber an nichts.«

»Vage. Nur vage. Alles ist weit weg, wie zwischen dikken Schlieren Rauch versteckt.«

Das Gespräch stockte für ein paar Sekunden. Caro überlegte hin und her, was von Alishas *konkreten Gefüh-*

len zu halten war. Pete hatte so was doch überhaupt nicht nötig. Höchstens vielleicht als Machtdemonstration. Um Ali zu demütigen. Ja, das war unter gewissen Umständen denkbar. Wenn sie ihm frech käme und ihm die Gäule durchgingen, dann – vielleicht – war es vorstellbar. Sehr theoretisch.

Sie redeten noch eine Weile miteinander, wobei Caro Mitgefühl zeigte und der Freundin Trost spendete, sie insgeheim aber auch zum Teufel wünschte.

»Apropos, diese Freundin deines Bruders – wie sieht die aus?«

»Weiß ich nicht, wieso, warum kommst du jetzt auf die?«

»Du weißt nicht, ob sie gut aussieht?«

»Wahrscheinlich sieht sie für die meisten ganz gut aus, nehm ich an.«

»Alisha, du bist nicht lesbisch, vergiß es!«

62

Gegen halb sieben Uhr morgens traf endlich ein Lastkahn ein, der die *Jolly Melinda* zu ihrem Liegeplatz schleppte. Es begann eben zaghaft hell zu werden, Konturen sich putzender Schwäne und Enten traten aus der Dunkelheit hervor, und am Ufer hockten die ersten Hobbyangler, die ihre Schnüre auswarfen. Ziemlich genau um acht Uhr konnte Nora ihr Haus betreten und fand Fred am Küchentisch vor, schlafend, das Haupt auf seinen über Kreuz gelegten Unterarmen. Er mußte die ganze Nacht auf sie gewartet haben, was Nora außerordentlich rührte. Sie wischte ein Tränchen aus dem

Augenwinkel und machte erst einmal einen großen Pott Kaffee. In diesem Augenblick stand Jule Malz in der Tür, in einem viel zu weiten Pyjama und puscheligen Gästepantoffeln. Nora bekam einen Schreck, beinahe wäre ihr die Kaffeekanne entglitten. Frederick wurde wach und umarmte seine Frau. Man saß dann im Erker zusammen; Fred ging vom Bäcker frische Brötchen holen, bei Kakao und Kaffee entstand ein höfliches, noch leicht benommenes Geplauder. Zwischendurch kam Alisha herein, schnappte sich eines der Brötchen und sagte vernehmlich Guten Morgen, was für sie nicht gerade eine Selbstverständlichkeit darstellte.

Jule, deren steirischer Akzent morgens etwas deutlicher hervortrat, erzählte noch einmal, warum sie hergekommen war. Ansgers Spur verlaufe sich in Berlin, seit inzwischen fünf Tagen habe sie nichts von ihm gehört, er gehe nicht ans Telefon, beantworte keine Mails, vielleicht sei er auf Entzug, in einer Drogenklinik, wo Handys nicht erlaubt seien. Jule zog auch die Möglichkeit in Betracht, daß er sich mit einem Teil seines Vermögens abgesetzt hatte, in irgendein Land, das nicht ausliefert.

»Aber dir gegenüber«, Jule wandte sich an Fred, »hat er wohl nichts in dieser Richtung erwähnt, oder?«

Fred zuckte zusammen, denn er hatte es bislang versäumt, Nora von seinem Treffen mit Ansger zu berichten.

»Nein, hat er nicht. Aber ich bin für ihn auch nicht gerade eine, wie soll ich sagen ... Vertrauensperson, und wir haben uns nur sehr kurz unterhalten.«

»Das hast du mir gar nicht erzählt, Fred! Ansger hat sich bei dir gemeldet?«

»Es war ziemlich belanglos, Schatz. Wenig gehaltvoll. Ich weiß, ich hätte es dir erzählen sollen. Hab's einfach vergessen.«

»Du hast es *vergessen?* Wenn unser Sohn sich nach zwei Jahren wieder rührt?«

»Ich will jetzt nicht darüber reden. Apropos – was war heute nacht los? Warum kommst du so spät nach Hause? War was?«

Jule sah den Eheleuten zu, wie sie dem Blick des jeweils anderen auswichen. Anscheinend war sie gerade Zeugin einer stillschweigenden Vereinbarung geworden, lästige Themen nur unter vier Augen anzusprechen.

»Ich geh dann lieber mal...«, sagte Jule.

»Wo wollen Sie hin?« Nora hatte sich noch nicht an das Du gewöhnt.

»Ansger hat einen Anwalt hier in der Stadt, den frag ich, ob er was weiß.«

»Sie können heute nacht natürlich wieder bei uns wohnen, sehr gerne.«

»Vielleicht mach ich das. Falls es irgendeinen Sinn hat.«

63

Um halb vier Uhr morgens hatten Sonja und Gerry die Wohnung der Pfaffs heimlich verlassen und waren vierzig Minuten lang zu Fuß zum Bahnhof gelaufen, um dort in den Regionalexpreß zurück nach Berlin zu steigen. Gerry fand die Aktion reichlich pathetisch und überzogen, doch sah er in den Augen seiner Verlobten etwas glimmen, eine Art heiligen Zorn, eine finstere Entschlossenheit, etwas, das ihm unheimlich war, das ihm Respekt, sogar Furcht einflößte. Er wagte es nicht, sich dieser Wucht entgegenzustellen. Und vielleicht war es gar nicht so falsch, zum jetzigen Zeitpunkt ein Zeichen zu setzen. Bis hierher und nicht weiter. Sonja und ihre Eltern würden sich irgendwann schon wieder vertragen. Den Test konnte er jederzeit bei einem Arzt machen lassen, der ihm seine Fertilität attestieren würde. Er wünschte, die Pfaffs wären geschickter vorgegangen, hätten das nur mit ihm allein beredet, so daß Sonja nichts davon hätte mitbekommen müssen. Aber wäre das nicht einer Verschwörung gleichgekommen? Einem Gemauschel hinter dem Rücken der eigenen Verlobten?

Gerd Bronnen ahnte instinktiv, daß er für den Moment besser gar nichts machen, gar nichts sagen, gar nichts provozieren sollte, denn offenbar war Sonja zur Zeit extrem aggressiv. Kapriziös und empfindlich. Nicht ganz dicht, um es brutal zu sagen.

450.000 Euro. Gerd hielt sich für keinen besonders gierigen Menschen, aber diese Summe entsprach in etwa dem, was er während einer lebenslangen Karriere würde beiseitelegen können.

64

Leo und Iris gingen am Sonntagmorgen in ein frisch eröffnetes Café bei sich um die Ecke. Man konnte dort für zehn Euro den mittleren Frühstücksteller bestellen und so oft Kaffee nachhaben, wie man wollte. Beide staunten, daß dieses amerikanische Prinzip hierzulande erst so spät Nachahmer gefunden hatte.

»Iß heute bitte nicht alles auf«, sagte Leo, staubtrokken, ohne jeden Schalk und ohne Ironie. »Du hast ein bißchen Fett angesetzt.«

Iris sah ihn mit großen Augen an. Sie war nie die Allerschlankeste gewesen, jedoch auch sicher nie das, was man korpulent oder füllig nennt. Und ihr Gewicht hatte sich seit Jahren kaum verändert. Warum sagte Leo so was? Warum in solch klaren Worten? Und ausgerechnet dann, wenn man eben in einem Café Essen bestellt hatte. Dann hätte man gut auch zu Hause bleiben und einen Salat zubereiten können.

Iris war von ihrem Naturell sanftmütig, ließ sich viel gefallen, teils, weil sie geradezu körperliche Angst vor einem Streit hatte, teils auch, weil sie die beneidenswerte Fähigkeit besaß, ihre Ohren auf Durchzug zu stellen. Wenn Leo ihr jetzt aber schon Vorschriften in Sachen Kalorienzufuhr zu machen begann, war das überheblich, war eine Gemeinheit, geradezu eine Kampfansage. Wie sollte sie dieses Frühstück denn noch genießen? Andererseits, vielleicht wollte Leo nur – wenn auch auf sehr undiplomatische Art – sein nicht nachlassendes Interesse an ihrer Figur zum Ausdruck bringen. Das war denkbar und hätte für ihn gesprochen. In der Folge aß Iris ihren Teller beinahe leer, ließ nur ein Stück Toast unberührt, zeigte mit dem kleinen Finger darauf und fragte: »War ich brav genug?«

Leo mußte widerwillig feixen. Er suchte seine Brieftasche, fand sie nicht und bat Iris darum, auszuhelfen, er müsse sie in der Wohnung liegengelassen haben. Sie staunte. Sie hatte noch nie von einem Mann gehört, der ohne Brieftasche auf die Straße gegangen wäre. Frauen passiert so was, weil sie keine Hosentaschen benutzen, aber Männern? Irgend etwas stimmte nicht mit Leo, irgend etwas war seit ein paar Wochen anders.

65

Jule hatte Glück und traf Ansgers Anwalt, Dr. Knut Korda, in dessen Zuhause an, einer schönen Altbauwohnung in Friedenau. Er wollte ihr erst nicht öffnen, nicht am Sonntag, er verwies auf sein Büro und die dort geltenden Sprechzeiten. Publikumsverkehr an der Haustür vermied er prinzipiell, denn er hatte mit einigen seiner Klienten handfeste und ungute Erfahrungen gemacht. Weil die junge Frau aber schmächtig und hübsch war und sich die Sache um Ansger Reitlinger drehte, machte er eine Ausnahme. Wirklich helfen konnte er ihr indes nicht. Er drückte sich juristisch verwinkelt aus, aber soweit Jule ihn verstand, wußte Knut Korda selbst nicht so genau, ob und inwieweit Ansger für die Insolvenz seiner Firma verantwortlich war, ob er sie vielleicht sogar mit Absicht herbeigeführt hatte. All das hänge von dem ab und dem, niemand wisse zum jetzigen Zeitpunkt Genaues, und würde er etwas wissen, würde die Schweigepflicht gelten. Jule bezirzte den älteren Herrn mit Lächeln und Tränchen und niedlicher Mimik, er müsse weiß Gott keine Geheimnisse ausplaudern, nur eventuell so eine Art klitzekleinen Wink geben, ob Ansger überhaupt noch Optionen finanzieller Natur besaß.

»Sie sind die Verlobte?«

»Die Freundin.«

»Das ist, rechtlich gesehen, gar nichts. Ich bin nicht aus Stein, sehe das Leid und den Kummer in Ihrem lieblichen Antlitz, drum sag ich Ihnen mal, was ich sinngemäß auch Ihrem Freund gesagt habe. Gib kein unnötiges Geld aus, man könnte dir das ankreiden. Ich persönlich halte Ansger nicht für den Typ Mensch, der

Kriminelles gezielt in Kauf nimmt. Er scheint mir eher etwas... unvorsichtig in eine Geschäftswelt geraten zu sein, die mehr als ein Versehen nicht duldet.«

»Ein Tolpatsch?«

»So etwas würde ich nie über einen Mandanten sagen. Man muß als Anwalt immer davon ausgehen, und das hat jetzt nichts mit Ihrem Freund im speziellen zu tun, daß die Leute einem etwas vorspielen. Gerne auch mal den Tolpatsch. Der Tolpatsch ist sehr beliebt als Ausrede. Bei Ansger hingegen... Nun, was ich sagen will, obwohl ich es eigentlich *nicht* sagen will, nicht in Ihr hübsches Gesicht jedenfalls... Wenn Ansger sich seit fünf Tagen nicht bei Ihnen gemeldet hat, besteht Grund zur Sorge. Definitiv.«

Anschließend fuhr Jule Malz noch einmal aufs Polizeipräsidium, um sich zu erkundigen, ob es in den letzten Tagen irgendwelche Suizide gegeben habe, mit noch nicht identifizierten Körpern. Sie mußte stundenlang warten und dann noch einmal eine möglichst genaue Beschreibung Ansgers zu Papier bringen. Sie wies auf einen Link zu aussagekräftigen Fotos im Netz hin. Möglicherweise lag Ansger ja bewußtlos in irgendeinem Krankenhaus. Ob man inzwischen nicht wenigstens das Hotel ermittelt habe, in dem er abgestiegen war. Es sei doch alles erfaßt, man lebe heute doch, sagte Jule mehr hoffnungs- als vorwurfsvoll, *in einem Überwachungsstaat*. Der zuständige Beamte, ein Dickerchen mit heller Stimme, machte sich über sie lustig.

»Mensch, junge Frau, Sie stellen sich dit aba zu simpel vor, nur weil Ausweispflicht inne Hotels besteht, funken die uns nicht gleich alle Daten rüber, wie damals bei Adolf. Höchstens auf Anfrage. Und denn ooch nich immer. Und wat glaumse, wieviel Anfragen man hier stellen muß, inner Stadt mit vier Millionen Peoples. Aba jetze hamwa 'ne viel bessere, detailliertere Beschreibung, mit der können wa wat anfangen, denk ick. Malense mal die Wand nich gleich schwarz an, tot sind die allerwenigsten. Wenn leider ausnahmsweise doch, informieren wir erst mal die engsten Verwandten, verstehense? Haltense also 'n guten Draht zu denen.«

66

Alisha und Caro führten ein langes Gespräch darüber, ob es nicht einem Verrat an der Frauenbewegung gleichkomme, wenn Ali auf eine Strafanzeige verzichtete, nur weil die Beweislage arg dünn war. Selbst wenn die Kerle am Ende davonkämen, müsse man sie vorher doch an den Pranger stellen.

Caro wußte beim besten Willen nicht, was sie der Freundin raten sollte, aber nachdem man den Fall von allen möglichen Seiten beleuchtet hatte, beschlossen sie, dem Beschuldigten die Möglichkeit einzuräumen, ein Geständnis abzulegen. Und wenn kein Geständnis, dann wenigstens eine Stellungnahme, die neues Licht auf den Vorgang werfen konnte. Natürlich wäre ein Geständnis willkommener, und auch für Pete wäre es später vor Gericht möglicherweise als mildernder Umstand dienlich.

Doch so weit dachte der nicht. Konfrontiert mit dem Vorwurf, sich an der bewußtlosen Alisha vergangen zu haben, reagierte er mit Maulaffen und einem beinah gackernden Gelächter, das die Frauen als Verhöhnung empfanden. Ein glasklarer Fall von herabsetzendem Body-shaming. Pete verteidigte sich in einer leicht vorherzusehenden Weise: Ali übe keinerlei Reiz auf ihn aus, höchstens Würgereiz, sie seien in jener Nacht doch alle besoffen und bekifft gewesen, es habe an ein Wunder gegrenzt, daß er in der Küche, beim Sex mit Caro, noch einen hochbekommen habe, danach seien alle nur noch auf die Matratze gefallen und hätten gepennt. Im übrigen wolle er mal das ärztliche Gutachten sehen. Ali zeigte es ihm, wenn auch widerstrebend, sie hatte Angst, er könne es aufessen oder sonstwie vernichten, könne die Tat damit quasi ungeschehen machen.

Im Gutachten war von *geringfügigen Rötungen* und *rissiger Haut im inneren Vaginalbereich* die Rede. *Keine Samenspuren, keine Hinweise auf Geschlechtsverkehr oder Fremdeinwirkung.* Aufgrund *des nicht komplett durchtrennten Hymens* sei *von der Virginität der Patientin auszugehen.* Alisha, die sich das Schreiben nie durchgelesen hatte, um nicht erneut traumatisiert zu werden, begriff, daß der Befund, so uneinfühlsam formuliert, eher geeignet war, Pete zu entlasten, als ihn anzuklagen.

Diese Erkenntnis, die einer zweiten Schändung gleichkam, deprimierte Ali zutiefst, sie brach in Tränen aus. Was für eine bescheuerte Ärztin hatte sich ein so illoyales, ja diffamierendes Schreiben ausgedacht? Eine komplett kranke Welt. Und es kam noch schlimmer, denn plötzlich wurde sie auch noch von Caro im Stich gelassen, die ihr riet, es jetzt mal gut sein zu lassen und sich nicht weiter hineinzusteigern.

Ali bekam einen Schreikrampf und lief davon, denn hier war es nicht länger auszuhalten, hier würde sie noch verrückt werden.

67

Margret, Arnold und die Kinder unternahmen am Sonntagnachmittag einen Ausflug. Weil Arnie wieder mal bis nach Mitternacht gearbeitet und dann gleich im Hotel übernachtet hatte, die Familie also ohne ihn hatte frühstücken müssen, fühlte er sich verpflichtet, für einen Event-Ausgleich zu sorgen. Das war nicht so einfach, wollte man etwas finden, das für alle gleichermaßen interessant war, für Sven und Lucas, die beiden Jungs, und für die vierjährige Mina. Im Sommer konnte man baden gehen oder angeln oder auf den Rummel, in einem kalten Winter konnte man auf dem gefrorenen See Schlittschuh laufen, aber jetzt, Ende November, blieb nur essen gehen oder Kino, und damit es ein richtig toller Nachmittag werden würde, entschied Arnie, daß man sich heute beides gönnen wolle, also erst *Paddington 2*, der Film mit dem Teddybären, dann zum neuen großen Asia-Buffet, wo man soviel essen konnte, wie man wollte, über fünfzig Gerichte standen bereit, und man konnte sich Fleisch und Fisch aller Art braten lassen, und die Kids durften ihr Obst in Flüssigschokolade tauchen.

Margret hatte mehrmals am Tag heimlich ihre Spy-App ausprobiert, und das GPS-Programm hatte Arnies jeweiligen Standort exakt wiedergegeben. Das war doch seltsam. Warum bloß hatte es gestern nacht nicht funktioniert? Margret ärgerte sich ein wenig, das Thema mit ihrem Gatten nicht direkt besprechen zu können, ohne sich zu verraten. Aber so ist das eben, dachte sie, wenn man vor dem anderen Geheimnisse hat. Ich sollte die App wieder löschen, dachte sie. Da liegt kein Segen drauf.

68

Nora Reitlinger wollte immer, sobald ihre Kinder einmal erwachsen sein würden, in ihrem alten Job als Landschaftsarchitektin weitermachen. Nun waren die Kinder seit einiger Zeit erwachsen, wenigstens halbwegs, doch hatte Nora über Monate hinweg noch nichts unternommen, keine einzige Bewerbung verschickt, nicht einmal die Stellenanzeigen gelesen. Ständig war irgend etwas dazwischengekommen, das Haus nahm sie in Anspruch, der Garten, natürlich auch Arnie. Sie fragte sich immer öfter, ob und wie sehr sie ihn brauchte und was an ihm genau. Den Sex? Das Gefühl, von einem zehn Jahre jüngeren Mann begehrt zu werden?

Arnie hätte gesagt, vielmehr gesäuselt, daß sie immer noch jeden haben könne, egal welchen Alters. Was ihre Frage nicht beantwortet hätte. Nora sah zu oft in den Spiegel in letzter Zeit, spürte eine gewisse Tristesse und Müdigkeit, und wenn sie tatsächlich jemals in ihren Beruf zurückkehren wollte, dann mußte sie es bald tun, denn die Arbeit als Landschaftsarchitektin war anstrengend.

Vielleicht sollte ich, dachte sie, doch erst mal den Bootsführerschein machen. Jetzt, wo wir dieses schrottige Teil schon einmal besitzen, müssen wir damit doch auch fahren können. Wenn man am Wannsee wohnt, ist es auch gar nicht so sinnlos, ein Boot zu haben, man ist damit wahrscheinlich schneller in Spandau als mit dem Auto oder der Bahn. Seltsam, daß Fred Autos vehement für sich ablehnt, sich aber ein Motorboot kauft. Vielleicht ist es auch gar nicht seltsam, sondern folgerichtig.

Wieder entglitten ihr die Gedanken, ihr Blick blieb am Spiegel hängen, und, ja, sie war zweifellos noch eine sehr schöne Frau. Die wenigen Fältchen am Hals, über den Mundwinkeln und auf der Stirn konturierten ihr Gesicht eher, als es zu zerknittern. *Machen es tiefenschärfer*, hätte Arnie gesagt, der sich wie kaum sonst ein Mann auf die Kunst der galanten Komplimente verstand.

Sie sah aus dem Fenster. Frederick war im Garten und harkte Laub. Sicher nicht, weil er daran Freude hatte, bestimmt wollte er ihr aus dem Weg gehen. Sie hatte ihm alles, was in der Nacht geschehen war, wahrheitsgemäß berichtet, auch daß sie ihn zweimal anzurufen versucht hatte, bevor das Boot losgefahren war. Später, mitten auf dem See, war sie die meiste Zeit im berüchtigten Funkloch gewesen, aber selbst wenn sie Netz gehabt hätte, hätte sie es unterlassen, Fred über ihre Lage zu informieren. Es habe ja keine Gefahr bestanden, er hätte sich nur unnötig Sorgen gemacht und eventuell irgendwelchen Unsinn betrieben, um sie wieder an Land zu holen. All das hatte sie ihrer Meinung nach sehr überzeugend argumentiert, aber Fred blieb eingeschnappt und schmallippig. Er sagte nichts, doch seine Blicke sprachen Bände. Einfach so eine Motorjacht starten und bei Dunkelheit hinausfahren, mit jemandem, der am selben Tag erst seinen Führerschein gemacht hatte. Das verstieß gegen die gemeinsam aufgestellten Regeln. Womöglich störte Fred sich auch am Romantischen dieser Aktion, dem – in Anführungsstrichen – *Abenteuerlichen* daran.

Anderntags, bei der Inspektion durch den gecharterten Reparaturdienst, zeigte sich, daß der Motor durchaus noch in Schuß war. Das Boot war einfach nur eine sehr lange Zeit nicht mehr betankt worden.

69

Leo und Iris verbrachten Sonntagnachmittage im Spät-
herbst gewöhnlich mit einer Netflix-Serie und Honig-
Ingwer-Tee. Sie mußten oft lange suchen, bis sie eine
Serie fanden, die beide gleichermaßen interessierte. Für
Iris kam nichts mit Mord und Zombies und Fantasy in
Frage, Leo hatte nichts für Sozialdramen und Comedy
übrig. Irgendwie hatte man sich stets auf etwas geeinigt, das erträglich war, aber keinen von beiden wirklich
begeisterte. An diesem Sonntag wurde Leo bewußt, daß
sich eine gute Beziehung gar nicht so sehr im Bett wie
vor dem Fernseher entscheidet. Irgendwann, überlegte
er, werden die Kompromisse auf dem Mittelweg zuviel.
Eine Begeisterung, die man mit dem Partner nicht teilen kann, schrumpft, wenn man sie quasi in sich hin-
einfressen muß. Sie liegt dann schwer im Magen, und
statt Euphorie stellt sich das Gefühl ein, nicht verstanden, nicht beachtet zu werden. Hinzu kam, daß Iris aß.
Nicht nur, daß sie vorhin im Café ihren ganzen Frühstücksteller, von diesem Alibi-Toast mal abgesehen, leer-
gefuttert hatte, eben hatte sie vor dem Fernseher einen
halben Liter Haselnußeis verdrückt, und jetzt holte sie
sich auch noch getrocknete Feigen. Entweder war das,
fand Leo, eine Kriegserklärung oder extrem unauf-
merksam an einem Tag, an dem er sie, wenige Stunden
zuvor, darum gebeten hatte, ein bißchen auf sich acht-
zugeben. Er reagierte, indem er nicht wie vorgesehen
die siebte Staffel der *Mad Men* aufrief, sondern die erste
Staffel der von ihm heißgeliebten *Walking Dead*. Die
wollte er sich immer schon ein zweites Mal reinziehen.
Iris machte große Augen.

»Was soll 'n das? Willst du dir jetzt diesen Quatsch mit Leichen angucken? Du weißt doch, daß ich so was nicht sehen will.«

»Probier einfach mal was aus. Das ist richtig *geil*.«

»Da krieg ich Alpträume von.«

Leo gab keine Antwort. Er hielt die Fernbedienung in der Hand, die Macht war mit ihm.

»Gut, dann kannst du allein gucken.«

Iris verzog sich ins Schlafzimmer.

Sie ist, dachte Leo, nicht mal zu einem guten, temperamentvollen Streit fähig. Die wenigen Wochen, die er noch mit ihr verbringen mußte, sollten nach seinen Regeln ablaufen, das war sein fester Entschluß. Er mußte einfach nur den Mut aufbringen, unhöflich zu sein. Einfach tun, was er tun wollte. Andererseits war es viel weniger geil als gedacht, WALKING DEAD ein zweites Mal anzugucken, so ganz allein. Es war sogar frustrierend. Leos Haß auf Iris wuchs mit jeder Minute.

70

Jule kehrte am Abend nicht zu den Reitlingers zurück. Sie wollte sich nicht stundenlang mit alten Leuten unterhalten. Alles, was es zu sagen gab, war bereits gestern gesagt worden. Jule Malz sah sich lieber Berlin an, wo sie zuvor erst ein einziges Mal gewesen war, und das lag zehn Jahre zurück, mit vierzehn auf Klassenfahrt.

Sie fuhr den Fernsehturm hinauf, ging in die Alte Nationalgalerie, aß etwas im Restaurant und begann ein Hopping durch alle momentan als hip geltenden Clubs, ein bißchen auch in der Hoffnung, Ansger dabei über den Weg zu laufen. Falls ein gutaussehender Typ sie anmachen würde, und es war ziemlich sicher, daß das im Lauf des Abends passierte, konnte sie mit ihm mitgehen und hätte gleich eine Bleibe für die Nacht. Sex würde dabei schwerlich vermeidbar sein, aber schaden konnte er ihr auch kaum. Ansger hatte sie in letzter Zeit darben lassen, manchmal hatte sie sich gefragt, ob sie überhaupt noch zusammen waren; vielleicht hatte Ansger per E-Mail Schluß gemacht, und seine Mail war nie angekommen? So fühlte sich die Situation für Jule an, dergleichen hat es alles schon gegeben. Jule war eine moderne, selbstbewußte, dabei recht treue Frau. Sex mit Kondom besaß keine pompöse Bedeutung für sie, das war ihrer Meinung nach nicht sehr viel mehr, als mit jemandem eng zu tanzen. Ansger hätte diese Haltung nicht verstanden, er war eifersüchtig ohne Ende, ein sehr besitzergreifender Mensch, der sich oft darüber ausließ, wie viele todbringende Krankheiten man sich schon bei einem Zungenkuß holen kann. Ja eh! Während sie darüber nachdachte und am Tresen des Berghain eine Margherita trank, klingelte ihr Handy. Es war Frederick Reitlinger. Die Polizei habe ihn eben angerufen.

71

Margret und Arnie tranken ein Glas Rotwein zusammen, nachdem sie die Kinder ins Bett gebracht hatten. Margret dachte darüber nach, ob sie ihrem Mann vorschlagen sollte, wieder einmal Sex zu haben. Er sollte nicht denken, daß sie Lust dazu hatte, dann würde er sich verpflichtet fühlen. Er sollte aber auch nicht denken, daß sie *keine* Lust hatte und es nur vorschlug, um ihm einen Gefallen zu tun. Am liebsten wäre ihr gewesen, Arnie hätte von sich aus ein dezentes Signal der Begierde ausgesendet. Nichts explizit Verbales, ein Kuß aufs Ohr zum Beispiel, ein Griff um ihre Hüfte. Kurioserweise dachte Arnold zur selben Zeit etwas ganz Ähnliches, nämlich ob es nicht wieder einmal soweit wäre, etwas körperliche Lust vorzutäuschen, damit Margret nicht mißtrauisch wurde.

Beide dachten so nebeneinander her, und plötzlich, wie aus dem Nichts, kam es zu einem Kuß. Ein Kuß, der praktisch auf die Zehntelsekunde exakt von beiden gleichermaßen ausging, wie auf eine heimliche Verabredung hin. Pure Magie. Oder doch nur ein kruder Zufall?

Beide fanden, daß dieser wunderbare romantisch-idyllische Moment fürs erste genügte, was die Körperlichkeit ihrer Beziehung betraf. Alles war rundum in Ordnung.

72

Es seien, sagte Fred, ein paar von Ansgers Sachen gefunden und abgegeben worden, sein Portemonnaie und sein Personalausweis. Das Portemonnaie habe natürlich kein Geld mehr enthalten, auch nichts, das man auf irgendeine Weise dazu machen konnte. Aller Wahrscheinlichkeit nach sei Ansger wohl beraubt worden, und die Diebe hätten, was ihnen unnütz erschien, ins nächste Gebüsch geworfen. Der Finder, ein Obdachloser, habe in der Hoffnung auf Finderlohn seine Adresse hinterlassen.

»Ein Obdachloser hat eine Adresse?« fragte Jule.

»Na, doch. Die Bahnhofsmission am Zoo. Da ißt er regelmäßig zu Mittag. Michel Steiner ist sein Name. Ich schlage vor, wir treffen uns morgen dort und fragen ihn, wo genau er die Sachen gefunden hat.«

Jule sagte zu, trank aus und suchte sich ein Hotel. In dieser Nacht wollte sie dann doch lieber allein sein und nachdenken, sie wollte auf keinen Fall ekstatisch gucken müssen, während jemand in ihr rumstocherte.

73

Alisha verbrachte den Abend in ihrem Zimmer, rauchte Gras und stellte den Lautstärkeregler ihrer dicken Kopfhörer auf Maximum. *Supersonic Speed* von Die Happy lief in Dauerschleife, Musik, die so nervös und hibbelig, beinahe hysterisch war, daß Ali in ihr ein wenig zur Ruhe kam. Elegische, melancholische Musik hätte ihren Weltschmerz nur gepolstert und verdoppelt. Die schnellen Beats, die wütenden Gitarrenriffs, die schrill ausbrechende Stimme der Sängerin Marta, das alles half, Zorn und Wut in neue Energie zu bündeln. Und irgendwann konnte diese Energie vielleicht sogar in positive umgewandelt werden.

Montag

74

Fred Reitlinger war um zehn Uhr morgens bereits beim Fundbüro gewesen und hatte sich Ansgers Sachen aushändigen lassen. Die zwei Stunden bis zum Treff verbrachte er in seinem Büro, aber an ernsthafte Arbeit war nicht zu denken, er hörte Ravels *La Valse* aus einem Podcast.

Gerd Bronnen kam unangemeldet vorbei, man plauderte ein wenig. Bronnen erzählte, ohne ins Detail zu gehen, von seinem Besuch bei den künftigen Schwiegereltern und der geplanten Hochzeit im März. Reitlinger war klar, daß Bronnen einen Hinweis haben wollte, ob er und nicht etwa Leo Kniedorff die Stelle bekommen würde. Der Professor hätte ihm den Gefallen tun können, und sei's nur mit einem Zwinkern, aber erstens durfte er sich dazu nicht äußern, und gerade heute hatte er weiß Gott anderes im Kopf.

Das Personal der Bahnhofsmission wußte sofort, wer Michel Steiner war, und deutete auf einen älteren, aufgedunsenen Mann in einem knallgelben Ölmantel, wie ihn Seeleute bei stürmischem Wetter tragen.

Der Obdachlose bestand darauf, zuerst sein Süppchen aufzuessen, danach fuhr er zum ersten Mal seit vielen Jahren wieder Taxi, mit Jule und Fred, zum Ufer am Friedrichshain, zur Stelle, wo er vor einigen Tagen das Portemonnaie und den Ausweis gefunden hatte.

Es handelte sich um ein relativ schwer zugängliches Gebüsch nahe am Wasser. Steiner zeigte, wie er da hineingekrochen war, wollte es jedoch nicht wiederholen, nicht jetzt, in noch fast nüchternem Zustand. Jule lieh sich kurz entschlossen Steiners Ölmantel, um sich vor den Dornen zu schützen, kroch auf allen vieren ins Gestrüpp, doch weitere Fundstücke blieben aus.

Fred zahlte dem dankbaren Mann die versprochenen hundert Euro und steckte ihm noch eine Visitenkarte mit Telefonnummer zu.

»Falls Ihnen noch irgendwas einfällt.«

»Geht klar, Chef.«

75

Etwa um dieselbe Zeit meldete sich Nora Reitlinger zu einem Theoriekurs zur Erlangung des *Sportbootführerscheines Motor für Binnengewässer* an. Fred hatte ihr vom Anruf der Polizei nichts erzählt, um sie nicht unnötig in Aufregung zu versetzen. Sie verabredete einen Termin für das übernächste Wochenende. Wenn alles gutlief, konnte sie schon in einem Monat den Anker lichten und losfahren. Ein Gefühl aus der Kindheit überkam sie, verbunden mit dem Geruch des Fernsehers in einem Wohnzimmer der siebziger Jahre, verbunden mit dem Sehen einer Folge von Pippi Langstrumpf und der damals für Kinder belanglosen, weil völlig selbstverständlichen Möglichkeit, einfach ein Boot zu besteigen und auf Entdeckungsfahrt zu gehen, ins Taka-Tuka-

Land, zum Negerkönig oder sonstwohin, zu Inseln, auf denen noch Saurier wohnten, oder zu den Kannibalen in Polynesien.

Unabdingbar für diese Poesie der Freiheit, sozusagen das Pfand, das es zu lassen galt, war die Gefahr. Man mußte sich der See ausliefern, geschützt vor den Elementen nur durch ein Boot, ein winziges Boot in einem riesigen Meer. Kinder akzeptieren dieses Geschäft sofort. Und eben, als Nora das Anmeldeformular unterzeichnet hatte, da war in ihr für einen Augenblick wieder diese wilde kindliche Entschlossenheit aufgeflackert, der Vorsicht und Rücksicht noch ganz fremd und lästig waren.

Nora begann, den Kauf der *Jolly Melinda* für eine großartige Idee zu halten. In einem Monat, bei bestandener Prüfung, konnte sie jederzeit dieses Boot besteigen und eine Reise beginnen, egal wohin. Okay, für Küstengewässer und die hohe See würde sie einen weiteren Kurs belegen müssen. War ja klar, dachte sie, wir sind hier ja nicht in Taka-Tuka-Land.

76

Gerd Bronnen steckte den Schlüssel ins Schloß und mußte zweimal nach rechts drehen, um die Tür zu öffnen. Das bedeutete, daß Sonja zuletzt abgeschlossen hatte und demnach nicht zu Hause war.

Bronnen fühlte sich unwohl. Irgend etwas war heute, als er mit Reitlinger gesprochen hatte, anders gewesen als sonst. Der Professor hatte ihn kaum beachtet, hatte an ihm vorbeigesehen, wo sein Blick doch sonst stets, nun, zumindest sehr wohlwollend auf ihm ruhte, väterlich geradezu.

Und wo war Sonja überhaupt? Es war wieder Montag, ihr gemeinsamer Couchtag, er sah nach, ob sie daran gedacht hatte, Eis und Chips zu kaufen. Hatte sie nicht, das Gefrierfach war komplett leer. Na schön, das konnte er noch ausbügeln. Eine Textnachricht hatte Sonja ihm auch nicht hinterlassen.

Vielleicht war sie bei ihrem Therapeuten.

Gerry hätte viel gezahlt, um da mal Mäuschen zu spielen, um zu erfahren, wozu der Kerl ihr riet und mit welchen Argumenten. Gerry stand dieser Therapie sehr skeptisch gegenüber. Es kann doch nicht sein, daß jemand, der einen überhaupt nicht kennt – denn man kennt niemanden, nur weil man ein paar Stunden mit ihm redet –, daß so einer, ein Dahergelaufener, ein Quacksalber, Einfluß auf ein fremdes Leben bekommt, Detailkenntnisse bis hin in den intimsten Bereich. Aber gut, da ließ Sonja sich nie dreinreden, überdies wurden die Therapiestunden von ihren Eltern bezahlt, somit war ihm jegliches Maulen und Murren verboten.

Interessiert hätte ihn, wie viele Therapeuten ein Verhältnis mit ihren Patientinnen haben. Die Ärzteschaft behauptet stur und fest, so was komme höchstens in hundert Jahren einmal vor, er jedoch, Gerd Bronnen, war ganz anderer Ansicht. Leider würde niemals irgendwer in dieser Frage die Wahrheit erfahren. So etwas, jenseits der Grenzen des Wissens und der Wissenschaft, faszinierte Bronnen ungemein, und wieder einmal überlegte er, ob es nicht doch in der Zukunft brauchbare Wege geben könne, die Prozentzahl der Schweine unter den Therapeuten mit Hilfe von statistischen Parametern hochzurechnen.

Jetzt war es schon fast fünf Uhr, er mußte Eis besorgen. *Wo bleibst du, Schatz?* Er schickte Sonja eine Whats-App-Nachricht. Sie hatte jüngst ihre Einstellungen abgeändert und den blauen Häkchen die Farbe entzogen. So konnte der Sender nicht mehr erkennen, ob der Empfänger die WhatsApp schon gelesen hatte. Jemand, der so etwas machte, gab als Grund zumeist an, er wolle nicht unter Druck gesetzt werden, sofort antworten zu müssen. Die Funktion war aber auch für fremdgehende Frauen praktisch, die gerade nicht antworten konnten. Gerd Bronnen war eigentlich kein besonders eifersüchtiger Mensch. Die zersetzenden Gedanken, die ihn plagten, entstammten einem ausgeprägten Instinkt. Einer kaum näher bestimmbaren Furcht, als drohe ihm zur Zeit etwas zu entgleiten. Beruflich wie in der Liebe.

77

»Ich bin es, Frederick. Fred Reitlinger.«

Caro öffnete die Wohnungstür und bemühte sich, ihr Staunen mimisch zu zügeln.

»Was machen Sie denn hier? Ali ist nicht da.«

Caro bevorzugte es, Fred erst einmal nicht zu duzen. Nicht vor Petar, der konnte auf unpassende Gedanken kommen.

»Ich weiß. Wir müssen, besser, wir sollten… miteinander reden.«

»Worüber?«

»Zum Beispiel… Belle-Alliance.«

»Woher… ?«

»Einer meiner Studenten.«

Pete kam, nur mit einer Unterhose bekleidet, aus der

Küche heran und wollte wissen, wer der alte Mann sei und was er mit Belladings meine.

Caro bat ihn, zu gehen. Das sei ein echter Herr Professor, der Vater von Alisha, und sie müsse mit ihm reden, vertraulich. Pete wirkte etwas ungehalten, knurrte ein paarmal, aber schließlich zog er Leine.

»Dieser Leo. Bei mir nannte er sich *Tiger*. Ja, das war unangenehm, wirklich. Der Kerl hat nicht alle Latten am Zaun, er war kurz davor, gewalttätig zu werden. Ich hatte richtig Angst. Wäre Ali nicht gekommen ...«

»Weshalb erzählen Sie mir das?«

Fred Reitlinger wirkte nicht überzeugt von dem, was Caro da erzählte.

»Sie haben doch zu tun mit ihm. Komm, wir sind jetzt wieder auf Du. Was führt dich zu mir? Du glaubst hoffentlich nicht ernsthaft, daß du deine Info irgendwie an mir ausnutzen kannst?«

Reitlinger benötigte ein paar Sekunden, bis er begriff, was Caroline damit sagen wollte. Der Gedanke lag ihm zu fern.

»Wenn du damit meinst, daß wir beide, ach Gottchen, nein, da wäre kein Wollen vorhanden und alles Hoffen vergebens. Kann ich mich setzen?«

Es gab in der Wohnung einen einzigen Stuhl, Caro holte ihn aus der Küche und hockte sich selbst auf die Matratze, weshalb sie zu Reitlinger aufschauen mußte, aber im Moment fiel ihr nichts Praktikableres ein. Fred räusperte sich und prüfte die Sauberkeit seiner Fingernägel, die Situation war ihm sichtlich unangenehm.

»Ich bin alleine wegen Alisha hier. Sie war schon immer ein etwas kompliziertes Kind, aber derzeit, ähm, macht sie eine Phase durch, die mir große Sorgen bereitet ... Anfangs dachte ich, daß Sie, also, ich meine du –

der Auslöser sein könntest, daß du ihr all diese ... überzogenen Ideen einimpfst, daß du sie gewissermaßen gegen sich und die Welt aufhetzt. Inzwischen denke ich nicht mehr so. Ich denke eher, daß du sogar ein gewisser ... Stabilitätsfaktor in Alis Leben bist. Immer wenn ihr beide euch gut versteht, ist sie einigermaßen erträglich und beinahe, ja, um das schnöde Wort zu gebrauchen, *normal*. Ali war immer schon etwas selbstzerstörerisch drauf, das fing als Kind an, wenn sie sich von einem Baum fallen ließ, nur weil wir ihr verboten hatten, bis in die Krone hinaufzuklettern. Später hat sie sich jahrelang geritzt, hat mit vierzehn schon Cannabis für sich entdeckt. Heutzutage scheinen solche Phänomene ja weit verbreitet, in jeder gesellschaftlichen Schicht...«

»Okeydokey, Fred, ich kenne Ali ja auch ein bißchen. Komm zum Punkt!«

»Gut, dann rundheraus ... Ich wollte dich fragen: Ist Ali lesbisch, ist sie das wirklich oder spielt sie das nur?«

»Da mußt du deine Tochter fragen. Aber ich denke, daß sich niemand diese Frage öfter stellt als ebendiese deine Tochter.«

»Ihr seid also nicht wirklich ... zusammen?«

»Nicht so, wie Ali euch das weismachen wollte, nein.«

»Aber sie hat dich gern.«

»Nehm ich mal stark an.«

»Also, liebe Caroline, du sollst wissen, daß ich keine Vorurteile habe, aufgrund dessen, was du in deiner Freizeit machst. Ich würde dich nur gern drum bitten, daß du Alisha nichts davon erzählst.«

Caro mußte lachen. Sie fand den alten Herrn irgendwie drollig.

»Bin ich doof? Ali würde mich massakrieren, wenn

sie wüßte, was ich mache. Hast du Angst, daß ich sie auf den Geschmack bringe, oder was? Nee, da mußt du dich nicht fürchten.«

»Dürfte ich dich bitten ...«

»Was denn?«

»Dich bitten, daß du ein bißchen achtgibst auf Ali? Als gute oder beste Freundin?«

»Warum sollte ich das denn nicht tun?«

»Und falls etwas mit ihr sein sollte, was Anlaß zur Sorge gibt – könntest du mir einen Wink zukommen lassen?«

»Hinter Alis Rücken? Das ist viel verlangt. Das mach ich nicht. Das wär unanständig.«

»Kommt drauf an, wie gut man es meint. Ich würde mich auch dankbar erweisen.«

»Wie denn? Geld oder was?«

»Nein, aber ich hätte gewisse Möglichkeiten. Du studierst, ich bin Professor. Die Andeutung muß genügen.«

Wieder mußte Caro lachen.

»Sie haben's ja faustdick hinter den Ohren, Herr Professor!«

»Es ist so ...«, Reitlinger sprach etwas leiser, »daß zur Zeit Alishas Bruder vermißt wird. Man muß vielleicht von etwas Schlimmem ausgehen, vielleicht sogar vom Allerschlimmsten. Kann sein, ich habe bei meinem Sohn Fehler gemacht, die ich nicht wiederholen möchte ...«

»Ach du Scheiße. Weiß Ali davon?«

»Nicht so richtig, fürchte ich. Es könnte sie arg durcheinanderbringen, auch deshalb bin ich hier. Es könnte bald eine ziemlich harte Zeit für sie anbrechen.«

»Verstehe.« Caro zündete sich eine Zigarette an und nahm einen tiefen Zug. »Na, versprechen kann ich dir

nichts, ich bin keine Gouvernante, und Ali macht meistens genau das, was sie will.«

Caro dachte nach, setzte den Satz jedoch nicht mit
dem *aber* fort, auf das Reitlinger wartete und hoffte.
Stattdessen zwinkerte sie ihm kurz zu, als ob sie sich
für den Moment zu mehr nicht entschließen könne
oder nichts laut dazu sagen dürfe. Sie fand den Professor plötzlich ganz reizend. Für einen älteren privilegierten Mann.

Sie gaben einander die Hand.

Fred Reitlinger fragte sich im Bus auf der Heimfahrt
nach Wannsee, wie er umgehen sollte mit dem, was
Caroline über Leopold Kniedorff gesagt hatte. Leo hatte
auf ihn immer einen sehr sanften Eindruck gemacht,
irgendwie plattfüßig und knuddelig und, abseits der
Seminare, wo er brillant sein konnte, ein wenig arglos,
täppisch bis hin zum Phlegma.

Frederick beschloß, die Information sofort zu ver-
drängen. Warum sollte er etwas auf die Diffamierungen
einer – wenn auch sehr teuren und leidlich sympathi-
schen – Prostituierten geben? Er hätte Leopold wenigstens, das war das Mindeste, die Möglichkeit geben
müssen, Stellung dazu zu beziehen, die Sache von seiner Warte aus zu schildern. Doch soviel Aufwand schien
Frederick die Angelegenheit nicht wert, und eine grobe
Form von Einmischung hätte es ja auch bedeutet.

78

Jule fuhr noch am selben Tag nach Karlsruhe zurück. In Berlin konnte sie kaum noch etwas Vernünftiges ausrichten, und um sich hier einfach mal ein paar Tage zu amüsieren, dafür ging ihr das Verschwinden Ansgers doch zu nahe, vor allem jetzt, wo alles danach aussah, daß Ansger eben nicht in der Südsee an einem Daiquiri nippte. Jedenfalls hatte er den Diebstahl oder den Verlust seiner Brieftasche und des Ausweises nicht angezeigt, wie es jeder vernünftige Mensch getan hätte. Jule merkte, wie sich ihr Geist gegen den drohenden Verlust zu wehren begann, indem sie sich wieder und wieder die Frage stellte, wie sehr sie Ansger eigentlich liebte. Sie war sich dessen nicht mehr so sicher. Es schien in den letzten Tagen definitiv weniger geworden zu sein.

79

Am späten Montagnachmittag suchte Margret Finkenhagen den Vertrag ihrer Haftpflichtversicherung, denn Sohn Sven hatte mit seinem Fußball ein Loch in den Wintergarten des Nachbarn geschossen. Dasselbe war im Lauf der letzten fünf Jahre bereits zweimal passiert; vielleicht war es kostengünstiger, die Reparaturkosten selbst zu übernehmen, um beim Versicherungsbeitrag nicht noch weiter heraufgesetzt zu werden. Sie fand das Papier nicht auf Anhieb und kramte eine Weile herum.

Plötzlich hielt sie einen Bootsführerschein in der Hand, ausgestellt im November dieses Jahres, auf den Namen *Arnold Claudius Finkenhagen*. Margret wurde sich bewußt, daß sie den falschen Ordner erwischt hatte, nämlich den, wo Arnie alte Urkunden, Zeugnisse und Zeitungsausschnitte aufbewahrte. Schnell legte sie das Dokument zurück und klappte den Ordner zu. Dann ihren Mund.

80

John und Raphaela Pfaff staunten nicht schlecht, als sie gegen acht Uhr abends die Tür öffneten und ihre Tochter erblickten. Sonja hatte ihr langes Haar zu einem Zopf gebunden und versteckte ihr halbes Gesicht unter einem weiten Kaschmirschal.

»Ich bin extra noch einmal hergefahren, um euch etwas ins Gesicht zu sagen. Ihr bekommt von mir keinen Enkel! Ich werde mich von Gerry trennen, denn ihr habt ihn verdorben, endgültig verdorben, mit eurer Scheißkohle, mit der ihr glaubt, euch alles alles kaufen zu können. Wenn ich bei Gerry bliebe, würde ich ein Leben lang unglücklich sein und mich vergewaltigt fühlen. Das werde ich niemals zulassen. So, ihr werdet mich jetzt für sehr lange Zeit nicht mehr zu Gesicht bekommen, lernt, damit zu leben! Und ruft mich nicht an, ich rufe euch nämlich auch nicht an.«

Raphaela war völlig überrascht und entgeistert, ihr kamen sofort die Tränen. John wirkte zornig, doch wirkte er aufgrund seiner extremen Hautrötungen immer zornig, wenn er nicht gerade lachte.

»Aber Sonja! Du liebst ihn doch!« rief Raphaela Pfaff ihrer Tochter hinterher.

Die drehte sich noch einmal um.

»Ich liebe ihn, ja, aber nicht so sehr, wie ich euch zwei hasse!«

81

Arnie kam um acht aus dem Hotel und aß noch eine Kleinigkeit, die Margret ihm aufwärmte. Die Kinder hatten schon vor Stunden gegessen. Viel war Margret zu diesem Zeitpunkt noch nicht klar, eines hingegen schon: Sie durfte ihren Mann auf keinen Fall auf diesen Führerschein ansprechen. Oder sie mußte es jetzt sofort tun, in aller Unschuld und Naivität. Sie hatte ihn schließlich nicht bespitzelt, hatte nicht gezielt nach irgend etwas gesucht, das Dokument war ihr in die Hände gefallen.

Neulich, als das GPS ihn mitten auf dem See verortet hatte, konnte er demnach *tatsächlich* mitten auf dem See gewesen sein. Wollte er sie vielleicht mit etwas überraschen? Diese Möglichkeit bestand, und solange sie bestand, war es besser, zu schweigen, bevor sie ihm fahrlässig eine sorgfältig geplante Überraschung verdarb.

Aber wozu, um Himmels willen, hatte Arnie lernen wollen, Boot zu fahren? Wie auch immer, sie mußte ihm noch etwas Zeit geben, sich von selbst zu diesem Thema zu äußern.

Dienstag

82

Am Dienstagmorgen trafen sich Alisha und Caro auf dem Campus, um sich auszusprechen. Es kam schnell zur Versöhnung, Caro spreizte die Arme wie Flügel, und Ali lief ihr dankbar entgegen, begab sich in deren Obhut. Sie besaß ja sonst niemanden, der ihr viel bedeutete. Später, nach den Kursen, fuhren sie gemeinsam zum See und sahen sich die *Jolly Melinda* an. Das ist unser Boot, wollte Ali schon sagen, sagte stattdessen, um sich davon zu distanzieren: »Das ist das Boot meiner Eltern.«

»Cool«, meinte Caro.

»Wie? Du findest das *cool*?«

»Ja, klar. Hier können wir sicher mal Party machen, oder?«

»Wie bist du denn neuerdings drauf? Redest wie irgendwelches Gesocks mit zweistelligem IQ!«

»Ach komm, sei mal nicht so verbiestert. Ein Boot haben ist besser, als kein Boot haben.«

»Ich vermute, meine Ma benutzt das, um mit ihrem Lover zu vögeln. Ich setz da keinen Fuß drauf. *No fucking way.*«

»Gönn deiner Ma doch auch mal was.«

»Caro, wie bist du drauf? Ernsthaft jetzt!«

Alis Stimme schnappte über. Caro mußte lachen.

»Katholisch war ich noch nie...«

83

Zur selben Zeit kehrte Sonja, die eine Nacht bei einer guten Freundin verbrachte hatte, in ihre Wohnung zurück, um zwei Koffer mit Kleidung zu packen. Gerry befand sich zu diesem Zeitpunkt in der Staatsbibliothek, nachdem er fast die ganze Nacht auf Sonja gewartet und nur zwei Stunden geschlafen hatte. Sie hinterließ ihm einen Zettel.

LIEBER G, ICH ÜBERNACHTE EINE
WEILE WOANDERS BRAUCHE ZEIT
UM NACHZUDENKEN...
GRUSS S.

Sie hätte statt *woanders* auch *bei einer Freundin* schreiben können, das wäre viel weniger grausam gewesen, aber Gerry sollte nicht auf die Idee kommen, auf der Suche nach ihr etwaige Freundinnen zu belästigen. So etwas war ihm zuzutrauen.

Nachmittags besuchte Sonja ihren Therapeuten, um ihm brühwarm zu erzählen, wie sich die Situation entwickelt hatte. Der Therapeut, sein Name (wie auch sein Aussehen und Habitus) war Wolfgang Thiele, fand alles irgendwie gut, weil eigeninitiativ, wenn auch ein wenig übereilt und dramatisch forciert. Zorn sei kein guter Ratgeber, Abstand tue not, und überhaupt klang alles, was er heute von sich gab, nach Floskel und Binse, bis auf eines, als er nämlich am Ende der Sitzung fragte, wohin er künftig seine Rechnung schicken solle, womit er Sonja in Verlegenheit brachte.

84

Leo und Iris gingen sich aus dem Weg, beide melde-
ten sich wieder bei Tinder an, wo sie sich kennengelernt
hatten. Leo fand, es sei besser, nach der Trennung gleich
ein paar neue Kontakte parat zu haben. Iris hatte dagegen nicht vor, fremdzugehen. Sie meldete sich einzig
beim Vermittlungsservice an, um von möglichst vielen
fremden Männern Komplimente und anzügliche Offer-
ten zu bekommen. Für ihr angeschrammtes Ego. Dazu
genügte ein Bild mit überbetontem Dekolleté. So war sie
schließlich auch an Poldi geraten.

Mittwoch

85

Am Mittwoch klingelte Fred Reitlingers Handy. Eine ihm unbekannte Anrufernummer erschien. Normalerweise wäre Fred bei so was nicht rangegangen, aber es konnte jemand von der Polizei sein.

»Hallo?«

»Hallo, hier ist der Michel.«

»Wer?«

Michel Steiner meldete sich. Ihm sei tatsächlich noch etwas eingefallen. Er habe in jener Nacht auch Kleidung gefunden und etwas davon für sich behalten. Das tue ihm jetzt leid. Er habe drüber nachgedacht und gebe den Diebstahl reuig zu. Es sei eine Boss-Jeans gewesen und ein Hemd von Seidensticker, die Sachen hätten ihm sogar ganz gut gepaßt, also habe es sich nur um so was wie Mundraub gehandelt.

»Haben Sie denn auch Geld gefunden? Seien Sie ehrlich! Sie dürfen alles behalten. Alles!... Warum das wichtig ist? Damit ausgeschlossen werden kann, daß mein Sohn Opfer eines Raubüberfalls geworden ist.«

Michel Steiner gab zu, tatsächlich Geld gefunden haben, einen ganzen Batzen, an den genauen Betrag konnte er sich angeblich nicht mehr erinnern.

Frederick traf sich noch am selben Tag mit ihm in Berlin an der Bahnhofsmission. Steiner händigte die Kleidung aus, und Reitlinger zahlte noch mal hundert Euro Aufwandsentschädigung. Fotos der beiden Kleidungsstücke schickte er per WhatsApp nach Karlsruhe zu Jule. Die bestätigte umgehend, daß Ansger eine solche Hose wie auch ein solches Hemd definitiv besessen hatte. Fred Reitlingers Stimmung verdüsterte sich. Alle Anzeichen sprachen nun dafür, daß sein Sohn die Kleider und Wertsachen in einem Busch versteckt hatte, bevor er im eiskalten Wasser der Spree schwimmen gegangen war. Seither war er nicht wieder aufgetaucht. Wo würde er demnach am wahrscheinlichsten sein? Frederick mußte sich fast übergeben bei dem Gedanken.

Am Abend teilte er die neuen Erkenntnisse der Polizei mit. Nora sagte er nichts. Sie hatte vor, sich mit Arnie zu treffen, das wollte Fred ihr nicht sinnlos verderben. Aber bald, da führte kein Weg dran vorbei, mußte sie es erfahren. Besser von ihm als von der Kripo.

86

Es war ein Gefühl der Macht wie der Ohnmacht zugleich, wenn Margret auf das Display ihres Smartphones starrte und den kleinen roten Punkt beobachtete, der den momentanen Aufenthaltsort von Arnold Finkenhagen verriet. Wahrscheinlich gab es in naher Zukunft schon eine Möglichkeit, eine Flugdrohne dort hinzuschicken, die Fotos oder Videos machen und senden konnte. Aber im Moment verfügte Margret nur über die Macht, zu wissen, wo ihr Mann war. Was er dort tat und mit wem, wußte sie nicht. Das war die Ohnmacht daran. Die sich manchmal intensiver anfühlte als die Macht.

Heute, am Mittwochabend um 19:32 Uhr, bewegte sich der kleine rote Punkt vom Hotel, Arnies Arbeitsplatz, in Richtung Ufer. Der Punkt bewegte sich plötzlich bedeutend schneller, Arnie war also in sein Auto gestiegen und losgefahren, er konnte in weniger als zehn Minuten hier sein. Aber was war nun das? Der Punkt wendete an der großen Kreuzung und fuhr, statt nach Westen, etwa drei Kilometer gen Norden. Dort kam er zum Stehen, der kleine rote Punkt. Margret sah sich über Google Maps die Gegend an. Was sollte da sein? Ein paar teure Grundstücke mit großen Villen. Und ein paar Liegeplätze für Boote.

Boote.

Der Bootsführerschein. Für einen Augenblick spielte Margret mit dem Gedanken, sich auf ihr Rad zu schwingen und hinzufahren, vorbei an ihrem Gatten, selbstverständlich nur ganz *zufällig*.

Menschen in Vorabendserien würden sich so verhalten. Je länger Margret darüber nachdachte, desto weniger lächerlich fand sie die Idee. Wahrscheinlich würden sich die allermeisten Menschen so verhalten. Wie würde sie Arnie aber erklären, daß sie abends um halb acht bei schlechtem Wetter noch eine Trainingseinheit auf dem Rennrad absolvierte? Das war ein Problem. Sie rief ihn an. Statt wie in den meisten Fällen den Anruf zu blockieren, ging er überraschend ran.

»Schatz, wie sieht es aus? Kommst du zum Abendessen?«

Margret erhoffte sich über die Akustik irgend etwas Erhellendes. Vielleicht war zu hören, ob Arnie sich im Freien befand oder in einem geschlossenen Raum. Vielleicht erklang im Hintergrund Musik, und die Art der Musik konnte wiederum aufschlußreich sein.

»Ja, aber nicht sofort, hab hier noch was zu tun, dauert 'ne Stunde oder so.«

»Okay!« Margret nahm all ihren Mut zusammen. »Wo bist du denn grade?«

Wenn er jetzt antworten würde: Wo soll ich schon sein, hier im Hotel – dann hatte Margret ein Problem.

»Im Freien, unten am Wasser, wieso?«

Arnie hatte augenblicklich begriffen, daß irgend etwas nicht koscher war. Margret hatte eine solche Frage noch nie gestellt, und ihre Stimme zitterte leicht, wie jemand, der sich etwas traut, der sich bei etwas überwinden muß, der belanglos klingen will und genau das Gegenteil erreicht.

»Was machst du denn da?«

»Warum fragst du?«

»Nur so.«

»Ich helf einem Kumpel, der hat da sein Boot und will es verkaufen, an einen unsrer Gäste, ich vermittle bei dem Deal, wieso interessiert dich das?«

»Mir ist langweilig. Komm bald heim, ja?«

»So schnell ich kann, Liebes.«

Margret war sehr erleichtert. Vielleicht war sie in ihrem ganzen Leben niemals erleichterter gewesen. Natürlich blieb noch die Sache mit dem Führerschein, aber vermutlich würde es auch dafür eine ganz simple, einleuchtende Erklärung geben.

Arnold war auf die Schnelle nichts Besseres eingefallen als die Wahrheit. Er grübelte über die Konsequenzen nach. Schnell beruhigte er sich. Tatsächlich war Nora

Reitlinger, wenn auch vor etlichen Jahren, während der letzten Renovierung ihres Hauses, ein paarmal im Hotel zu Gast gewesen. Vielleicht war es eine ganz gute Idee, gelegentlich ihren Namen fallenzulassen.

Denn immer konnte irgendjemand sie und ihn zusammen sehen, auf der Straße, auf dem Boot oder sonstwo. Dann auf eine bestehende Geschäftsverbindung verweisen zu können, ja, das würde gut und nützlich sein.

87

Alisha übernachtete bei Caro. Sie nahmen das erste Mal ein Wannenbad zusammen und diskutierten darüber, warum Caro sich in den Achselhöhlen und im Intimbereich rasierte bzw. warum es Alisha nicht tat. Es war erstaunlich, zu welchem Politikum das Thema hochstilisiert werden konnte, aber diese Debatte hatten die beiden in ähnlicher Form schon des öfteren geführt, und ein wirklich neuer Aspekt kam nicht aufs Tapet. Viel eher ging eine Möglichkeit vorüber, ging ein erotischer Spielraum verloren, weil Ali ihre fehlende Kompromißbereitschaft wieder einmal höchst pathetisch mit unbeugsamer Beharrlichkeit gleichsetzte.

»Ich will etwas Großes tun«, sagte sie, nach zwei Gläsern Erdbeersekt. »Ich will einen Roman schreiben.«

»Laß dich lieber mal vögeln«, schlug Caro vor.

»Wie bitte?«

»Ganz ernsthaft: Worüber willst *du* denn einen Roman schreiben? Hast noch überhaupt nix erlebt.«

»Du redest wie das letzte Chauvi-Schwein. Ich will mich nicht vögeln lassen. Warum soll ich denn keinen Roman schreiben? Dann schreibe ich eben über das, was ich kenne, die Jugend halt, aus der unverdorbenen Perspektive einer, die noch mittendrin ist. Kann doch geil sein.«

»Wenn du meinst.«

»FUCK YOU! Wie klingt deine Stimme? Was bist du für eine Freundin? Du mußt mich anfeuern, mußt mir Mut machen, stattdessen ziehst du mich runter.«

»Vielleicht halt ich dich nur auf dem Boden.«

»Du siehst auf mich herab, Caro!«

»Laß gut sein.«

Caro wollte einwenden, daß es umgekehrt Alisha war, die oft zu ihr mit Dackelblick *hinauf*gesehen hatte. Bewundernd, manchmal auch eifersüchtig oder auch einfach nur verknallt in Beste-Freundinnen-ever-Manier. Nun drehe sie, Ali, die Perspektive um und verwechsle Gelassenheit mit Hochmut, Sachlichkeit mit Spießertum. Das alles hätte Caro ihr gern sagen wollen. Aber längst war der Punkt erreicht, ab dem man mit Ali nicht mehr vernünftig diskutieren konnte, denn sie lebte in einer selbstgebastelten Matrix der Defensive. Jeder Vor- oder Ratschlag, der ihr nicht paßte, konnte je nachdem als chauvinistisch, sexistisch, überheblich, illoyal etc. bezeichnet werden, so daß sie immer im Recht und immer das Opfer sein würde. Dabei war sie nun einmal ein privilegiertes Kind privilegierter Eltern, eine gesunde weiße junge Frau mit allen Bildungschancen und einem Wohlstandsnetz unter sich, das sie auffangen würde, nach jeder Kapriole, jedem mißlungenen Seiltanz. Anders als Caroline Seifert-Gündogan, die sich seit Jahren selbst versorgen mußte, nachdem sie bei einem Autounfall ihre Eltern verloren hatte. Hätte Ali davon gewußt, wäre sie wohl noch um einiges neidischer auf die Freundin gewesen.

88

Margret hatte wieder mal eine Flasche Rotwein aufgemacht. In letzter Zeit kochte sie oft Rindergulasch, denn das aß Arnie erstens gern, zweitens schmeckt es mit jedem Aufwärmen noch ein wenig besser, war also ein ideales Gericht für die Verköstigung unberechenbarer Gatten.

»Sag, Schatz, was ist das mit diesem Boot?«

»Eine kleine Motorjacht, die meinem Kumpel Sveto gehört. Er ist grad nicht flüssig und will das Teil loswerden. Ich hab mich ein bißchen umgehört, und die Reitlingers hatten Interesse. Jetzt ist der Deal perfekt.«

»Wer sind die Reitlingers?«

»Na, er ist angeblich ein berühmter Archäologe, hat ein ziemlich prachtvolles Haus hier in Wannsee. Was *sie* macht, weiß ich gar nicht genau. Hausfrau, nehm ich an.«

»Und die sind Gäste im Hotel? Wenn sie hier am Ort ein prachtvolles Haus haben?«

Arnie beeilte sich nicht mit der Antwort, nahm das Weinglas und einen großen Schluck daraus. Weshalb stellte Margret heute abend so viele Fragen?

»Na, in letzter Zeit nicht mehr so oft, aber früher, da hatten sie öfter mal Krach. Hab ich gehört.«

»Und dann geht man gleich ins Hotel? Man kann sich in einem prachtvollen Haus doch genauso aus dem Weg gehen...«

Margret wäre nicht auf die Idee gekommen, Arnie mit ihren Fragen in die Bredouille zu bringen, sie war schlichtweg neugierig.

»Schatz, ich weiß beim besten Willen nicht genug über das Privatleben der Reitlingers, um dir das zu beantworten. Manchmal machen sie, ich glaube, an einem Sonntag im Monat, so 'ne Art künstlerische Festivität, und wenn Leute über Nacht bleiben wollen, schickt Fred Reitlinger sie zu mir ins Hotel.«

»Ach so. Bekommst du für das Boot eigentlich auch 'ne Vermittlungsprovision?«

»Hätt ich wohl verlangen können. Aber Sveto kann die Kohle dringender brauchen. War 'n Freundschaftsdienst.«

»Ich wußte nicht, daß du jemanden kennst, der eine Jacht besitzt.«

»Eine kleine Jacht.«

»Die hätten wir uns doch mal ausleihen können. Die Kinder hätten gejubelt.«

»Naja. Stimmt. Aber es muß halt auch jemand am Steuer sitzen.«

»Du meinst, man braucht einen Führerschein für so 'nen Kahn?«

»Keine Ahnung. Ich nehme doch stark an.«

Eine Weile lang hielt Margret den Mund und wartete. Sie versuchte sich vorzustellen, warum Arnie so tat, als wisse er das nicht genau. Wenn es ihm um eine Überraschung ging, wann würde er mit der Sprache herausrükken? In einem Monat hatte Margret Geburtstag. Dann vielleicht? War er auf dieselbe Idee gekommen wie sie eben? Er würde ihr stolz seinen Führerschein präsentieren und mit der ganzen Familie einen Tag lang auf dem See herumtuckern. Nein, natürlich nicht im Dezember.

Im Frühling. Weil er sich von den Reitlingers die Jacht jederzeit ausleihen konnte.

»Wie alt sind die eigentlich?«

»Wer?«

»Na, die Reitlingers, deine Freunde.«

»*Freunde?* Neinnein, Freunde ist zu hoch gegriffen. Er ist so um die Sechzig, sie, schätz ich, ein paar Jahre jünger.«

Es war diese Formulierung, die Margret aufhorchen ließ. Diese unnötige Ungenauigkeit. *Ein paar Jahre jünger.* Das klang, als wolle er sich nicht festlegen. Das konnten drei, fünf oder zehn Jahre sein. Als wolle er nicht damit herausrücken. Oder interpretierte sie jetzt zuviel in seinen Satz hinein? Wollte er nur so etwas ausdrücken wie: *zwar nicht ganz so alt, aber deutlich zu alt für meinen Geschmack?*

Möglich. Aber wie er in diesem Moment zur Seite gesehen hatte, wie jemand, der sich nicht in die Augen sehen lassen wollte. Und das leise abschätzige Knurrgeräusch, mit dem er den letzten Nebensatz quasi wie mit einer Vorschlagsnote einleitete. All das zusammengenommen hatte Margrets Argwohn hervorgerufen. Für den Rest des Abends stellte sie keine weiteren Fragen. Was sie wissen wollte und für den Moment erfahren konnte, das konnte sie genausogut ergoogeln.

Arnold spürte auf gewisse Weise, knapp über die Grenze des Unterbewußtseins hinaus, daß er sich weit, sehr weit aufs Eis gewagt hatte. Immerhin war Noras Vorname nicht zur Sprache gekommen. Solange nur von *den Reitlingers* die Rede war, ging es um keine Frau, also um nichts Wichtiges.

89

Ein paar Kilometer weiter, ungefähr zur selben Zeit, wurde der Geschäftsmann Svetozar Bjilic von seinem Sohn Petar zur Rede gestellt. Wieso der die gute alte *Jolly Melinda* verkauft habe, lautete die Frage.

»Weil mein Betrieb die Kohle braucht«, lautete Svetozars Antwort. Bjilics Autowerkstatt lief nicht besonders gut, nebenbei kaufte er alte deutsche Autos auf und verkaufte sie in Serbien und der Türkei weiter. Lange hatte er davon ganz gut leben können, aber in den letzten Jahren war man selbst in Ost-Anatolien anspruchsvoll geworden, und die Gewinnmarge war kaum noch der Rede wert.

Petar wurde sehr traurig, er hatte das Boot geliebt, und seiner Meinung nach hätte er gefragt werden müssen. Andererseits hatte er ohnehin nichts zu sagen unter dem Dach seines Patriarchenvaters, und der erzielte Preis, das mußte er zugeben, ging voll in Ordnung.

90

Nora. Es gab von den Reitlingers etliche Fotos im Netz, darunter auch solche von ihren beinahe schon legendären Sonntagnachmittagssoireen mit teilweise sehr bekannten Künstlern. Auf zweien davon war auch die Gastgeberin zu sehen, Nora Reitlinger, eine gutaussehende Frau, jedenfalls für das halbe Jahrhundert, das sie mit sich herumtrug. Eine elegante Erscheinung von antiker Anmut, eine Frau mit griechischem Profil.

Margret klappte das Notebook zu. Schluß, dachte sie, was soll das, ich weiß überhaupt nichts, ich steigere mich hier grundlos in etwas hinein. Es gibt, objektiv gesehen, nicht den geringsten Anlaß, zu glauben... Aber tief in sich wußte sie es eben doch. Sosehr sie es für den Moment auch als spekulativ abtun und ignorieren wollte, da war etwas in ihr, ob in ihrem Bauch, ihrem Kopf oder sonstwo, das nannte sich zwar noch, um die Form zu wahren, *ein Gefühl*, es kam aber einer Art von Wissen bereits sehr nah. Niemand, schon gar nicht Margret selbst, hätte es zu erklären vermocht.

Donnerstag

91

Am nächsten Morgen frühstückte das Ehepaar Reitlinger zusammen, wobei Frederick seiner Frau in einigen wenigen Sätzen mitteilte, daß Grund zur Sorge um ihren Sohn bestehe. Nora, die bisher davon ausgegangen war, daß sich diese Sorge auf rein finanzielle Aspekte beschränkte, fiel aus allen Wolken, als sie hörte, womit sie von nun an rechnen mußte.

Ansger war immer ihr Lieblingskind gewesen. Sie hatte dies, wie es eine gute Mutter tun muß, lange zu verbergen gewußt, sogar vor sich selbst. Alisha hatte über die angebliche Bevorzugung des Bruders oft gemault. Jüngere Schwestern maulen immer, das mußte man an sich nicht ernst nehmen, doch hatte Nora oft ein schlechtes Gewissen gehabt, weil ihre Liebe zum Sohn deutlich ausgeprägter war als zur Tochter.

Sie sagte ein für den Abend geplantes Treffen mit Arnold sofort ab und ging stattdessen zu Bett, mit einer Wärmflasche und einer Thermoskanne Tee. In Zeiten inneren Aufruhrs bevorzugte sie die Einsamkeit. Ihr Körper reagierte auf Belastungen mit einem nervösen Reizhusten, aus dem schnell Schlimmeres werden konnte. Zwei Jahre hatte sie ihren Sohn nicht mehr zu Gesicht bekommen, aber das machte die Sache eher noch schlimmer. Die Distanz verklärte Ansgers Bild –

eigentlich war er genau wie Alisha ein schwieriges, ja geradezu aufreibendes Kind gewesen.

92

Gerry hatte seit einigen Monaten keine Nacht mehr alleine verbracht. Daß Sonja so einfach, ohne ein einziges mündliches Wort, das Weite gesucht hatte, traf ihn in seinem Stolz, zerstörte einen Großteil seines Vertrauens in die Verlobte und ließ ihn darüber hinaus an ihrer Zurechnungsfähigkeit zweifeln. Sonja war eigen, das war ihm immer bewußt gewesen. Bisher war ihm das als nicht gravierend erschienen, als in Kauf zu nehmende Macke und Kante. Jetzt aber war er zutiefst verstört; er fühlte sich, als sei ihm der Boden unter den Füßen weggerissen worden.

Es ging immerhin darum, in wenigen Monaten eine Person zu heiraten, die er offensichtlich nicht gut genug kennengelernt hatte, um vor herben Überraschungen sicher zu sein. Gut, dachte er, wer kann sich je des anderen hundertprozentig sicher sein? Menschen ändern sich, eine Garantie gibt es nicht. Gerry stellte Überlegungen an, weswegen genau er Sonja liebte, und einen besonderen Focus legte er dabei auf das Thema *Geld*. Spielte die Mitgift ihrer Eltern tatsächlich eine Rolle? Wenn dem so war, hatte Sonja durchaus Grund gehabt, auf Distanz zu gehen. Andererseits – wäre es wirklich soo verfänglich, wenn Geld eine – ganz kleine – Rolle spielte? Wäre es nicht allzu romantisch und irreal, so zu tun, als würde Geld im Leben nicht eine *ziemlich gewichtige* Rolle spielen?

Letztlich reduzierte sich die ganze Selbstbefrage-rei auf eine simple Rechnung. Würde er Sonja noch genauso lieben, wenn sie von zu Hause keinen Cent zu erwarten hätte? Jedes Ja auf diese Frage hörte sich ein wenig verlogen an, jedes Nein aber auch.

93

Am Nachmittag ließ Caroline Seifert-Gündogan ihre Annonce von der Belle-Alliance-Website herunterneh-men und all ihre Daten löschen. Sie hatte in den letz-ten Monaten gut verdient und einige tausend Euro aufs Sparbuch gebracht. Ein paar Stammkunden, die sich als spendabel, höflich und unproblematisch erwiesen hat-ten, wollte sie behalten, aber nicht für immer.

Caro war zur Überzeugung gelangt, daß diese Art, sein Geld zu verdienen, für eine gewisse Zeit vertret-bar, sogar spannend war, auf Dauer jedoch Schäden verursachte und etliche Perspektiven für die Zukunft verstellte. Wenn sie jetzt, kurz vor ihrem zwanzigsten Geburtstag, damit begann, ihre Spuren zu verwischen, gab es eine reelle Chance, nie wieder mit diesem Kapi-tel konfrontiert zu werden. Denn das konnte lästig sein, später einmal, falls sie wirklich in die Politik gehen oder auch nur für die Ressortredaktion einer Zeitung arbei-ten würde. Doch selbst gesetzt den Fall, daß die Vergan-genheit sie je einholen sollte, ließe sich, wenn sie *jetzt* damit aufhörte, alles als läßliche Jugendsünde einer Teenagerin darstellen, als temporäre Verirrung, als Abenteuer oder Recherche.

Freitag

94

Am Freitagmorgen kam es in der Beziehung von Leo und Iris zum ersten Mal zu einem Akt physischer Gewalt. Iris passierte ein Küchenmißgeschick, sie stieß, als sie sich für eine untere Schublade bücken mußte, mit dem Hintern ein Marmeladenglas vom Tisch, das in tausend Teile zersprang, wobei Leo sich dermaßen erschrak, daß er seine Freundin anbrüllte.

Iris, von Leos Lieblosigkeit seit Wochen gereizt und frustriert, verlor zum ersten Mal die Fassung und brüllte zurück.

Leo war das nicht gewohnt, er hätte es nicht einmal für möglich gehalten. Deswegen erschrak er fast noch mehr als beim Bruch des Marmeladenglases und gab Iris eine Ohrfeige.

Die meist euphemistische Phrase, jemandem sei *die Hand ausgerutscht*, traf hier ausnahmsweise den Sachverhalt recht gut. Zum dritten Mal erschrak Leopold Kniedorff, diesmal vor sich selbst. Er hatte keine Zehntelsekunde Zeit gehabt, sich bewußt für diese Ohrfeige zu entscheiden, also konnte man gnadenhalber von einer Reflexreaktion reden. Doch mußte es, das war die andere Seite der Betrachtung, etwas geben in ihm, das zu solch einer Reaktion fähig war. Dafür schämte er sich, die Scham färbte seine Wangen rot, und er stand starr in der Küche, sah sich seine rechte Hand an, als wäre sie ein ihm unbekanntes Objekt.

Iris hatte seit ihrer Kindheit nie mehr eine Ohrfeige bekommen. Falls es je wieder vorkommen sollte, das hatte sie sich damals geschworen, würde sie zurückschlagen, unbedingt. Aber sie sah auch sofort, wie überrascht und entsetzt Leo über sich war. Es fiel ihr schwer, über seine Maulaffen nicht in Gelächter auszubrechen. Sie drehte sich wortlos um, schnappte ihre Tasche und fuhr in den Verlag.

Die Himbeermarmelade ließ die Küche wie einen Tatort aussehen. Während Leo den Boden aufwischte, dachte er seltsamerweise, denn die Kohärenz drängte sich nicht unbedingt auf, an die junge Studentin Chantal und den Sex mit ihr. Auf irgendeine abgründige Weise schien jenes an sich banale Ereignis sein Leben verändert zu haben. Seither war er von negativer Energie erfüllt gewesen, ganz so, als habe ein Dämon in ihm Platz genommen.

Vielleicht verhielt sich die Sache so simpel. Seit ihm bewußt geworden war, daß er von Iris nie etwas Vergleichbares bekommen würde, daß er für kurze Momente sexueller Erfüllung, die auch noch komplett lieblos sein würden, immer teuer würde bezahlen müssen, seither war Leopold Kniedorff unzufrieden. Mit sich, seiner Freundin, seinem Leben. Und die Stelle in Potsdam-Eiche, die würde im Frühjahr Bronnen bekommen, dazu bedurfte es keiner prophetischen Weitsicht.

Archäologie sei ein Fach, hatten viele ihm bei Beginn des Studiums gesagt, das einen selten ernährt, das man nur studieren soll, wenn man auf reiche Eltern zurückgreifen kann. Solche hatte Leopold nun leider nicht vorzuweisen, doch hatte er immer auf seinen Fleiß und seine Intelligenz vertraut. Damit mußte es irgendwie gehen.

Doch die Götter oder der Teufel, wer auch immer, das Schicksal, die Freimaurer oder die Ausländer, irgendwer hatte ihm, dem tapferen Schneiderlein Poldi, das Genie Gerd Bronnen zum Kommilitonen gegeben. Was für ein Haufen dampfender Scheiße!

Er schmierte sich Marmelade ins Gesicht, klappte seinen Laptop auf, ging auf die Website von Belle-Alliance, wollte sich dieses scharfglatte junge Aas noch einmal gönnen, an ihr schnuppern, sie lecken, ficken, wollte sie sich so richtig vornehmen. Wollte ihr, im engsten Wortsinn, zeigen, wo der Hammer hängt. Aber so lange er auch suchte, eine Chantal war auf der Seite nicht mehr zu finden. Dampfende Scheiße!

Mit ihm konnte man es ja machen.

Er schlug mit der Faust auf den Tisch und brüllte.

95

Ja. Ja, doch, ja. Gerd Bronnen hatte über alles nachgedacht und war zur Einsicht gelangt, daß er Sonja wiederhaben wollte, unbedingt, mit allen Ecken und Kanten und Macken und Dellen. Im Grunde brauchten sie das Geld ihrer Eltern gar nicht, man mußte dann eben nach Marzahn ziehen. Oder nach Golm.

Eine nicht langweilige Frau ist um einiges wichtiger als ein kurzer Anfahrtsweg zur Arbeit. So formuliert, klang das völlig einleuchtend und überzeugend.

Gerry fand, daß er im Rennen um die Stelle im Frühjahr aussichtsreich vorne lag. Das wäre ein solide honorierter Posten, der sie finanziell unabhängig machen würde. Wenn Sonja keine Kinder wollte, schön, umso besser für die Umwelt. Vielleicht konnte man ja später mal eins adoptieren, das wäre doch äußerst praktisch. Man würde sich alle Schmerzen und Mühen ersparen, aus einem riesigen Katalog das hübscheste heraussuchen und es sich per DHL nach Nord-Marzahn liefern lassen. Und ihr Studium würde Sonja erst kurz vor ihrer Verrentung abschließen, so daß sie höchstens ein paar Wochen lang unter einem geregelten und demütigenden Arbeitstag leiden mußte.

All das würde er Sonja mitteilen, verbunden mit vielen Liebesschwüren, mit schwarzem Humor und Selbstironie, ohne jedoch unterwürfig zu sein oder gar zu betteln, denn das würde sie verabscheuen.

96

Freitag mittag schlenderte Margret Finkenhagen mit einem Tuch auf dem Kopf, einer Sonnenbrille auf der Nase und der Handtasche ihrer Großmutter im Arm am Haus der Reitlingers vorbei.

Sie hatte einfach mal ein Bild bekommen wollen. Womöglich arbeitete Nora Reitlinger gerade im Garten, und Margret konnte einen Blick auf sie erhaschen, konnte in Erfahrung bringen, ob sie tatsächlich so gutaussehend oder eben nur fotogen war. Aber niemand befand sich im einsehbaren Teil des Gartens, und vor fast allen Fenstern waren die Vorhänge zugezogen.

Ich mach mich hier echt nur zum Affen, dachte Margret.

Ihr Plan war ungefähr gewesen, dieser Nora auf eine ganz unverdächtige Weise zu begegnen, mit ihr auf eine ganz unverfängliche Weise ins Gespräch zu kommen, um sich ihr dann beim ersten plausiblen Anlaß auf eine ganz beiläufige Weise vorzustellen, mit Vor- und Nachnamen. Dabei wollte sie Noras Gesicht betrachten und aus ihrer mimischen Reaktion brauchbare Schlüsse ziehen.

Ein bescheuerter Plan, fand sie nun, der nichts beweisen würde, der nur bedeutete, selbst aus der Deckung zu kommen und eine Art Warnschuß abzugeben. Und wie es der Name richtig ausdrückt: Ein Warnschuß warnt den Feind.

Samstag

97

Die Polizisten kamen am Samstag, kurz vor neun Uhr
in der Frühe. Sie wollten eine DNA-Probe haben sowohl
von Nora als auch von Frederick. Sie betonten, daß es
sich um eine rein prophylaktische Maßnahme handle.
Es bedeute keineswegs, daß man eine Leiche gefunden
habe, auf die die Beschreibung passe. Man nehme die
Proben vorsorglich, denn angenommen, es würde wirklich eine sozusagen *passende* Leiche gefunden werden,
wäre es unverantwortlich, die Angehörigen so lange in
Ungewißheit zu belassen. Eine DNA-Probe auszuwerten
könne derzeit in Berlin ziemlich lange dauern, es fehle
der Stadt an Personal.

»In so einem Fall«, wagte Nora einzuwenden, »könnten wir den Toten doch einfach per Augenschein iden-
tifizieren...«
    »Glauben Sie mir«, antwortete der noch relativ junge,
vollbärtige Beamte, »Wasserleichen sehen schon sehr
bald nicht mehr schön aus, nicht mal in klarem kalten
Wasser. Und selbst wenn Sie Ihren eigenen Sohn vielleicht noch grade so erkennen oder behaupten, ihn zu
erkennen, müssten wir ja trotzdem auf *Nummer Sicher*
gehen, denn es wäre ja auch möglich, daß Sie sich täu-
schen.«

»Ist aktuell gerade jemand aus dem Wasser gezogen worden...?«

Frederick wußte selbst nicht, warum er diese Frage stellte und was er darauf hören wollte.

»Lieber Herr Professor, in Berlin werden fast *täglich* Menschen aus dem Wasser gefischt. Leider sagt mir niemand, wer, wie viele und wo genau. Mein Kollege und ich, wir sind hier, um von Ihnen beiden Speichelproben zu nehmen. Das ist alles.«

Am Nachmittag telefonierte Nora mit Arnie und teilte ihm mit, daß es in nächster Zeit zu keinen Treffen mehr kommen werde, daß sie sogar daran denke, die Verbindung ganz aufzulösen. Er solle deswegen nicht traurig sein, denn sie sei zur Zeit niemand, den man gerne um sich haben wolle. Arnie fragte, ob es irgendeinen konkreten Anlaß gebe für diesen Rückzug, der für ihn sehr überraschend kam. Nora antwortete ausweichend, es handele sich um familiäre Dinge, sie wolle auf Einzelheiten im Augenblick lieber verzichten.

Arnold, den die Ankündigung deprimierte, überlegte, welchen Grund es geben, was genau gemeint sein könne mit *familiären Dingen.*

Bestimmt war diese verrückte Tochter schuld, von deren Eskapaden Nora oft erzählte, immer mit dem Basso continuo des Zweifels an sich selbst, weil sie ihre Kinder so betont libertär erzogen hatte.

98

Jemand klopfte an die Tür, statt die Klingel zu benutzen. Caroline lugte durch den Spion und brauchte eine Weile, um jenen Menschen wiederzuerkennen, der sich wohl irgendwie Einlaß in ihr Hochhaus verschafft haben mußte und nun vor ihrer Wohnungstür stand. Das war dieser widerwärtige Freier, der sich *Tiger* genannt und ihr Angst eingejagt hatte.

Es war jetzt kurz vor acht Uhr abends. Caro beschloß, nicht zu öffnen, obwohl sie ein bißchen Neugier umtrieb, was der Kerl wollte. Aber was sollte einer wie er schon wollen?

»Chantal, machst du bitte auf? Ich seh doch, daß du da bist.«

»Kein Bedarf. Verschwinde.«

»Ich will dir ja nur einen Vorschlag machen.«

»Mach lieber die Fliege.«

»Hey, ich bin den ganzen weiten Weg von Berlin hergekommen, nur auf gut Glück. Du hast alle Kontaktdaten aus dem Netz genommen, was blieb mir übrig? Du kannst mich jetzt nicht einfach wegschicken.«

»Siehste doch, daß ich das kann.«

»Mensch, hör dir meinen Vorschlag doch erst mal an.«

»Ich kann mir denken, was du willst. Vergiß es. Hau jetzt ab und komm nie wieder.«

Caro dachte, trotz aller gegebenen Umstände, noch einmal kurz darüber nach, die Tür zu öffnen. Es war erniedrigend, in der eigenen Wohnung belagert zu werden, sich hinter einer Holztür verbarrikadieren zu müssen. Aber in diesem Fall, fand Caro, sollte man andere

Prioritäten setzen und den eigenen Stolz mal bloß nicht zu hoch hängen. Sie verließ den Flur und setzte sich vor den Fernseher. Leo, der Tiger, begann jetzt, seine Forderungen etwas lauter zu stellen.

»Komm, mach auf! Du wirst es nicht bereuen! Hör mir doch einfach mal zu!«

Caro stellte den Fernseher lauter, im gleichen Maße, wie Leos Stimme an Lautstärke zunahm.

Zwischen den Sätzen hämmerte er jetzt gegen die Tür, erst mit der flachen Hand, dann mit der Faust. Caro tippte als vorbeugende Maßnahme die 110 in ihr Handy. Was, wenn der Typ die Tür aufbrach und in die Wohnung gelangte? Innerhalb der Wohnung gab es nur noch eine weitere abschließbare Tür, die zum Bad. In Caros Kopf liefen Szenen aus Kubricks *Shining* ab, und sie schlich prompt in die Küche, um sich mit einem Messer zu bewaffnen. Das beste, was sie fand, war ein Tomatenmesser mit geriffelter Klinge. Hauptsache, etwas. Der Mann vor der Tür brüllte nun, nannte sie eine dumme kleine Nutte, eine parasitäre Existenz, deren Möse viel zuviel Kohle hart arbeitender Männer verschlinge.

Es war Zeit, die grüne Taste zu drücken. Als ob der Belagerer draußen mitbekommen hätte, daß eine Telefonleitung zur Polizei aufgebaut wurde, zog er, mit einem letzten wütenden, fast schon tierischen Brüllen von dannen.

»Hier Polizeinotruf Potsdam, was kann ich für Sie tun?«

»Hat sich soeben erledigt, danke.«

»Dann schönen Abend noch.«

Sonntag

99

Alisha erfuhr erst am Sonntag vom möglichen Ausmaß der Ansger'schen Tragödie. Obwohl Fred sehr behutsam und mit vielen Konjunktiven darüber redete, was eventuell geschehen sein könnte, womit man vielleicht rechnen müsse, wurde er von der Reaktion seiner Tochter überrascht. Ali begann zu kreischen, weinte, sperrte sich stundenlang in ihrem Zimmer ein, dann fuhr sie mit dem Rad davon, zum einzigen Menschen, den sie im Moment sehen wollte.

Alisha stieß auf eine Caroline, die ihrerseits sehr gerne und sofort von etwas Grauenhaftem und Unerhörtem erzählt hätte, von gestern abend nämlich, als ein pöbelnder Irrer, einer von Reitlingers Studenten, beinahe ihre Wohnungstür zerlegt hatte, so daß sie sich mit einem Messer bewaffnen und die Polizei rufen mußte. Aber dazu hätte sie mehr über ihr Verhältnis zu dem Kerl erzählen müssen, wie und weswegen sie ihn kennengelernt hatte. Schwierig. Voller Fallstricke. Im Moment nicht nur unpassend, sondern absolut unangebracht.

Also biß sich Caro auf die Zunge und hörte Ali zu, die bei der Vorstellung wie der Körper ihres Bruders in der schmutzigen Spree trieb, von Fischen angefressen und von Verwesungsgas aufgebläht, geradezu physisch

litt, mit Schweißausbrüchen, Gänsehaut und zitternden
Gliedern. Es war nicht so, daß Ali jemals an ihrem älteren Bruder übertrieben gehangen hätte, aber es handelte
sich nun einmal um ihren einzigen Bruder, der nun
womöglich der erste Tote in ihrem Leben sein würde.

Die Freundinnen nahmen sich gegenseitig in den
Arm und wickelten sich in die Bettdecke ein.

»Wir müssen diese Welt verändern«, flüsterte Alisha,
»so geht das alles nicht, so darf das nicht sein.«

100

Sonja hatte sich für drei Tage Wellness-Urlaub in der
Oberlausitz entschieden: drei Tage ohne Smartphone;
dafür endlich mal wieder ein Buch lesen, das keine
Fachliteratur war. In einem Hotel mit Frauenüberschuß
und eher älterer Klientel, wo man im Schwimmbad
nicht von jedem männlichen Blick sexuell taxiert wurde.

Iris hingegen sah sich auf den Immobilienseiten bezahl-
bare Wohnungen an, die es fast nur noch in den Außen-
bezirken gab. Also würde Leo ausziehen müssen. Sie
wollte ihn aber nicht auf die Straße setzen, das wäre
auch nicht so einfach gegangen, denn er hatte den Miet-
vertrag mit unterschrieben. Wahrscheinlich würde
es notwendig sein, sich noch eine Weile miteinander
zu arrangieren. Was mit kühlem Kopf und zivilisiert
geschehen mußte, alles andere wäre unerträglich. Iris
fühlte überhaupt keine Traurigkeit in sich, es war, als
hätte Leos Ohrfeige ihr den Rest ihrer Liebe buchstäblich aus dem Kopf geschlagen.

Montag

101

Am Montagmorgen erhielt Fred einen Anruf von Caroline Seifert-Gündogan. Sie meinte, sie käme sich zwar ein wenig wie eine Denunziantin vor, sei aber, wie von ihm vorgeschlagen, bereit, über Alisha zu reden, sofern es Anlaß zur Sorge gebe. Dies sei jetzt der Fall.

»Aha?«

Der Professor reagierte sehr vorsichtig und einsilbig, er fürchtete, auf den Arm genommen zu werden. Erst im Laufe des Gesprächs faßte er ein wenig Zutrauen.

Caroline teilte ihm mit, wie sehr Alisha unter dem Verschwinden ihres Bruder litt, wie sehr sie sich in das ohnehin schon Schlimme noch hineinsteigere, so sehr, daß sie womöglich imstande sei, Dinge zu tun, Entschlüsse zu fassen, die...

»Ja?«

»Die... nun, mit denen sie sich ernsthaft in Schwierigkeiten bringen könnte. Deshalb rufe ich an.«

»Von welchen Dingen und Entschlüssen ist die Rede?«

»Ganz genau weiß ich es leider nicht. Sie redete, um mal etwas Konkretes zu nennen, ziemlich abfällig über ein Boot, das ihr, wie soll ich es ausdrücken, ein Dorn im Auge ist.«

»Was ist falsch mit dem Boot?«

»Ich glaube, es symbolisiert für Ali eine gewisse…
Verderbtheit der privilegierten Klassen.«

»Ach du je. Und das heißt?«

»Ich weiß nicht, wozu sie in echt fähig ist. Aber es könnte womöglich nicht schaden, Ali in nächster Zeit im Blick zu behalten oder, wenn das nicht geht, zumindest das Boot.«

»Verstehe. Okay. Ich danke Ihnen. *Dir*. Ich danke dir sehr.«

»Ich tu das nur für Ali.«

»Ja, klar. Trotzdem.«

»Falls du ihr jemals erzählst, daß ich angerufen habe, werde ich sagen, du lügst.«

»Okay.«

Frederick war jetzt sehr froh darüber, eine Voice-recording-App heruntergeladen zu haben, die jeden eingehenden Anruf automatisch aufzeichnete. Wenn er etwas auf den Tod nicht ausstehen konnte, war es die Hochmut der Jugend, die ältere Menschen für einfältig und behindert hält.

102

John und Raphaela Pfaff beschlossen an diesem Tag, dem Glück ihres einzigen Kindes nicht länger durch übertriebene Klauseln im Weg zu stehen.

Sonjas dramatischer Auftritt hatte die beiden aufgerüttelt, nicht zuletzt weil sie sich schmerzlich bewußt wurden, wie eiskalt und eselsstur ihre Tochter mitunter sein konnte, für vernünftige Argumente nicht zugänglich.

Was sollten Eltern mit ihren Ersparnissen denn Sinnvolleres anfangen, als dem eigenen Fleisch und Blut eine gesicherte Zukunft zu bieten? Im Grunde wollten sie doch nur, daß Sonja einmal *danke* sagte, ein einziges Mal. Danke, liebe Eltern, für alles. Stattdessen hatte ihre Tochter ihnen stets das Gefühl gegeben, sich eher dafür rechtfertigen oder gar entschuldigen zu müssen, sie aus dem so bequemen und sorgenfreien Nichts herausgeholt zu haben, hinein in die rauhe Luft, ins grelle Licht der Welt.

103

Wenn diese Familie von einem verfrühten Todesfall heimgesucht wird, dachte Alisha, dann weil sie moralisch verkommen ist. Ansgers Gier nach schnellem Reichtum, Noras Gier nach Sex, Fred, der konfliktscheue Konservative, der sich für allwissend hält und einmal im Monat in seinem Palastersatz eine Art Hofstaat empfängt. Das alles schien ihr zutiefst krank und unanständig angesichts des Leides in weiten Teilen der Welt.

Es galt, ein Zeichen zu setzen. Ein Fanal. Das Wort klang ein bißchen nach *fanatisch*, aber das war ja nur ein Synonym für *leidenschaftlich*. Es bedurfte einer leidenschaftlichen Tat. Einen Roman zu schreiben würde vielleicht zu lange dauern, würde vielleicht nicht grundlegend etwas verändern.

Nachdem Ali stundenlang im Internet geforscht hatte, wie man ohne massive Gewalteinwirkung ein Boot versenken kann, zum Beispiel durch Öffnen irgendwelcher

Klappen und Luken, gab sie ihr ursprüngliches Vorhaben auf. Es schien keinen sozusagen *subtilen* Weg zu geben und wenn doch, so war darüber nichts in den Foren zu lesen. Also änderte Ali ihren Plan und radelte zur nächsten Tankstelle am Ortseingang, wo sie einen Fünfliterkanister kaufte und mit Benzin befüllte. Den Schlüssel für das Boot hatte sie ihrer das Bett hütenden Mutter aus der Handtasche geklaut.

104

Auch Petar besaß noch einen Schlüssel für das Boot, auf dem er viele herrliche Sommerstunden verbracht hatte. Am Montagabend, nachdem die Dunkelheit hereingebrochen war, ging er zu Fuß zum Hafen, um sich die *Jolly Melinda* noch einmal anzusehen und Abschied zu nehmen. Als er im Inneren des Bootes flackerndes Taschenlampenlicht bemerkte, war er für einen Moment verblüfft, doch sogleich, als wäre er noch immer dazu befugt, sprang er an Deck und öffnete die Tür zum Innenraum. Auf dem Sitz vor dem Steuerrad saß Alisha und starrte Petar mit weit aufgerissenen Augen an.

Beide riefen beinahe gleichzeitig: »Was, verdammt, machst *du* hier?«

Alisha bekam es mit der Angst, sie versuchte, den Eindringling mit ihrer Taschenlampe zu blenden, Petar löste das Problem sehr schnell, indem er die Deckenbeleuchtung einschaltete. Dann wiederholte er seine Frage, mit bedrohlichem Unterton und haßerfülltem Blick. Ali antwortete trotzig, daß das Boot ihrer Familie gehöre, er solle sich verpissen, sofort. Ein paar Sekunden lang herrschte Schweigen.

»Nicht im Ernst? *Ihr* habt unser Boot gekauft?«

»*Euer* Boot?«

Ali begriff nach und nach, was genau ihr Vergewaltiger da sagen wollte bzw. behauptete, aber an einen solchen Zufall glauben wollte sie noch nicht.

Beide waren verwirrt und dachten nach, wodurch eine seltsame Stille entstand, eine lautlose, doch wütende Kommunikation aus Blicken voller Zweifel, Abscheu und Ekel.

Petar bemerkte den Benzinkanister, der rechts neben dem Steuerrad auf einem kleinen Holzregal stand, dort, wo früher das Maskottchen des Bootes, ein gelb und blau angemalter Terrakotta-Buddha, gethront hatte.

»Suchst du den Tank, oder was?«

»Geht dich 'nen Scheißdreck an!«

»Hey, ich hab dieses Boot geliebt und tu es noch, klar? Ihr reichen Arschlöcher könnt euch vielleicht alles kaufen, was ihr wollt, aber...«

»Wie nennst du mich? Ein reiches Arschloch?«

Ali fand die Beschuldigung originell, insofern sie öfters mal als Arschloch, aber noch nie von jemandem als *reich* bezeichnet worden war.

»Mach jetzt sofort, daß du Land gewinnst. Raus hier, oder willst du mich noch mal vergewaltigen? Ich schreie, hörst du?«

»Ich hab dich überhaupt nicht angefaßt. Lieber würd ich eine Ziege ficken als dich.«

Erneut entstand eine sehr aufgewühlte Stille.

Ali traten Tränen in die Augen, nicht wegen der Beleidigung, das konnte sie ab. Schlimmer, viel schlimmer war, daß Petar für seinen fürchterlichen Satz keinen zornigen oder kläffenden, sondern einen eigenartig traurigen Tonfall benutzt hatte. Von einer Sekunde auf die nächste war sich Alisha nicht mehr sicher, daß er ihr etwas angetan hatte. Ein Bild war durch ihre Gedanken gehuscht, war kurz in ihr aufgetaucht und sofort wieder verschwunden, irgendwas im Badezimmer, irgendwas mit Wasser und Blut. Es dauerte noch ein paar Sekunden, plötzlich brach die Erinnerung über sie herein. Ihr Haß verwandelte sich in betäubend schmerzhafte Scham, dann, wie um sich zu schützen, in neuen Haß. Sie griff zum Kanister, riß den Deckel auf und spritzte Petar mit Benzin an.

»Spinnst du? Bist du komplett wahnsinnig?«

»Ich fackel das Boot ab.«

»Warum? Du bescheuerte Tusse, warum?«

Das etwas pummelige Mädchen mit der lila Brille sah absurd aus, als es den Kanister um ihren Kopf schwang wie Leatherface seine Kettensäge. Petar mußte beinahe lachen, andererseits stank bereits alles nach Benzin, und diese Verrückte meinte es offenbar ernst. Sie holte ein Feuerzeug aus der Hosentasche und hielt es vor ihn hin.

»Laß das! Du weißt nicht, was du tust.«

»Hau ab!«

Ali wollte eigentlich nur demonstrieren, daß das Feuerzeug funktionstüchtig war, sie wußte einfach nicht, daß bereits ein bloßer Funke genügte, um die Luft in Brand zu setzen. Es gab einen lauten Knall, eine Verpuffung, die Kabine stand in Flammen, und auch die Kleidung der beiden fing sofort Feuer. Petar stürzte augenblicklich ins Freie und sprang ins Wasser. Alisha stand unter Schock, sie brauchte einige Sekunden, um zu realisieren, was vorging. Ihre Haare brannten, und sie schrie um ihr Leben. Dann endlich rannte auch sie los und ließ sich ins eiskalte Wasser fallen. Sie strampelte, als hätte sie vergessen, wie man schwimmt.

Plötzlich spürte Ali eine Armbeuge um ihren Hals, Petar packte sie und zog sie zum Kai. Die Kleidung der beiden fühlte sich im Wasser tonnenschwer an. Ali machte es Petar nicht gerade einfacher, indem sie immer noch strampelte und um sich schlug, als würde sie soeben nicht gerettet werden, sondern verschleppt und erwürgt zugleich.

In diesem Moment griffen zwei Hände nach dem Kragen ihres Anoraks und zogen Ali mit einem gewaltigen Ruck aus dem Wasser. Frederick Reitlinger kniete auf dem Stein und half, nachdem er seine Tochter in Sicherheit wußte, auch Petar hinauf ins Trockene. Dort war es gar nicht mehr kalt, denn die brennende *Jolly Melinda* sorgte für eine sengende Hitze.

Alisha betatschte mit beiden Händen ihren fast kahlen Schädel, sie schrie nun nicht mehr, ihr Gesicht bekam einen Ausdruck ungläubigen, fast entrückten Staunens. Aus der Ferne waren bereits Feuerwehrsirenen zu hören.

Fred Reitlinger empfahl den beiden Geretteten zu rennen. Sie sollten einen guten Kilometer rennen, so schnell sie konnten, um das Haus der Reitlingers zu erreichen. Während sie rannten, informierte er per Handy Nora, die sofort ein heißes Bad einließ.

Zehn Minuten später saßen sich Alisha und Petar nur in ihrer Unterwäsche in ein und derselben Wanne gegenüber. Nora kochte schwarzen Tee, und obgleich sich Alisha sehr unwohl dabei fühlte, Petars nackte behaarte Beine so nahe an ihren zu spüren, nahm sie gierig das dampfende Glas aus den Händen ihrer Mutter und nippte daran. Zum ersten Mal seit langer Zeit wirkte sie dankbar, beinahe demütig.

Ali fürchtete sich davor, erklären zu müssen, was

geschehen war, und freute sich über jede Minute, in der kein Vorwurf kam, nicht einmal eine Frage. Stattdessen traf der Notarzt ein und kümmerte sich um die Verbrennungen, die sich als nicht gravierend erwiesen. Eine Behandlung mit Salbe schien vorerst ausreichend, nein, Narben würden keine bleiben, und Alishas Haare würden nachwachsen.

Später klingelte Svetozar Bjilic und holte seinen Sohn ab, der in einem von Freds Morgenmänteln in der Küche saß. Sein Vater brachte ihm neue Klamotten mit, und Petar verabschiedete sich von den Reitlingers mit einem Nicken und einem Händedruck. Alisha ignorierte er. Sie ihn umgekehrt auch.

Vorläufig wußte Ali nicht, welche Rolle sie Petar in diesem Spektakel zuweisen sollte, ob sie ihn jetzt einfach weiter hassen durfte. Wahrscheinlich wäre sie ohne ihn ertrunken, das stimmte schon. Aber wäre er vorher nicht einfach auf ein Boot gesprungen, das ihm nicht oder nicht mehr gehörte, wäre es zu alldem erst gar nicht gekommen.

Die mysteriöseste Frage, die sie sich stellte, war allerdings die, warum ihr Vater vor Ort gewesen war, genau in jenen paar Minuten, in denen sie sich in Lebensgefahr befand. Das waren schon etliche Zufälle auf einmal.

Obwohl die *Jolly Melinda* binnen zehn Minuten gelöscht worden war, konnte man das Boot getrost verschrotten, eine Restaurierung des Innenraums hätte sich kaum noch gelohnt.

Um elf Uhr nachts kamen noch zwei Polizisten vorbei und befragten Frederick Reitlinger zu seiner Einschätzung des Tathergangs. Er gab wahrheitsgemäß an, die beiden jungen Menschen, seine Tochter Alisha und den Sohn des Vorbesitzers des Bootes, diesen Petar Bjilic, aus dem Wasser gezogen zu haben. Mehr wisse er nicht. Auf die Frage, ob er Anzeige wegen Brandstiftung stellen wolle, gab er ein Kopfschütteln zur Antwort. Das Ganze stellte sich ohne triftigen Anfangsverdacht als Unfall dar, also wurde auch keine Spurensicherung bemüht – und Fred wunderte sich, wie einfach, wie konsequenzlos die Sache damit vorbei und ausgestanden war. Wobei das nur im juristischen Sinne galt. Fred seufzte laut. Wenn ihn nicht alles täuschte, so hatte seine eigene Tochter heute abend mit voller Absicht frisch erworbenes Familieneigentum im Wert von über fünfzigtausend Euro abgefackelt. Es gab Handlungsbedarf. Die ganze Nacht lag er wach und überlegte, wie er mit seiner Tochter reden, wie er sie erreichen wollte, aber als er am nächsten Tag nach ihr sah, war sie wieder einmal abgehauen.

Dienstag

105

Dienstagmorgen trafen sich Nora und Arnie im Supermarkt am Ortsrand. Er hatte um ein Treffen gebeten, um sich nach ihrem Zustand zu erkundigen. Sie beruhigte ihn, niemand habe ernsthaft Schaden genommen. Dem Boot müsse man auch nicht lange nachtrauern, im Moment werde es ja ohnehin nicht gebraucht, und notfalls könne man irgendwann ein neues kaufen, derzeit stehe ihr nicht der Sinn nach Erotik, nicht, solange...

»Solange?« Arnold griff sich Noras Ärmel, aber sanft, wie man an einer Klingelkordel zupft.

»Nichts. Egal.«

»Ich bin der Meinung, du schuldest mir nicht unbedingt eine Erklärung. Aber sie wäre doch hilfreich und höflich.«

Nora gab nach und erzählte vom Verschwinden ihres Sohnes. Arnie zeigte sich betroffen, nahm Nora in die Arme und küßte ihre Wangen, ihre Stirn, alles, was man an einer Frau küssen kann, ohne etwas Sinnliches einzuleiten. Zugleich war er jemand, der sich gerne kruden Überlegungen hingab, der darüber sinnierte, wie außerordentlich selten es wäre, wenn Eltern beide ihrer Kinder an das Wasser verlören, in einem engen Zeitfenster, aber nicht durch denselben Grund wie zum Beispiel einen Taifun oder Tsunami.

»Was willst du mir sagen?«

»Naja, ich meine, wenn Ansger tot ist und Alisha gestern ertrunken wäre ...«

»Ist sie aber nicht. Wechseln wir das Thema.«

»Darauf wollte ich doch hinaus. Alisha ist *nicht* ertrunken. Also steht es zwischen dir und dem Wasser *mindestens* eins zu eins, es kann nur noch besser werden.«

»Arnie, du spinnst.«

»Ich versuche, dich aufzuheitern. Den Bootsführerschein mußt du jetzt auch nicht mehr machen.«

Nora merkte, wieviel Mühe Arnold sich gab, auch wenn er sich dabei nicht allzu geschickt anstellte. Aber es gab keinen denkbaren Trost, der sie hätte herausreißen können aus dem Strudel von Trauer, Leere, Zweifel und Angst. Es gab nur eine einzige Maßnahme oder Strategie, die für die nahe Zukunft vernünftig klang. Nora mußte wieder arbeiten, unbedingt, sie brauchte eine Aufgabe, und sei es nur als Totschläger für die Zeit.

»Fährst du mich bitte heim? Ich bin zu Fuß hier.«

Nora fuhr normalerweise mit dem Rad, litt seit ein paar Tagen aber an gelegentlichen Gleichgewichtsstörungen und wollte jedes Risiko vermeiden.

»Selbstverständlich.«

Als Nora und Arnold den großen Supermarkt verließen, stand Margret Finkenhagen, hinter einer Litfaßsäule versteckt, auf der gegenüberliegenden Straßenseite und beobachtete die beiden. Sie gingen nebeneinander, ohne sich zu berühren, wirkten aber vertraut.

Nora Reitlinger stieg in Arnies Wagen, dann fuhren sie die Hauptstraße entlang, bis sie aus Margrets Sichtfeld entschwanden. Vermutlich brachte er sie jetzt in ihr Haus. Die Ortungs-App bestätigte diese Vermu-

212

tung. Danach entfernte sich der kleine rote Punkt von der Reitlinger-Villa. Margret wurde daraus nicht recht schlau.

Was hatten die beiden zuvor denn ausgerechnet in einem *Supermarkt* zu schaffen gehabt? In einem Modehaus gab es Umkleidekabinen, in einem Supermarkt nichts dergleichen.

106

»Ich weiß nicht, Caro. Ich guck nicht mehr durch. Kann sein, daß Pete mich doch nicht mißbraucht hat. Daß ich mich sogar selbst verletzt hab. Aber vielleicht erzeugt mein Gehirn falsche Erinnerungen, um mich vor dem Trauma zu schützen, um die Demütigung sozusagen mit einer Fälschung auszuhebeln, das gibt es, davon hab ich gehört, weißt du, ich seh vorn und hinten nicht mehr durch, und dann treff ich Pete auf einem Boot, das mal seiner Familie gehört hat und dann meiner, und plötzlich fliegt uns alles um die Ohren, ich muß mich entscheiden, ob ich verbrennen will oder ersaufen, dann zerrt Pete mich ans Ufer, und ausgerechnet mein eigener Vater steht da und zieht mich am Kragen raus, das gibt's doch alles gar nicht, ich weiß überhaupt nicht mehr, was ich denken soll, Caro, weißt du, ich bin nahe daran, also, du kennst mich ja, ich bin positivistisch gepolt, aber inzwischen denke ich, halt mich jetzt bitte nicht für komplett doof...«

»Was?«

»Vielleicht gibt es doch einen Gott.«

»Der hätte seinen Spaß an dir, au ja.«

Caro nahm einen tiefen Zug aus der Tüte. Fred hatte ihr eine WhatsApp geschickt, daß sie Ali bitte dazu bringen solle, nach Hause zu kommen. Sie hatte ihm geantwortet: *Laß sie lieber erst mal runterkommen. DANN nach Hause.* Und natürlich löschte sie alle Nachrichten sofort, denn sie hielt Ali für sehr neugierig und für durchaus imstande.

107

Abends, als Arnold von der Arbeit kam, zwitscherte Margret ihn an, mit ihrem strahlendsten Lächeln. Sie hielt es einfach nicht mehr aus.

»Schatz, ich glaub, ich hab dich heute mit jemandem beim Edeka gesehen, ihr seid gerade eingestiegen und losgefahren, ich hab noch gerufen und gewunken, aber du hast mich nicht gehört.«

Arnie reagierte äußerlich ganz ruhig, zuckte nicht mit der Wimper, lächelte sogar ein wenig.

»Das war Frau Reitlinger. Du erinnerst dich vielleicht, das Ehepaar, dem mein Kumpel Sveto neulich das Boot verkauft hat.«

»Ich erinnere mich. Vage.«

»Das Boot ist gestern nacht abgebrannt. Sie wollte mich deswegen sprechen. Hat sich nach Svetos Charakter erkundigt. Man weiß noch nicht, was genau passiert ist ...«

»Und warum trefft ihr euch bei Edeka?«

»Sie hat noch Milch gebraucht, wieso?«

Margret versuchte, sich daran zu erinnern, ob Nora Reitlinger irgendeine Tasche oder Plastiktüte bei sich getragen hatte, aber die Lässigkeit, mit der Arnie bislang alle Fragen beantwortete, war definitiv beeindruckend. Wenn Margret jetzt noch eine weitere Frage stellen würde, irgendeine, würde die Befragung zum Verhör werden. Dann stünde, für beide deutlich sichtbar, ein Verdacht im Raum. Das wollte sie vermeiden und gab sich – für heute – geschlagen.

Beim Abendessen wurde kaum geredet, nicht mal, als die Kinder dazustießen.

108

Svetozar Bjilic fragte seinen Sohn stundenlang aus, was auf der *Jolly Melinda* geschehen sei. Petar stellte sich erst stur, aber sein Vater war zu kräftig, und genaugenommen gab es keinen Grund zu schweigen oder etwas zu erfinden.

»Ich war ganz zufällig da. Das Mädel hatte diesen Benzinkanister und wollte das Boot anzünden. Und mich auch. Das hat sie gemacht. Den Rest kennst du.«

»Weißt du, wie das klingt? Ihr eigenes Boot anzünden?«

»Ich weiß es.«

»Und obwohl sie auch dich anzünden wollte, hast du ihr ans Ufer geholfen.«

»Macht man halt so. Sollte ich sie absaufen lassen?«

»Schau mir in die Augen! Schwör mir beim Grab deiner Mutter, daß du nichts Böses angestellt hast.«

»Ich schwöre. Was du willst.«

»Du meinst: *Bei* was ich will.«

»Auch das.«

Svetozar biß in seinen Daumen und dachte nach. Nichts wurde besser dadurch. So gut wie alles sprach dafür, daß in Wahrheit Petar den Kahn aus Eifersucht und Wut abgefackelt hatte und daß das Mädchen ihn daran hatte hindern wollen. So war es logisch, nicht andersherum. Vielleicht waren die beiden ein Paar, und sie deckte ihn nun, nahm die Schuld auf sich. Weil sie ihm hörig war.

Svetozar Bjilic stellte sich viele Fragen, darunter die, ob er seinen Sohn überhaupt noch kannte. Wen hatte er da großgezogen? Wie auch immer: Petar hatte, so sah es jedenfalls aus, ein Leben gerettet. Eigentlich mußte das in die Zeitung. In jeder Bewerbung würde sich so ein Artikel gut machen.

109

Iris studierte ihre Tinder-Sexofferten. Sie hatte beschlossen, eine Nacht im Hotel zu verbringen, um Leo erst mal aus dem Weg zu gehen. Am Abend würde sie mit dem bestaussehenden Mann etwas trinken gehen, vielleicht mochte das ganz nett werden. Was trinken. Nett plaudern. Nicht mehr. Allenfalls küssen. Mehr würde nicht drinsein, nicht beim ersten Mal mit einem fremden Typen. Nee. Nicht mal, wenn die ganz große Liebe vorbeikäme. Iris überlegte noch.

Eine Nacht auswärts zu verbringen, ohne Ansage und glaubhaften Vorwand, würde Leo auf die Palme bringen. Es bedeutete praktisch, die bevorstehende Trennung zu manifestieren. Danach mit jemandem wie ihm, so cholerisch er in letzter Zeit werden konnte, noch

Wochen, eventuell Monate zusammenwohnen zu müssen, schien wenig erstrebenswert. Sie überlegte hin und her.

Ihr Handy gab einen grunzenden Ton von sich.

Siebzehn Herren hatten heute auf ihr Tinder-Bild mit Herzchen und Smileys und Dick-Pics reagiert, fünfzehn davon würden abends Zeit für sie haben oder würden Wege finden, sich Zeit für sie zu nehmen. Boah! Iris fühlte sich begehrt wie eine Prinzessin. Natürlich wollten alle Männer dasselbe, nichts Dauerhaftes, sondern Spaß oder erst mal gucken, manche waren auch grob und schrieben: *Laß es, wenn du keinen Bock hast. Kein Geplapper!* Das waren die Ehrlichsten. Die Arschlöcher, das waren die, die von Zärtlichkeit und Sehnsucht und Liebe und Treue palaverten. Richtig abstoßende Schweine, die die Frauen für doof verkauften.

110

Die Reitlingers beschlossen an diesem Tag, ihre nächste Soiree abzusagen. Genaugenommen hatten beide es für sich längst beschlossen und nur vergessen, einander Bescheid zu sagen. Als besondere Gäste wären diesmal ein Leipziger Maler und ein russischer Pianist vorgesehen gewesen, aber an Festivitäten war vorläufig nicht zu denken. Unglücklicherweise klingelte dauernd jemand in blauer Uniform, jedesmal brach den Reitlingers der kalte Schweiß aus, aber es drehte sich dann immer wieder nur um das Boot. Durch Funkenflug waren wohl winzige Glutflecken auf den Nachbarbooten entstanden, deren Eigner die Gelegenheit günstig fanden, ihren

Schiffen eine neue Lackierung zu verpassen. Schließlich zahlte ja Professor Reitlingers Haftpflichtversicherung. Außerdem mußte das Wrack abgeschleppt und entsorgt werden, konnte da nicht einfach liegenbleiben, für alles gab es penible Vorschriften.

Nora erzählte ihrem Mann beim abendlichen Glas Wein, daß sie und Arnold eine Auszeit genommen hätten, daß es vielleicht sogar ganz vorbei sei.

Fred bedauerte dies. Wenn er sich erst einmal an etwas gewöhnt hatte, konnte es seinetwegen für immer so bleiben. Arnie schien sich doch immer korrekt verhalten zu haben. Nach Arnie, das stimmte schon, würde für einige Zeit nichts Neues kommen, aber irgendwann eben doch wieder was, ein neuer beherzter Griff in die Wundertüte Mensch.

111

Leo wie auch Gerry hatten am Dienstag die wöchentliche Sprechstunde ihres Doktorvaters aufsuchen wollen und waren von seinem Nichterscheinen enttäuscht worden. Da beide nun eine Stunde lang nichts vorhatten, gingen sie gemeinsam Kaffee trinken. Schnell kamen sie auf ihre derzeitigen Beziehungsprobleme zu sprechen, wobei sie erstaunlich viele Details erwähnten. Beiden war daran gelegen, ihren Beziehungsstatus, ihre momentan verwirrten Verhältnisse, mit jemandem des eigenen Geschlechts zu besprechen, was im Klartext bedeutete: über die Frauen pauschal herziehen zu dürfen, ohne jedesmal erläutern und differenzieren zu müssen.

»Falls Iris dich rausschmeißen sollte«, meinte Gerry, »kannst du ein paar Tage bei mir wohnen. Sonja hat zwar nicht verraten, wo sie sich aufhält, aber ich nehme an, sie läßt es sich irgendwo gutgehen.«

»Für ein Hostel würde meine Kohle schon noch reichen. Ehrlich, ich würde es nicht dulden, wenn meine Freundin einfach abhaut und nicht ans Handy geht. Okay, nach einem harten Streit *eine* Nacht lang vielleicht, aber darüber hinaus – das ist *Terror*. Würd ich ihr nicht durchgehen lassen.«

»Was würdest *du* denn machen, du Obermacker?« Gerry war erstaunt über Leos rüde gewordenen Ton.

»Vielleicht würd ich ihr den Schädel spalten. Oder sie ersäufen.«

»Das wäre aber sehr hart. Beinahe übertrieben. Und könnte Gefängnis für dich zur Folge haben.«

Gerry griff den spaßigen Tonfall auf und spann den Witz fort. Leo legte sogleich noch einen drauf.

»Weißt du, wenn man jemanden in der Badewanne ersäuft, das ist ja recht leicht, da kann man sich schlecht wehren, und Hämatome entstehen auch kaum. Aber wenn man die Leiche dann in den Landwehrkanal schmeißt, dann merken die bei der Obduktion wahrscheinlich, daß das in den Lungen kein Wasser aus dem Landwehrkanal ist, sondern welches aus deiner scheiß Badewanne.«

»Kann sein, weiß ich nicht genau.«

»Aber, Gerry, paß mal auf: Angenommen, man nimmt Wasser aus dem Landwehrkanal, füllt es in die eigene Badewanne und ersäuft das Opfer mit genau diesem Wasser – wäre dann etwas nachzuweisen?«

»Mußt du einen Pathologen fragen. Wieviel Fässer hast du denn schon zusammen?«

Der Witz ging immer weiter. Die letzten Pointen leitete Gerry ein: »Jedenfalls wirst du nie jemanden auf diese Art umbringen.«

»Warum bist du dir da so sicher?«

»Sonst würdest du mir heute nichts davon erzählen.«

»Sei denn, *du* bist das Opfer!«

Um über diesen Satz laut zu lachen, mußte Gerd Bronnen sich zum ersten Mal ein wenig Mühe geben. Irgendwas war heute anders mit Leopold. Er sah einem kaum in die Augen, kratzte sich ständig an den Handrücken und in den Armbeugen. Er räusperte sich übermäßig laut, hatte einen leichten Silberblick, war unrasiert und seufzte viel zwischen den Sätzen. Und er ließ sich auf den Kaffee einladen, ohne wenigstens pro forma zu protestieren. Symptome einer gewissen Verwahrlosung.

Donnerstag

112

Am Mittwoch ereignete sich kaum etwas Erzählenswertes, ganz so, als gäbe es eine Dramaturgie im Hintergrund, jemanden, der die Fäden spann. Jemanden, der noch einmal eine schwere Pause setzen wollte, bevor am Donnerstagmorgen, einem frostigen, rauhreifbeschlagenen, doch windstillen Tag, das lange Befürchtete Wirklichkeit wurde.

Eine bereits etliche Tage zuvor aus der Spree gefischte männliche Leiche war nach einem DNA-Abgleich als Ansger Christoph Reitlinger, 28, wohnhaft in Karlsruhe, gebürtig in Berlin, identifiziert worden. Den Eltern die Todesnachricht zu überbringen übernahm ein für solche Fälle besonders geschulter Polizeipsychologe, Dr. Konrad Kübler-Eisenach. Er läutete morgens um acht Uhr an der Tür und meldete, was er zu melden hatte, in klaren, einfachen Worten, nicht laut und nicht leise, aber betont sachlich, beinahe empathielos, was seiner Absicht entsprang. Er wollte nicht klingen wie jemand, der sich Trauer um einen ihm Unbekannten anmaßte, wollte auch nicht klingen wie jemand, der eventuell noch mit sich handeln ließ. Wichtig war, daß die Todesnachricht angenommen wurde. Mit welchem Tonfall man sie überbrachte, spielte dabei eine große Rolle, und viele nicht speziell ausgebildete Polizisten machten den Fehler, Betroffenheit zu heucheln, eine Emotionalität vorzugeben, die auf der Gegenseite nur andere Emotionen hervorrief: Wut, Hysterie, Tatsachenverleugnung. Natürlich durfte man auch nicht respektlos klingen, als wäre man nur hier, um eine lästige Pflicht abzuleisten. Es galt, den richtigen Ton in der Mitte zu treffen, um der Angelegenheit eine gewisse Würde und Feierlichkeit zu bewahren, ohne sie mit dramatischen Zusätzen zu verknirschen und zu verkitschen. Die Reitlingers hatten sich auf die Nachricht einige Zeit lang vorbereiten können, ohne allzulange auf das quälende Ende der Ungewißheit warten zu müssen. So gesehen gehörten sie zu den bevorzugten Hinterbliebenen; so betrachtet hätte der Tag beinahe etwas Befreiendes haben können. Doch die allermeisten Menschen waren erst viel später bereit, sich diesem Aspekt zu öffnen, dann, wenn die Trauerarbeit begann. Im Moment regierte der Schock.

Nora schloß sich sofort im Schlafzimmer ein, sie besaß neben dem gemeinsamen noch ein kleines eigenes, verkroch sich unter Dutzenden Bettdecken, stellte laute klassische Musik an, Tschaikowskis *Pathétique* – während Frederick in vorbildlicher Weise Contenance bewahrte und dem Psychologen einen Kaffee anbot, den dieser selbstverständlich ablehnte.

»Bevor Sie gehen, noch eine Frage bitte: Sieht mein Sohn schlimm aus? Können wir ihn uns noch einmal ansehen?«

»Es tut mir leid, aber das entzieht sich meiner Kenntnis. Ich weiß nur, daß es anscheinend keinen Verdacht auf Fremdeinwirkung gibt. Die Obduktion ergab, daß er ertrunken ist, mit sehr vielen Drogen im Blut.«

»Ist das ein angenehmer Tod?«

»Ich bin kein Mediziner, aber was man so hört, gibt es deutlich Schlimmeres.«

»Wann kann das Begräbnis stattfinden?«

»Sobald die Leiche freigegeben ist. Das entscheidet die Staatsanwaltschaft. Aber da es sich offenkundig um einen Unfall oder Suizid handelt, dürfte das recht zügig geschehen.«

»Ich danke Ihnen.«

Fred setzte sich in die Küche, trank sehr starken, sehr heißen Kaffee und rief in der Uni an, um sich für die nächsten sechs Wochen abzumelden. Er suchte Stift und Zettel und machte eine Liste, wollte sich unbedingt mit etwas beschäftigen. Wen mußte er benachrichtigen? Jule natürlich und Alisha. Jule würde er anrufen, aber wie und wo konnte er Alisha so schonend wie möglich vom Tod ihres Bruders in Kenntnis setzen? Dazu gab es allerhand Überlegungen anzustellen. Fred fügte der Liste noch ein paar entfernte Verwandte hinzu. Welchem Bestattungsinstitut sollte man Ansger anvertrauen? Wollte er begraben werden oder verbrannt? Gab es irgendein Testament, und hatte Jule Zugang dazu oder nicht? Ein Füllhorn von Fragen öffnete sich. Irgendwo hier, auf einem Zettel notiert, mußte noch die Nummer von Ansgers Berliner Anwalt sein, vielleicht würde der etwas wissen.

Fred Reitlinger versuchte sich zu konzentrieren, um jetzt, *ausgerechnet* jetzt oder vielleicht auch *gerade* jetzt, etwas Sinnvolles zu tun und die Zeit zu füllen. Aber die Zeit mußte nicht gefüllt, mußte einfach nur ausgesessen werden, wie eine Gefängnisstrafe.

Gefüllt werden mußte das klaffende Loch, das der Tod des einzigen Sohnes hinterließ. Üblicherweise stopft man es wohl mit Erinnerungen aus, dachte Frederick, fast so, wie man eine Stellvertreterpuppe formt, wenn man aus dem Gefängnis ausbrechen und die Wärter glauben lassen will, man befinde sich noch in der Zelle. Die Gedanken des Professors gingen verschlungene Wege und landeten bei Bronnen und Kniedorff. Er hatte beiden am Dienstag nicht abgesagt und ein schlechtes Gewissen deswegen. Warum war das jetzt wichtig? Er wußte es auch nicht. In seinem Kopf ging soviel durcheinander.

113

Das Begräbnis Ansgers sollte am Samstag, den neunten Dezember 2017, um 11:30 Uhr auf dem Alten Friedhof Wannsee stattfinden. Da es keine testamentarischen Verfügungen seitens des Verstorbenen gab, hatten sich die Eltern für eine Erdbestattung im Eichensarg entschlossen. Jule reiste aus Karlsruhe an, Onkel Max, Fredericks älterer Bruder, und dessen Frau Helene aus Nürnberg.

Die Zeremonie sollte dem engeren Familienkreis vorbehalten sein, Frederick hatte aber Ausnahmen zugelassen, so zum Beispiel seine Doktoranden Gerd und Leopold. Diesmal dürften sie sogar, das schrieb er ihnen ausdrücklich, ihre Freundinnen mitbringen. Auch Arnold Finkenhagen kam auf Nora zu, bot ihr an, sie auf ihrem schweren Gang zu begleiten, wobei sein Hauptmotiv die reine Höflichkeit war. Nora lehnte erst ab, wie erwartet, dachte dann aber, für alle überraschend, um. Ja, sie würde sich über seinen Beistand freuen, wie über jedes Gesicht, mit dem sie etwas Gutes und Freundliches verband. Nora brachte Arnie damit in Erklärungsnot gegenüber seiner Frau Margret. Wenn das Begräbnis so exklusiv war, weshalb durfte Arnold als loser Bekannter der Mutter dazustoßen? Und warum sollte sie, als Gattin des losen Bekannten, lieber mal zu Hause bleiben? Was seien das für Sitten und Seltsamkeiten?

Arnold beeilte sich, seiner Frau zu versichern, daß niemand ihr *verbieten* würde, mit auf den Friedhof zu kommen. Weil Margret aber jeglicher Bezug zur Familie Reitlinger fehle, und da man die *Veranstaltung*, sofern man ein Begräbnis so nennen dürfe, überschaubar gestalten wolle, würde er die Reitlingers anstandshalber um Erlaubnis fragen müssen, wenn er seine Gattin mitbringen wolle, und das wolle er nicht. Also fragen. Die Reitlingers. Sie verstehe schon.

»Nein, ich verstehe das nicht. Entweder wir gehen gemeinsam oder gar nicht.«

Schließlich erkundigte sich Arnie bei Nora, ob Margret ihn begleiten dürfe, und Nora meinte: »Selbstverständlich, weswegen fragst du?«

Alisha hatte in den letzten Tagen bei Caro gewohnt und das Apartment so gut wie nie verlassen. Caro war das ganz recht. Für den Fall, daß der gestörte Freier wiederkäme, würden sie zu zweit sein. Der Tod ihres Bruders brachte Ali weniger durcheinander, als zu befürchten gewesen war, sie hatte schon bei der Vermißtmeldung getrauert, sozusagen vorausgetrauert, und befand sich bereits in der Phase des stillen Gedenkens, nach den Tränen.

Sonja und Gerry redeten inzwischen wieder miteinander. Gerry hatte ihr einen bewegenden Brief geschrieben, äußerst schwülstig – aber eben auch bewegend –, in dem er sie seiner Liebe versicherte und um eine zweite Chance bat. Jetzt war er in einer Art Probezeit, die erst beendet sein würde, wenn Sonja ihm wieder sagte, daß sie ihn liebte. Was sie aus strategischen und erzieherischen Gründen noch ein wenig aufschieben wollte.

Leo und Iris hatten sich undramatisch getrennt und viel schneller voneinander separiert als erwartet. Iris besaß auf Facebook mehr als 2000 Freunde, und als jemand eine Eineinhalbzimmerwohnung für 800 Euro warm in Steglitz anbot, schlug sie sofort zu, selbst wenn das Angebot nur für die nächsten sechs Monate galt. Leo verhielt sich erstaunlich vernünftig in der kritischen Zeit, er entschuldigte sich sogar für dieses und jenes, was Iris wiederum in Staunen versetzte.

Ein paar Tage später kam er bei ihr vorbei und äußerte eine Bitte, auf so nette und bescheidene Art, daß sie sich fragte, was in ihn gefahren sein mochte. Leo bat Iris, ihn auf die Beerdigung zu begleiten und so zu tun, als seien sie noch zusammen. Immerhin waren sie erst seit kurzem getrennt, er hatte noch niemandem davon erzählt, also wäre es kein Flunkern, nur eine alternative Sichtweise. Iris mußte grinsen. Weil sich aber auch nach längerem Nachdenken kein Grund fand, Leo den kleinen Gefallen zu verweigern, sagte sie zu. Schließlich hatte sie immer schon mal das Haus der Reitlingers sehen wollen, und wahrscheinlich würde es etwas Gutes zu essen geben.

Alisha beschloß, der Beerdigung fernzubleiben, schon aus Protest und um wieder einmal etwas anders zu machen als der Rest der Menschen. Insgeheim besaß sie einen plausibleren Grund – sie hatte Angst, ein Trauma abzubekommen, wenn man den Sarg in die Erde hinabließ. Das jedoch behielt sie für sich, um nicht als Weichei zu gelten.

»Mach keinen Quatsch!« sagte Caro. »Geh und nimm Abschied von deinem Bruder, wie sich das gehört.«

»Wie redest du denn? Was *gehört* sich denn bitte? Ich treffe meine Entscheidungen selber, Frollein Bourschwa! Und ich kann *überall* von meinem Bruder Abschied nehmen, dazu brauch ich keinen Acker voller Kreuze und Steintafeln. Für mich ist er nicht in irgendeinem Sarg, sondern... anderswo eben.«

»Ich würde dich begleiten und dein Händchen halten.«

»So. Würdest du.«

Ali ließ sich den Gedanken durch den Kopf gehen. Er fühlte sich zum ersten Mal erträglich an. Also der Gedanke. Der Kopf, naja, ging so.

Jule traf Freitag abend bei den Reitlingers ein, man überließ ihr Alishas Zimmer, immer auch ein bißchen mit der Hoffnung, die Tochter damit ins Haus zurückzuholen. Onkel Max und Tante Helene wohnten im Fitneßraum im Keller, schliefen auf dem ausziehbaren Sofa. Zur Not konnte man im Salon noch Leute unterbringen, auf den drei großen Ottomanen, und selbst in der Küche wäre noch Platz gewesen.

Es stellte sich heraus, daß Ansger wenig Freunde gehabt haben konnte. Nur ein paar von denen, die mit ihm diese ominöse, unglückliche Firma gegründet hatten, beantworteten die Einladung positiv, die meisten schwiegen oder sagten aus fadenscheinigen Gründen ab.

Dr. Knut Korda wollte kommen, weil er dies bei Mandanten prinzipiell so hielt. Auch würde sich die Gelegenheit bieten, Frederick Reitlinger, natürlich diskret und unaufdringlich, auf die Außenstände seines verblichenen Sohnes hinzuweisen. Menschen in Wohlstand neigten zu Anstand, mitunter.

Ein Testament gab es keines. Ansgers Erben waren vom Gesetz her die Eltern und die Schwester. Notgedrungen würde man die Erbschaft ablehnen müssen, denn sie bestand aus ca. sieben Millionen Euro an Schulden. Ansgers Karlsruher Wohnung und der Ferrari waren zusammen keine zweihunderttausend wert. Jule hatte sich aus der Wohnung alles geholt, was noch irgendwie brauchbar war, doch hatte sie vorher bei Frederick um sein Placet gebeten, was der Kavalier alter Schule ausgesprochen reizend, ja, fast unwirklich fand. Wäre diese Jule Malz doch nur seine Schwiegertochter geworden. An der Seite von Gerd Bronnen. Was für ein Traumpaar.

114

Sonja half Gerry am Morgen beim Binden der Krawatte. Er besaß nur eine einzige, und zwar die schwarze Funeralkrawatte, die er aus Anlaß des Todes seiner Mutter bei C&A gekauft hatte. Eine Krawatte war für ihn ein komplett sinnfreies Kleidungsstück, er zwang es sich aber auf, aus Respekt vor seinem Doktorvater. Reitlinger hätte ihn zwar nicht gerügt, aber sicher indigniert geguckt, wäre er ohne Krawatte erschienen.

»Selbst eine knallgelbe wäre in den Augen Reitlingers besser als keine.«

»Jetzt übertreibst du. Halt still.«

»Müssen wir seiner Frau nicht ein paar Blumen mitbringen?«

»Selbstverständlich. Wir fahren noch beim Floristen vorbei.«

»Kann ich Sex mit dir haben?«

»Jetzt? Wo die Krawatte grad gut sitzt? Vergiß es!«

»Ich finde dich soo scharf in dem schwarzen Kleid.«

»Da kommt jetzt der Wintermantel drüber, und gut is.«

»Schade. Stell dir vor, ich würde dich schwängern. Metaphorisch wäre das doch ein hübsches Stelldichein – das Betreten der Welt hie, das Verlassen der Welt da.«

»Jaja, jetzt beruhige dich und zieh mir den Reißverschluß hoch!«

»Als Jugendliche wollten wir immer mal auf dem Friedhof vögeln. Aber haben's nie hingekriegt. Alle hatten Angst. Angst, den Neid der Toten zu erregen. Keiner hätte es zugegeben, Angst war voll unsexy. Ein paar Gruftis aus der Parallelklasse, die haben öfter mal nachts gesoffen auf dem Friedhof, aber selbst die ...«

»Red von was anderem!«

»Ich meine, das ist doch bezeichnend: *Angst vor dem Neid der Toten.* Warum das denn? Woher rührt ein solches Denken? Man könnte genausogut argumentieren, daß sich die Toten in ihrer öden Stille freuen, wenn sie noch mal so einen richtig geilen, knackigen ...«

»Schluß jetzt!«

»Ich liebe dich.«

»Komm, wir müssen uns beeilen.«

115

Leo und Iris trafen sich an der S-Bahn Feuerbach-
straße, von wo aus man mit der S1 in weniger als zwanzig Minuten nach Wannsee fuhr. Iris trug einen Hut im
Retrostil der Zwanzigerjahre, was Leo in Rage brachte,
denn er haßte Damenhüte und solche besonders. War
das eine Provokation? Wollte Iris etwa sagen: Schaut her,
ich stelle meine neue Freiheit zur Schau, die Allegorie
dafür ist der olle Hut auf meinem Kopp, der kuckt ver-
hohnepipelnd auf meinen Ex hinab und lacht sich was.

Möglich. Leo hielt sich zurück und äußerte keine Kritik. Kurz überlegte er, ob er Iris von dem Befund erzählen sollte, aber wozu? Er wollte diese Frau ja nicht mehr
haben, und mit Frauen, die man nicht haben will, fand
Leo, muß man nicht viel reden.

Er konnte ja nicht einmal sicher sein, daß Iris die
Nachricht als Belastung mit sich herumtragen würde.
Am Ende würde sie sogar noch grinsen und sagen:
»Siehste, das haste davon!«

Dieses Biest muß sterben, dachte Leo, nur wann, ist
die eine Frage, und: gibt es heute Schweinebraten, die
andere. Ich habe schon ewig keinen Schweinebraten
mehr gegessen. Ich wollte eigentlich ja nur noch Fleisch
essen, das einen Namen gehabt hat. So wie Rudi oder
Bodo oder Lolle. Aber pfeif drauf.

Die Sonne kam heraus, die Temperatur an diesem
Morgen betrug erträgliche fünf Grad, die Regenwahr-
scheinlichkeit laut Wetter-App fünfzehn Prozent. Man
kann sich bei Begräbnissen nicht eben mal schnell ins
Trockene flüchten. Dennoch hatten weder Leo noch Iris
an einen Regenschirm gedacht.

116

Arnold Finkenhagen reagierte erstaunt, als er sah, in welchem Outfit seine Margret dem Begräbnis beiwohnen wollte. In einem violetten Regenmantel nämlich. Sie habe nichts Schwarzes, erklärte Margret knapp. Nichts Schwarzes, nichts Braunes oder Dunkelblaues. Violett sei auf der Farbpalette das Düsterste, was in ihrem Kleiderschrank zu finden gewesen war.

»Und der rote Schal?«

Arnolds Zweifel waren nicht sämtlich verflogen. Er selbst trug einen tadellosen, neugekauften schwarzen Anzug.

»Rot und Violett gehen apart zusammen. Ich habe nur zwei Schals, einen in Rot, einen in Gelb. Soll ich ohne gehen? Bei dem Wetter?«

»Ist ja schon gut«, beschwichtigte Arnie. »Fahren wir. Ich möchte nicht, daß wir als letzte da sind.«

»Wieso ist das wichtig? Wir sind doch völlig entbehrlich. Wir könnten dazustoßen, wann immer wir wollen.«

Arnie fiel auf, wie oft und gerne Margret ihm an diesem Morgen widersprach oder was immer er sagte in Frage stellte. Sie schien nervös zu sein, obwohl es dafür nicht den geringsten Grund gab, jedenfalls fiel ihm kein plausibler ein.

117

Fred und Nora Reitlinger frühstückten bis kurz nach zehn Uhr mit Jule Malz, Onkel Max und Tante Helene. Um halb elf kamen Ali und Caro dazu. Ali hatte sich einen dicken schwarzen Pullover geborgt, schwarze Jeans besaß sie selbst. Sie hatte sich keine Mühe gemacht, den Verlust ihres Kopfhaares zu kaschieren. Die Glatze stehe ihr gar nicht so übel, meinte Tante Helene nach dem ersten Schreck, womit sie hemmungslos log. Caro trug einen recht eleganten dunkelbraunen Trenchcoat, dazu hohe schwarze Schnürstiefel. Sie sah hinreißend aus, auch die Frauen musterten sie anerkennend. Niemand hier, nicht mal die auch recht hübsche Jule, konnte eine ähnlich modelhafte Figur aufweisen.

Kurz vor elf klingelten die Finkenhagens. Margret wurde Nora vorgestellt, und die Gastgeberin ergriff ihre Hand wie die einer alten Freundin.

»Fühlen Sie sich sehr willkommen hier, ich freue mich, daß Arnie Sie mitgebracht hat.«

»Ich danke Ihnen für den freundlichen Empfang, Frau Reitlinger. Mein tiefstes Beileid.«

Nora nickte und wendete sich dann Arnie zu, umarmte ihn, wie man einen sehr guten Freund umarmt, den man Monate nicht gesehen hat. Margret war erstaunt, wußte dieses Verhalten nicht recht einzuordnen. Umarmte man jemanden so leidenschaftlich und fest, vor allen Leuten, wenn man mit ihm eine heimliche Affäre hatte? Vielleicht hatte Margret sich getäuscht, vielleicht war Arnie doch nur so etwas wie ein guter Freund der Familie. Der Gedanke war angenehm.

Um Viertel nach elf, als man eben aufbrechen wollte, stießen noch Gerd Bronnen und Leopold Kniedorff mit ihren Freundinnen dazu. Es blieb gerade noch genug Zeit, um Iris, die unbedingt darauf bestand, den sagenhaften ersten Stock mit den drei Ottomanen zu zeigen.

Es gab zwei Autos, mit denen man zum Friedhof fahren konnte, das der Finkenhagens und das von Onkel Max. Frederick Reitlinger weigerte sich wie üblich, in einem Auto Platz zu nehmen, er legte den Weg lieber zu Fuß zurück, Arm in Arm mit Nora. Gerry und Sonja schlossen sich an. Leo wollte plötzlich auch, aber Iris meinte, das würde affig aussehen. Am Tag eines Begräbnisses solle es um nichts anderes gehen als um das Angedenken an einen Toten. Leo wunderte sich, warum die naseweise Fotze ihm Ratschläge gab, wo sie doch gar nicht mehr zusammen waren.

Ali und Caro stiegen zu den Finkenhagens ins Auto. Ali sagte freundlich hallo und stellte Caro als *meine Frau* vor. Arnold stellte Margret als seine Frau vor und beschloß, nicht en détail nachzufragen, wie das Verhältnis der beiden jungen Damen zueinander geregelt war. Lesben machten ihm ein wenig Angst, ohne daß er hätte sagen können, warum.

Alisha hatte gesehen, wie ihre Mutter Arnold vorhin umarmt hatte. Ihr war sofort alles klargeworden.

»Sie sind der Cicisbeo meiner Ma, stimmt's?«

»Der *was*?« fragte Arnold, der dieses seltene Wort noch nie zuvor gehört hatte. Niemand im Auto kannte das Wort, nicht einmal Caro, die sonst über einen beeindruckenden Wortschatz verfügte.

»Ein lustiger Begriff. Schlagen Sie ihn nach.«

Auf dem Friedhof angekommen, stupste Margret ihren Gatten an.

»Was meinte die Glatze denn mit diesem Zitzisdings?«

»Keine Ahnung. Ehrlich nicht.«

Margret wollte den Begriff googeln, aber sie hatte den exakten Wortlaut schon wieder vergessen, wußte auch nicht, wie das geschrieben wurde, und der Friedhof, das kam erschwerend hinzu, lag im berüchtigten Wannsee-Funkloch, das die Anwohner seit Jahrzehnten zur Weißglut brachte.

Im anderen Wagen saßen die Nürnberger Reitlingers mit Leo und Iris. Es wurde kein einziges Wort gesprochen, die Fahrt dauerte aber auch nur gut drei Minuten.

Fred und Nora gingen Hand in Hand am Ufer entlang. Zwei Schritte hinter ihnen folgten Sonja und Gerry. Nicht Hand in Hand, dazu war es noch zu früh. Sie hatten sich seit ihrem Zerwürfnis noch nicht einmal auf den Mund geküßt, geschweige denn miteinander geschlafen. Sonja wäre theoretisch dazu bereit gewesen, wenn er vorhin härter darauf gedrungen hätte.

»Wie geht es Ihnen, Gerd? Ist bei euch alles im Lot?«

Fred fand, daß man durchaus noch Small talk betreiben durfte. Auf dem Friedhof mußte noch lang genug geschwiegen werden.

»Bestens, lieber Frederick. Nichts zu beanstanden.«

118

Der Alte Friedhof Wannsee war insofern etwas Besonderes, als er 1846 für alle Glaubensbekenntnisse eröffnet wurde. Am Eingang, wo Dr. Korda und ein paar von

Ansgers Bekannten warteten, konnte man in der Mauer immer noch ein kleines Symbol erkennen – Kreuz und Davidstern, vereint. Der Mercedes vom Begräbnisinstitut war auch schon da, aber leer. Folglich befand sich der Sarg in der Aussegnungshalle, von wo aus der Leichenzug circa dreihundert Meter nach Norden führen würde, zu einer idyllisch gelegenen Grabstelle. Bei Sonne würde eine Linde Schatten spenden, und ein kleines Sitzbänkchen gab es auch.

Die Reitlingers hatten nicht darauf bestanden, ihren Sohn noch einmal zu sehen. Zu dringend war ihnen davon abgeraten worden. Fred sah nach oben, das Wetter schien zu halten. Wenn er ehrlich zu sich war, wollte er nichts anderes, als daß dieser furchtbare Tag endlich vorüberging und der lange Weg in Richtung Vergessen und Vergebung begann. Jemand in Fredericks Alter hatte vielleicht noch zwanzig erträgliche Jahre vor sich. Ansger, der eigene Sohn, hatte ihm einige davon versaut. Ja, so drückte Fred es in seinen Gedanken aus. Versaut. Vergiftet.

Noch überwog die Trauer. Aber hin und wieder kam auch die Wut zum Vorschein. Wie konnte man ein solches Leben, den größten Jackpot-Gewinn innerhalb der Milchstraße, so leichtfertig wegwerfen, nur wegen sieben Millionen Euro Schulden? Ansgers Denken, Ansgers Welt war von Geld bestimmt gewesen. Und Geld hatte auch dessen Ende bestimmt. Naja. Vielleicht war es ja doch ein Unfall gewesen, kein beabsichtigter Tod. Aber wer verdrogt bis unter die Schädeldecke nackt in die Novemberspree hüpft, der nimmt so einiges billigend in Kauf.

Der katholische Pfarrer erschien. Er war gebeten worden, ein paar Sätze zu sagen, einfach aus dem Grund, weil sonst niemand etwas hatte sagen wollen. Man bat den Pfarrer, Ansger als Atheisten zu respektieren, also bitte nicht so zu tun, als würde hier ein Katholik zur letzten Ruhe gelegt werden, der an ein Jenseits und die Auferstehung allen Fleisches geglaubt hatte. Der Pfarrer nickte, er verstand sein Geschäft und wußte, was man von ihm erwartete.

Nora hatte die Musik ausgesucht. Sie war überrascht, daß auf Friedhöfen inzwischen Musik jeder Art und jeder Lautstärke gespielt werden durfte. Ansger war absolut unmusikalisch gewesen, aber es hatte einmal eine Nirvana-Phase in seinem Leben gegeben. Nora hatte deshalb zwei Lieder dieser Band ausgesucht, deren Sänger sich ja auch umgebracht hatte, in fast demselben Alter. Weil Nora fand, daß Gitarrenkrach nicht auf einen Friedhof gehörte, entschloß sie sich für die beiden letzten Songs des *Unplugged in New York*-Albums, *All Apologies* und *Where did you sleep last night?*

Ali maulte bereits während der ersten Takte, daß dieses Lied absolut unpassend sei. Absolut un-pas-send. *Wo hast du gestern nacht geschlafen?* Noch im Sarg müsse Ansger Schnüffeleien erdulden. *Wo hast du dich gestern herumgetrieben?* Das sei doch kein Text, den man einem Toten hinterherwerfe. Eine vorwurfsvolle Frage! Sie steigerte sich hinein und äußerte ihren Unmut bald laut, mit wütenden Schnaubgeräuschen. Caro nahm sie in den Arm, drückte sie an sich, bis Ali fast die Luft wegblieb und sie sich beruhigte, wenigstens vorläufig. Nora kullerten während der gesamten Zeremonie die Tränen übers Gesicht. Sie hatte auf den Text der Lieder gar nicht geachtet.

Margret Finkenhagen bereute ihre Teilnahme am Begräbnis bereits. Mit ihrer Farbwahl stach sie hervor wie ein Papagei unter Spatzen.

Caro behielt Leo die ganze Zeit im Auge. Die beiden

hatten vermieden, sich die Hand zu geben oder ein Wort miteinander zu wechseln. Leo sah hin und wieder zu ihr herüber, mal bewundernd, mal abschätzig. Jeder Mann im Trauerzug, Fred Reitlinger ausgenommen, linste diese schöne junge Frau verstohlen an, selbst der alte Max.

Ali bemerkte das alles selbstverständlich, doch erst jetzt erkannte sie in Leopold Kniedorff jenen Studenten ihres Vaters wieder, den sie vor wenigen Wochen an Caros Wohnungstür getroffen hatte. Jenen Backenbarttypen, mit dem Caro irgendwas Flüchtiges gehabt hatte, das, wie sie es ausdrückte, *richtig richtig scheiße* gewesen sei. Worüber sie nie mehr hatten reden wollen. Der Typ zog ein gleichgültiges Gesicht, stand hinter seiner Trulla, bettete sein Kinn auf ihre linke Schulter und umarmte sie von hinten, verschränkte seine Hände dabei nah an ihren Brüsten. Störte das hier niemanden?

Jule Malz stand neben den Reitlingers im Mittelpunkt, war sie doch als Ansgers Freundin dem am nächsten, was man eine Witwe hätte nennen können. Letzte Nacht hatte sie mit Fred noch eine Flasche Rotwein geleert. Er hatte sich nach ihren Verhältnissen erkundigt; sie hatte durchblicken lassen, daß es um ihre Finanzen zur Zeit nicht gerade hinreißend bestellt war. Fred meinte, sie solle sich keine Gedanken machen, er werde ihr etwas überweisen, das sei selbstverständlich, er könne es als Vater nicht dulden, wie schnöde sein Sohn sie behandelt habe. Jule sagte, sie wolle kein Geld, wußte aber, daß sie es bekommen würde, egal wie sehr sie sich jetzt zierte. Und freute sich darüber. Und schämte sich ein wenig dafür, sich zu freuen. Während Fred dachte, daß Geld doch eine feine Sache sei. Um damit Gutes tun zu können, so wie jetzt. Vielleicht hatte er Ansger, als der noch ganz klein gewesen war, diese Botschaft mitgegeben auf den Lebensweg, und Ansger hatte irgendwas mißverstanden.

Die Rede des Pfarrers blieb angenehm neutral. Er gab nicht vor, über den Toten detaillierte Auskünfte eingeholt zu haben, redete mehr allgemein über *Magie und Verlust* – so nämlich hieß das Lou-Reed-Album, das er gestern nacht wieder einmal gehört hatte. Es folgte keine weitere Rede oder Stellungnahme oder Ehrbezeugung. Der Sarg wurde von vier Trägern an Seilen in die Grube hinuntergelassen, es folgte das Zeremoniell des Schäufelchens, mit dem jeder, der wollte, ein bißchen Erde auf den Sargdeckel streuen konnte. Nur Ali verweigerte sich, sie empfand die Geste als überheblich und arrogant, als zu sehr von oben herab.

Dr. Korda sprach Frederick Reitlinger noch einmal sein Beileid aus und erwähnte, daß man wegen der Außenstände des Toten sicher eine großzügige und einvernehmliche Lösung finden könne. Zu Kordas Entsetzen ging Reitlinger auf den Vorschlag nicht ein, nicht einmal mit einem das Thema auf später verschiebenden Nicken. Stattdessen sah der Professor ihn an, mit einem Blick, der alles an Verachtung enthielt, was mimisch überhaupt möglich war, ohne bei den Umstehenden Aufsehen zu erregen. Der Anwalt empfahl sich und verließ den Friedhof als erster, enttäuscht, ja empört. Der ganze Aufwand, die Fahrt von Berlin bis hierher – für nichts und wieder nichts.

Der Rest des Trauerzuges begab sich in Richtung der Gastwirtschaft *Sanssouci*, einem Sternerestaurant mit Kamin und Wintergarten, das mit gehobener deutscher Küche für sich warb, samt einem herrlichen Blick auf den See.

119

Es gab keine festgelegte Sitzordnung. Die beiden Kellnerinnen servierten entweder Blumenkohlsuppe oder Hühnerbouillon. Drei Hauptgänge standen zur Auswahl, Fleisch, Fisch oder vegetarisch. Auch noch auf Veganer Rücksicht nehmen zu müssen, hätten die Reitlingers als Zumutung empfunden, als zuviel Zugeständnis an einen ihrer Auffassung nach komplett gaga gewordenen Zeitgeist.

Bei Tisch wurde wenig gesprochen. Das Begräbnis hatte, gerade ob seiner Sterilität und Unverziertheit, Eindruck gemacht. Niemand wollte nun als erster zu leichten Themen überleiten, Kondolenzfloskeln waren im Übermaß gebraucht worden, und da die meisten Anwesenden Ansger kaum gekannt hatten, gab es über den Verblichenen nicht mehr allzuviel zu sagen.

Jule sah sich die wenigen Freunde und Bekannten Ansgers, die ihm die letzte Ehre gaben, sehr genau an. Sie wußte, daß sie sich, sofern sie das wollte, einen von ihnen aussuchen konnte. Die Blicke, die die Männer ihr gönnten, bestätigten dies. Aber es war zu früh und zu unanständig, an so etwas zu denken. Obgleich es ihr gutgetan hätte und das Leben ja doch weitergehen mußte. Diese ganze pietätische Pause war in ihren Augen Zeitverschwendung, eine verordnete Trauerfermate ohne echten Sinn und Zweck.

Auch Petar befand sich an diesem Tag in der Gaststätte Sanssouci, wo er sich regelmäßig am Wochenende in der Küche ein paar Euro beim Geschirrspülen hinzuverdiente. Durch ein kleines Fenster in der Anrichte konnte er weite Teile der Kundschaft beobachten und staunte nicht schlecht, als er seine geliebte Caro erkannte, die hin und wieder mit dieser glatzköpfigen Verrückten tuschelte, als wollten die beiden ihre enge Verbindung demonstrieren, vielmehr: hinausposaunen. Ihm tat das außerordentlich weh, er hatte die Trennung, die einer Demütigung, einer kaltherzigen Entsorgung gleichgekommen war, noch längst nicht überstanden. *Ich liebe dich! Dein Pete*, schrieb er auf eine Serviette und bat eine der Kellnerinnen, diese Botschaft jenem Gericht beizulegen, das für Caro aufgetragen würde. Aber die Kellnerin lehnte ab, tippte sich an die Stirn, er solle hier nicht die Gäste belästigen.

Margret sah, daß sie endlich wieder ein Netz hatte, sie fummelte ständig unter dem Tisch an ihrem Smartphone herum, überlegte die ganze Zeit, wie jenes seltsame Wort lauten konnte, das das glatzköpfige Mädchen ihr gegenüber gebraucht hatte. Zitzis. Zizis. Und irgendwas dahinter. Schließlich kam sie auf die Idee, das Wort bei Google einzu*sprechen*. Sie entschuldigte sich, ging auf die Toilette und schloß sich in einer Kabine ein.

»Zizis«, sagte sie und »Tzitzis«, doch auf dem Display erschien nichts, was Sinn ergab. Das Programm bot erst die Deutung *zieht sich* an, schwenkte dann auf *ZITIS* um, die Zentrale Stelle für Informationspolitik im Sicherheitsbereich.

Nach dem Essen folgte gegen drei Uhr ein gemeinsamer Spaziergang zum Haus der Reitlingers, wo es Kaffee und Gebäck geben sollte. Immer noch schien die Sonne, die Temperatur war auf acht Grad gestiegen. Ein Cateringservice hatte oben im Salon ein paar Stehtische aufgestellt und auch einen unten im Garten, für die Raucher. Die Gäste konnten sich an einem kleinen Buffet nehmen, was sie brauchten. Mehrere Grüppchen entstanden, bei gedämpftem gelben und orangenem Licht. Jeweils nicht weit von den Reitlingers entfernt standen Gerd und Leo, aber nicht, um sich gegenseitig beim Katzbuckeln zu neutralisieren, sondern weil sie den Professor tatsächlich für den interessantesten Menschen vor Ort hielten.

Iris fragte – ein wenig vorwitzig, doch würde sie heute aller Voraussicht nach zum ersten und letzten Mal in diesem Haus zu Gast sein, konnte es sich von daher erlauben –, ob zum Buffet denn auch die schon legendären Rotweine des Professors gereicht würden. Nora und Fred sahen sich kurz an. Ja, es gab noch ein paar bereits geöffnete Flaschen Bordeaux im Keller, die nicht besser wurden mit der Zeit. Deren Temperatur auch in etwa stimmte. Nora nickte und ging Gläser holen.

Bald lockerte sich die flaue Stimmung. Wo getrunken wurde, mußte geraucht werden, und Nora verteilte Aschenbecher. Ausnahmsweise mußte, auf Beschluß der Hausherrin, heute einmal niemand zum Rauchen in den Garten gehen. Iris war die erste, die sich ein Glas füllte, gleich nach ihr kam Alisha, die schon längst daran gedacht hatte, sich zu betrinken, falls ihre Nerven nicht mehr hielten. Es war dann nicht ganz so schlimm gewesen wie befürchtet. Der weiße Sarg hatte imperialistisch und monumental auf sie gewirkt, wie eine Art Festung, mit der das Leben sich vor dem Toten zu schützen gedachte.

Arnold und Margret Finkenhagen hatten eigentlich vorgehabt, nach dem Restaurant gleich nach Hause zu fahren, die Kinder mußten versorgt werden. Nora hatte die beiden dann nett gebeten, wenigstens noch auf eine

Stunde mitzukommen. Einen so innig vorgetragenen Wunsch konnten sie ihr nicht abschlagen. Doch nun standen sie etwas isoliert in einem Eck, hauptsächlich deshalb, weil Margret immer noch mit ihrem Smartphone herumdaddelte. Arnie zeigte sich leicht genervt.

»Steck doch bitte das Handy weg und unterhalte dich mal mit jemandem.«

»Mit wem denn? Ich kenn doch niemanden.«

»Dann lern jemanden kennen.«

Wie um zu zeigen, wie das ging, drehte sich Arnold zur ihm nächststehenden Person um, das war Jule. Er wünschte ihr viel Kraft für die kommende Zeit. Zu seiner Überraschung wußte die junge Frau bereits, wer er war und was er trieb, sie fragte ihn, ob sie für ein paar Tage in seinem Hotel unterkommen könne, zu vernünftigen Konditionen.

»Hallo«, sagte Iris, »Wir haben uns noch gar nicht vorgestellt. Du bist – warst – nein, bist es immer noch, Ansgers Schwester. Mein Name ist Iris.«

»Ich bin Alisha.« Sie kippte das ganze Glas in einem Zug und schenkte sich nach.

»Mein Beileid, Alisha, es muß schrecklich sein, den einzigen Bruder zu verlieren.«

Iris streckte Ali die Hand hin. Leo fand es nicht gut, daß Iris so spät am Tag noch einen derart phrasenhaften Schmus von sich gab, wollte sich jedoch nicht einmischen.

»Nein, ist es nicht. Es ist großartig. Jetzt bin ich die Alleinerbin. Und kann eines Tages den ganzen Krempel hier spenden.«

»Ah ja«, sagte Iris zögerlich. »So kann man das natürlich *auch* sehen.«

»So *muß* man das sehen. Immer auf das Brighte im

Life. The dead are dead. That's all. Prost! Übrigens sind wir auf gewisse Weise verschwägert.«

»Wir zwei?«

Schließlich kam Margret auf die Idee, mal den Buchstaben C zu benutzen, sie gab *Cicis* ein, und das schlaue Programm ergänzte den *Beo* sofort:

Cicisbeo – ein vom Gatten geduldeter Liebhaber der Gattin lautete die griffigste Definition. Das Wort war lange aus der Mode, aber hin und wieder tauchte es noch in älteren Romanen und Sittengeschichten auf. Margret reichte ihr Handy an Arnie weiter. Der las, was da geschrieben stand, und bekam große Augen, die er sofort wieder klein machte. Ein etwas ungeschickter Versuch, seine Betroffenheit und Überrumpelung verbergen zu wollen.

»Was es nicht alles gibt!« sagte er jetzt, um seine Verblüffung, seine Pikiertheit auf die Existenz eines solchen Wortes zu schieben. Es ließ seine Verteidigung nur noch ein wenig unbeholfener wirken.

»*Ei du gelt. Wir zwei. Wollwollwoll.* Ich hoffe, Sie wissen«, sagte Ali nun zu Iris, »daß Ihr Freund Sie neulich betrogen hat. Mit *meiner* Frau. Was auch noch richtig *scheiße* gewesen sein soll. *Richtigrichtigscheiße.* Nein? Wußten Sie nicht? Na, jetzt schon. Wir müssen zusammenhalten!«

Iris reagierte erstaunt, aber auch amüsiert. Und interessiert. Obwohl eine innere Instanz ihr dazu riet, die Sache lieber nicht zu vertiefen, wandte sie sich an Leo und fragte: »Stimmt das?«

Ein Gutteil ihres Interesses galt der Frage, wie um Himmels willen ein optisch recht durchschnittlicher Mann wie Leo mal nebenbei eine solch schicke junge

Frau hatte, nun ja, abschleppen, verführen, rumkriegen können, was auch immer. Das wollte Iris jetzt dann doch erfahren. *En détail.*

Zur Überraschung aller, die sich in Hörweite des Quartetts befanden, stritt Leopold Kniedorff nichts ab, im Gegenteil.

»Schatz, das war ein einmaliger Ausrutscher, es stimmt, sie hat mir vor Wochen einen geblasen, aber mit Gummi. Es gab zu keinem Moment eine Ansteckungsgefahr.«

Die Gespräche der Umstehenden waren während Leos Worten erstaunlich schnell abgeebbt. Iris wußte nicht recht, was sie nun tun sollte. Die Empörte spielen? Im Grunde war es ihr schon fast egal, was Leo irgendwann mal hinter ihrem Rücken getrieben haben mochte, erst recht, wenn mit Gummi geschehen.

Alisha wollte eben etwas in die Runde werfen, wollte Protest erheben, denn Leos Hinweis auf eine mögliche *Ansteckungsgefahr,* das klang gegenüber ihrer Frau Caroline in hohem Maße beleidigend und herabwürdigend. In diesem Moment jedoch fragte Iris nach, woher Leo das Mädchen denn gekannt habe, und Leo gab zur Auskunft: »Aus'm Online-Katalog halt, Escort-Service, hundertfünfzig Steine hab ich hingelegt, für fünf Minuten mit Gummi, so eine ist das.«

»Du meinst, sie ist 'ne Professionelle?«

Iris stellte die Frage nicht wirklich leise, jeder konnte verstehen, was sie sagte.

Leo nickte und fügte noch einmal hinzu, daß man bei hundertfünfzig Euro für fünf Minuten Blasen schon von einem turbokapitalistischen Raubzug sprechen dürfe.

Alisha saß mit offenem Mund da und verarbeitete noch, was sie eben gehört hatte. Sie fühlte sich, als habe sie Tonnen von Granit im Bauch, während verrückte

Totenkopfaffen auf ihren Ohren herumtrommelten. Nun mischte sich Frederick ein, trat heran und bat Leo und Iris, sich hier und heute gefälligst über etwas anderes zu unterhalten, er fände das alles äußerst aggressiv und unpassend.

»Stimmt das etwa?« fragte Ali und zupfte Caro am Blusenärmel. »Sag bitte, daß das nicht stimmt!«

»Naja, er hat mir dauernd in den Ohren gelegen, daß seine talentlose Freundin keinen Oralverkehr beherrscht... Daß er jeden ihrer zweiunddreißig Zähne spürt...«

»Nein, ich meine, ich will wissen: Hast du das *für Geld* gemacht?«

»Weswegen denn sonst? Aus Gaudi und Spaß, oder was?«

»Du hast deinen *Körper verkauft*??«

»Nö. Ist ja alles noch dran. Guck nach!«

»Alisha, Caro, ich bitte auch euch beide, jetzt sofort das Thema zu wechseln oder mein Haus zu verlassen. Das sind keine Unterhaltungen für den Tag, an dem mein Sohn begraben wurde.«

»Dieses Haus ist genauso mein Haus wie dein Haus. Du wirst mir hier nichts verbieten«, ereiferte sich Ali, »und meiner Frau genausowenig!«

Fred Reitlinger hatte Mühe, sich zu beherrschen. Er konnte und wollte nicht dulden, daß Caroline nun ihrerseits Öl ins Feuer goß, indem sie Iris zur *Frau mit den zweiunddreißig Zähnen* reduzierte. Ausgerechnet Iris, die anscheinend von allen hier am wenigsten ausgefressen hatte. Als Hausherr und Gastgeber mußte Frederick Haltung zeigen.

»Liebe Caroline, ich werde dir immer dankbar sein,

denn ohne dich und deine Hilfe wäre es vorstellbar, daß ich im letzten Monat *beide* meiner Kinder verloren hätte. Dennoch bitte ich dich jetzt darum, dieses Haus zu verlassen, ob mit Alisha oder ohne. Was dich betrifft, Leo…«

»Hä?« Ali schnitt ihrem Vater das Wort ab. »Was meinst du denn bitte mit Caros *Hilfe?*« Und zu Caro gewandt, leiser: »Was meint er denn bitte mit *deiner* Hilfe?«

»Keine Ahnung.«

Caro zuckte mit den Schultern.

Beinahe alle Männer im Raum fanden, daß sie noch hinreißender aussah, wenn sie diese gewisse Unschuldsschnute aufzog, die ihren Lippen zu noch mehr Geltung verhalf. Die pure Möglichkeit, eine Prostituierte vor sich zu haben, folglich ihren Körper womöglich selbst einmal mieten zu können, wirkte auf einige Männer wie Adrenalin. Auch Gerry dachte für einen Augenblick daran, und Sonja, die seine Gedanken sofort erriet, knuffte ihn in die Schulter. Dafür liebte er sie.

»Wenn ich das aufklären darf…« Fred Reitlinger senkte seine Lautstärke und versuchte, darüber nachzudenken, was er tat, doch war es dafür zu spät, er tat es ja bereits.

»Caroline war so freundlich, mir eine Warnung zukommen zu lassen über eine gewisse destruktive Bereitschaft in dir. Ihre freundliche Warnung war der eigentliche Anlaß, daß ich am Abend noch einmal nach dem Boot gesehen habe. Und diesem Umstand verdankst du womöglich dein Leben, liebe Tochter.«

Alisha rannen inzwischen die Tränen über die Wangen. Ständig hatte sie sich an Caro geklammert, ihren Ärmel bezupft, doch jetzt ließ sie los und trat einen Schritt zurück, als habe sie Furcht vor ihr bekommen.

»Sag, daß das nicht wahr ist!«

»Ist es auch nicht. Sorry, Fred, aber das hast du jetzt frei erfunden.«

»Du willst sagen: gelogen? Du nennst mich einen Lügner?«

»Oder so.«

»Warum nennst du meinen Vater *Fred*?«

»Tut doch jeder, oder?«

Frederick hatte sein Handy hervorgeholt. Einen Lügner wollte er sich hier vor allen Leuten keinesfalls nennen lassen. Er drückte im Display auf das Icon des Call-Recorders und stellte die Lautstärke auf Maximum. Alle im Raum konnten das Telefonprotokoll mithören.

»Ich weiß nicht, wozu sie in echt fähig ist. Aber es könnte womöglich nicht schaden, Ali in nächster Zeit im Blick zu behalten oder, wenn das nicht geht, zumindest das Boot.«

»Verstehe. Ich danke Ihnen. Dir. Ich danke dir sehr.«

In diesem Moment rannte Alisha kreischend aus dem Haus, Caro lief ihr hinterher. Margret und Arnold nutzten die turbulente Phase, um sich mit kurzgestammelten Floskeln zu verabschieden.

»Okay«, rief Frederick in die Runde. »Wir trinken jetzt noch diese beiden Flaschen aus, dann ist Ruhe im Karton. Es war ein harter Tag für die meisten von uns. Ab jetzt keinen Streit mehr bitte, keine zu hohen Stimmlagen, keine Dramatik.«

»Ich breche jetzt ebenfalls auf, Herr Professor. Wir werden uns sehr wahrscheinlich nicht mehr wiedersehen, darum leben Sie wohl, hat mich gefreut und war mir eine Ehre.«

Iris reichte Frederick die Hand.

»Wieso sollten wir uns denn nicht mehr sehen?«

»Das wird Leo Ihnen erklären. Adieu, lieber Herr Professor.«

Iris drehte sich um und ging. Fred zog Leo zur Seite, sie hockten sich auf eine Plastikbank.

»Was ist da los? Wie geht es Ihnen, Leopold?«

Leo seufzte tief.

»Ach nu – wie es einem halt geht, wenn die Freundin einen verläßt.«

»Oh nein! Iris trennt sich von Ihnen? Doch wohl nicht wegen diesem albernen Techtelmechtel mit der Prostituierten, oder etwa doch?«

»Techtelmechtel ist in dem Zusammenhang ein ulkiges Wort. Nein, die Ursachen liegen wohl tiefer. Aber es ist hier und jetzt nicht die Zeit und der Ort, um über meine Problemchen zu reden.«

»Reden Sie doch! Das hilft. Wir trinken etwas und reden. Lenken Sie mich ab, Leopold! Egal wie.«

Leo ließ sich noch ein wenig bitten, dann erzählte er von dem Befund, dem MRT, dem Tumor in seinem Kopf.

»Ach du je? Ist das gefährlich? Was rede ich, natürlich ist es gefährlich. Aber *wie* gefährlich denn?«

»Läßt sich noch nicht sicher sagen. Muß operiert werden.«

»Und Iris weiß davon und läßt Sie sitzen?«

»Nein, sie weiß gar nichts. Ist besser so.«

»Hmm...«

Frederick gab Leo mit der flachen Hand einen tröstenden Klaps aufs Knie. Gerry sah das aus einigen Metern Entfernung und trat näher, um zu begreifen, was da vorging. Aber die beiden nahmen, sobald sie ihn bemerkten, sofort Haltung an und beendeten ihre intime kleine Plauderei. Leo war froh, jemandem von seinem Problem erzählt zu haben, der Befund war vor sechs Tagen eingetroffen, seither hatte er geschwiegen und sich auf die Zunge gebissen.

Seine Chancen auf komplette Heilung schätzten die Ärzte auf etwa fünfzig Prozent ein. Das war es wohl, was sie immer sagten, wenn sie nichts Genaues wußten.

Gerd Bronnen reichte seinem Doktorvater die Hand.

»Alles in Ordnung, Frederick?«

»Was ist das für eine Frage, Gerd, an diesem Tag?«

»Entschuldigung. Hätte ich anders formulieren müssen.«

»Nun machen Sie sich nicht gleich ins Hemd. Wir sind alle ein bißchen neben der Spur. Drücken Sie mich bitte mal.«

Gerry tat ihm den Gefallen, umarmte ihn und drückte ihn an sich. Der Professor gab ihm einen Kuß auf die linke Wange, dann auf die rechte. Dann auf den Mund. Bronnen zuckte zurück. Das ging zu weit, selbst Umstände wie diese vorausgesetzt.

Fred hatte kurz überlegt, ob er seinen Lieblingsdoktoranden wirklich auf den Mund küssen sollte. Es würde wahrscheinlich nie wieder eine Gelegenheit dafür geben. Nie wieder. Es waren diese zwei Worte, die die Sache entschieden hatten.

»Warum tun Sie das, Frederick? Ich muß schon sehr bitten!«

Gerry wischte sich den Mund mit dem Handrücken ab. Er gab sich ein bißchen viel Mühe, empört zu wirken. Fand Fred.

»Keine Ahnung. Ich bin in Trauer. Ein bißchen angetrunken. Schwamm drüber.«

»Das ist *nicht* korrekt.«

»Keine Sorge, wird nicht wieder vorkommen. Wollen Sie mich anzeigen?«

»Aber es *ist* vorgekommen. Vor allen Leuten. Was sollen die jetzt denken!?«

»Lässt sich nicht mehr ändern. Tut mir leid. Entschuldigen Sie mich, ich sollte wohl lieber bei meiner
Frau sein.«

Fred wandte sich von ihm ab, sofort trat Sonja heran
und fragte ihren Verlobten mit einem zischenden Unterton, was in aller Welt *das* eben habe darstellen sollen.

»Ich fürchte«, sagte Gerry, mit einer Miene, die sich
immer mehr verfinsterte, »er ist schwul und ein bißchen verschossen in mich.«

120

Margret und Arnold hatten an diesem Abend einen
furchtbaren Krach, in dessen Verlauf sie ihm ultimativ
anbot, ein umfassendes Geständnis abzulegen. Dann
und *nur dann* könne sie ihm *vielleicht* vergeben, ansonsten stehe die Trennung bevor. Arnold ging darauf ein,
gestand unter Tränen, erzählte alles, woraufhin Margret
ihn der gemeinsamen Wohnung verwies. Zwei Wochen
lang nächtigte er im Hotel und hoffte auf Margrets Einlenken. Die Sache mit Nora Reitlinger sei ja Vergangenheit, es stehe einer Versöhnung praktisch nichts entgegen, und eine Versöhnung sei nun mal angebracht,
schon wegen der Kinder. Margret indes ging zum Schei-
dungsanwalt, und nach weiteren vier Wochen fand
Arnold, daß alles weiß Gott viel schlimmer hätte kommen können.

Jule Malz, seine neue Geliebte, erwies sich als Glücks-
treffer, als Quell ständig guter Laune. Das war kein
Wunder, denn Jule verfügte über die besten Aussich-
ten, endlich aus dem verhaßten Karlsruhe nach Berlin

umziehen zu können. Frederick Reitlinger überwies ihr fünfzigtausend Euro, als einmalige Zuwendung.

Und für umme in Arnolds Hotel zu wohnen, war auch nicht so übel.

Epilog

121

Am ersten April 2018 kehrten die Reitlingers von einer dreiwöchigen Karibikkreuzfahrt zurück.

Ihre Tochter Alisha lebte inzwischen allein in einer Zweizimmerwohnung in Babelsberg, wo sie, statt weiterhin Politikwissenschaft zu studieren, auf Kosten ihrer Eltern an einem alles revolutionierenden Roman arbeiten wollte. Ihre Beziehung zu Caroline war, nach heftigen Kollisionen, erkaltet. Caro schlief inzwischen wieder mit Pete. Sie zeigte sich von seinen Liebesbezeugungen, so linkisch sie sein mochten, nachhaltig beeindruckt. Niemand würde sie je sehnsüchtiger anbeten als jener unbedarfte Tropf. Er würde sie auch nie belehren oder herablassend behandeln. Und der Sex mit ihm war immer schon superb gewesen. Vielleicht war Pete kein Modell für die ferne Zukunft, aber für den Augenblick, für die Freizeitstunden neben dem Studium, bot er eine fast optimale Lösung.

Die Reitlingers sondierten den großen Haufen Post, der sich angesammelt hatte. Nora fand eine Postkarte von Leopold Kniedorff, Grüße aus dem Kurort Bad Belzig in Brandenburg. Die OP sei soweit gut verlaufen.

Nora wollte wissen, wen von den beiden Doktoranden Frederick denn nun für die Anstellung im neugeschaffenen Institut für Altertumsforschung ausersehen habe. Fred brummte, er habe sich letztlich für Leo entschieden.

»Wirklich? Aber Gerd Bronnen war immer dein Favorit!«

Das stimme durchaus, aber es könne sein, daß bei der ursprünglichen Entscheidung gewisse nichtwissenschaftliche Kriterien mitgespielt hätten, und er wolle sich nicht den Rest seines Lebens darüber Gedanken machen müssen, unfair gewesen zu sein. Gerd sei nun mal begabter und würde in jedem Fall seinen Weg machen. Leo hingegen brauche Unterstützung, habe dazu noch dieses gravierende Problem mit seinem Kopf... vielleicht werde der Posten schon bald wieder frei.

»Aha?«

Nora fischte aus den Hunderten Briefumschlägen einen heraus, der kalligraphisch sehr ambitioniert gestaltet war, eine blaßrote Serifenschrift auf himmelblauem Grund mit Goldrand.

»Es ist eine Einladung, Schatz! Sonja Pfaff und Gerd Bronnen werden heiraten.«

»Wie schön!«

»Gehen wir hin?«

»Nein.«

Über Liebe und andere Grausamkeiten

Helmut Krausser
Für die Ewigkeit
Die Flucht von
Cis und Jorge Jega
Roman

Berlin Verlag, 192 Seiten
€ 20,00 [D], € 20,60 [A]*
ISBN 978-3-8270-1204-3

Buenos Aires 1902: Der aus Deutschland geflohene Student Jörg Jäger verdingt sich als Klavierlehrer der schönen Fabrikantentochter Francisca „Cis" Alameda, verfällt ihr und fordert das Schicksal heraus. Die beiden fliehen durch Südamerika, verfolgt von den Häschern des Vaters und einem besonderen Detektiv, dem perfiden Fredo Torres, der die junge Cousine für sich will. Nach tragischen und komischen Komplikationen kommt es zum Showdown in Rio: Es gibt einen Toten und einen spektakulären Prozess.

Leseproben, E-Books und mehr unter www.berlinverlag.de